HEYNE < ORIGINAL

Bo R. Holmberg

Rabenseelen

Roman

Aus dem Schwedischen
von Sigrid Engeler

WILHELM HEYNE VERLAG
MÜNCHEN

Die Originalausgabe
LIEMANNEN
erschien 2002 bei AlfabetaAnamma

Umwelthinweis:
Dieses Buch wurde auf
chlor- und säurefreiem Papier gedruckt.

Redaktion: Ingeborg Ebel

Deutsche Erstausgabe 09/2004

Printed in Germany 2004
Umschlagillustration: mauritius-images/SST
Umschlaggestaltung: Nele Schütz Design, München
Satz: hanseatenSatz-bremen, Bremen
Druck und Bindung: GGP Media GmbH, Pößneck
ISBN 3-453-87802-7
http://www.heyne.de

»Schlag an mit deiner Sichel
und ernte; denn die Zeit zu
ernten ist gekommen, denn
die Ernte der Erde ist dürr
geworden.«

Die Offenbarung des Johannes 14:15

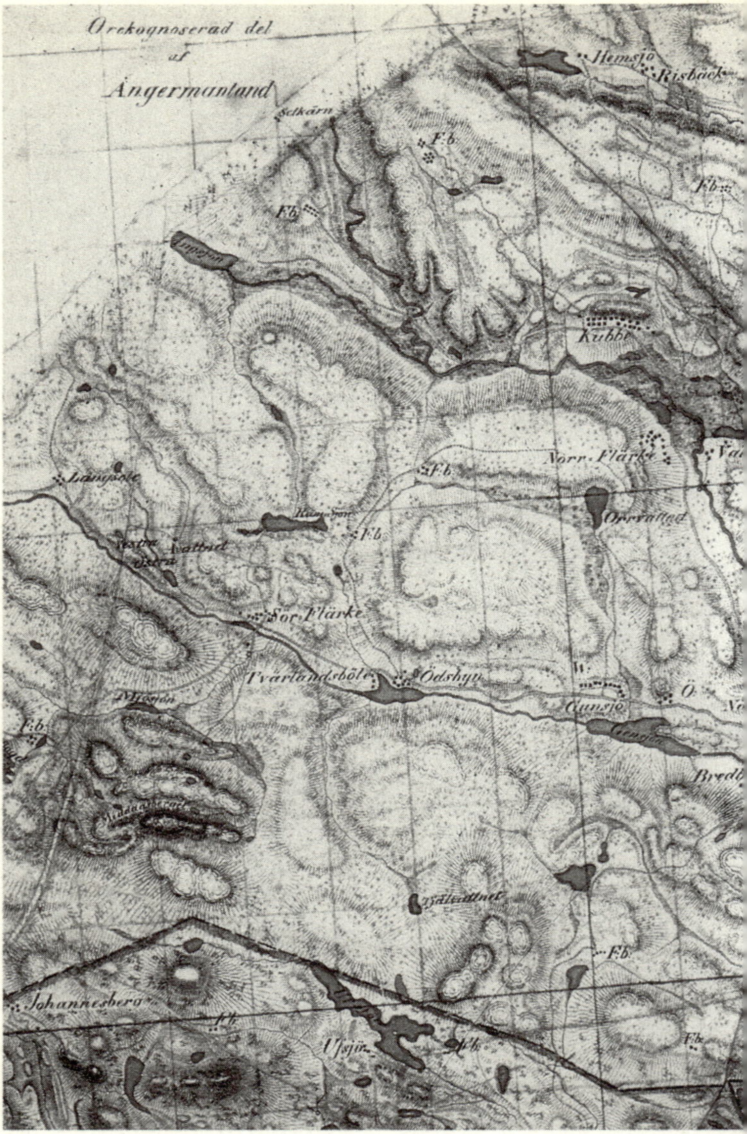
Orekognoserad del
af
Ångermanland
Hemsjö
Risbäck
F.b.
Kubbe
Norr Flärke
Sör Flärke
Tvärlandsböle
Ödshyn
Gunsjö
Johannesberg

Hadanberg
Fb
Fb
Fb
Fb
Fb
Fb
Fb
Fb
Bogårds Sjön
Fb
Fb
Fanby
Anundsjö
Anunds
sjön
Norr Mesunda
Norrböle
Sör Mesunda
Sörböle
Mellan Sehl
Fb
Galasjö
Fb
Fb
Flarke
Fb

Prolog

Er fuhr aus dem Schlaf hoch, zu Tode erschrocken. Erst allmählich begriff er, wo er war. Der strenge Geruch des Strohs in der Matratze und das enge Lager brachten ihm langsam die Erinnerung zurück. Und die Stille. Er hustete prüfend, als könnte mit dem Laut aus seiner Brust die Wirklichkeit greifbarer werden. Dann tappte er im Finstern umher und starrte auf die Stelle, wo seines Wissens das Fensterloch sein musste. Jetzt wurde die Dunkelheit etwas lichter.

Er war in der Hütte, unten am See. Er war allein, weil es so abgemacht war. Das war nichts Ungewöhnliches, denn er war hier, um Windbruch für den Winter zu Brennholz zu hacken. Wie schon so oft hatte der Bauer ihn hergeschickt. Und es war November. Nun war er wieder in der Wirklichkeit angekommen – jetzt begriff er, dass dieser Traum ihm Angst eingejagt hatte. Dieser Traum, der ihn regelmäßig quälte. Doch nun war er wach und wusste: Es war nur ein Traum.

Er lachte, kurz und freudlos, aber immerhin lachte er. Er merkte, dass er dringend Wasser lassen musste. Einen Moment saß er auf dem Bett und wiegte sich vor und zurück. Dann stand er auf, ging auf Strümpfen zum Herd und legte die Hand ans Ofenrohr. Es war kalt. Doch als er die Ofentür öffnete, sah er noch etwas Glut. Er blies kräftig, und Flammen züngelten empor. Er legte ein paar Scheite darauf, blies noch einmal, und das Feuer brannte wieder. Knisternd sang es im Ofenrohr.

Dann tastete er nach dem Eimer – hinausgehen wollte er nicht. Der Gedanke an die Kälte draußen ließ ihn erschaudern. Es plätscherte hohl. Er schüttelte die letzten Tropfen ab; ihn fröstelte. Durch die Scheibe konnte man so gut wie nichts erkennen, denn draußen war es noch dunkel. Der Mond schien nicht. Noch musste er nicht aufstehen. Er streckte sich, spürte seine Lebensgeister zurückkehren und schlug sich zum Aufwärmen die Arme um den Leib. Er war wieder bereit. Weder Angst noch Schrecken waren übrig geblieben. Wovor sollte er sich fürchten? Die Angst hatte einzig in den Träumen ihren Platz. Nirgendwo sonst.

Er kroch wieder aufs Lager und zog das Fell über sich. Das Stroh raschelte beruhigend. Er versank darin wie in einer Kuhle. Noch musste er nicht aufstehen, erst bei Tagesanbruch. Noch konnte er liegen bleiben und nur von Zeit zu Zeit ein paar Holzscheite nachlegen, damit es in der Hütte schön warm blieb.

Und dann musste er einen kurzen Novembertag lang arbeiten. Er war schon früher einmal hier gewesen. Hier brauchte er sich vor niemandem zu fürchten.

Er schlief wieder ein. Ohne Angst. Er schlief ruhig. Keine Träume störten seinen Schlaf. In der Hütte war es gemütlich warm, denn er hatte noch einmal Holz nachgelegt. Das wird bis zum Morgen reichen, hatte er gedacht. Und jetzt schlief er, tief und fest.

Ein großes, eingerolltes Bündel, ein junger Mann in einer Hütte, nicht weit von Tallsvedjan entfernt. Es ist November, noch ist es nicht sehr kalt, und bisher liegt kaum Schnee.

Er schläft. Er denkt nicht an seinen ein paar Jahre älteren Bruder. Er denkt an nichts. Er denkt nicht an jene Sommernacht, nein. Das tut er nicht oft, und wenn er es manchmal doch tut, dann spricht er in Gedanken mit seinem Bruder, und dem gelingt es, die Ängste der Nacht zu bannen. So wie es dem Feuer im Herd oder der warmen Kuhle im Bett gelingt. Den Albtraum. Nein, jetzt schläft er. Doch wenn er wieder erwacht, sind die Ängste wieder da. Dann sind sie Realität. Nicht wie nach Träumen.

Aber jetzt, jetzt schläft er.

Der andere Mann sah den Rauch aufsteigen. Er hatte aus der Hütte Geräusche gehört, als wäre der Mann dort drinnen kurz aufgestanden. Aber jetzt war es wieder still. Vollkommen still. Hinter der Hütte stand ruhig und schützend der Wald. Und unterhalb lag der See.

Er kehrte zum See zurück, um nachzusehen, ob er alles vorbereitet hatte, ob alles bereit für das war, was geschehen sollte: im Morgengrauen, nicht im hellen Tageslicht, sondern im fahlen Licht der Dämmerung. Auf dieses Licht wartete er. Die Kälte spürte er nicht. Es hatte sich schon Eis gebildet, zwar nur eine dünne Schicht, aber die trug bereits. Er betrachtete die ausgesägte Eisplatte; sie war nur ein paar Zoll dick, doch das Eis würde bald stärker werden und auch Pferde und Schlitten tragen.

Eine ungewöhnliche Ruhe erfüllte ihn. Ich bin so ruhig, weil ich eine Entscheidung getroffen habe, dachte er. Weil ich entschlossen bin zu handeln. Jetzt. Denn es ist höchste Zeit.

Er ging ein paar Mal um das ausgesägte Loch. Es knackte im Eis, ein leichtes, warnendes Knacken. Doch das Eis hielt. Es würde halten; und bald würde es auch richtig kalt werden. Er spürte die Kälte nicht, nur ein leichtes Ziehen im Unterbauch, deshalb musste er häufig Wasser lassen. Der Mann in der Hütte hatte das nicht gemusst. Er hatte den anderen die ganze Nacht nicht herauskommen sehen. Nur schwache Geräusche gehört und den Rauch gesehen, der anzeigte, dass der Hüttenbewohner Holz nachgelegt hatte.

Jetzt im November hatte es kaum geschneit, nicht einmal hier oben bei Tallsvedjan, ziemlich weit vom Dorf entfernt. Aber eine dünne Eisschicht bedeckte den See mit dem Loch in passender Größe.

Wenn doch der Morgen bald graute, dachte er trotzdem. Möge es schnell hell werden, nur etwas hell, damit es endlich getan ist. Er stellte sich breitbeinig hin und ließ noch einmal Wasser. Kurz spürte er Wärme aufsteigen.

Dann richtete er sich aufs Warten ein, nicht nervös, aber voller innerer Anspannung.

Die Zeit des Wartens war um.

Ein letztes Mal kontrollierte er das Loch im Eis und

hackte mit der Axt die dünne Eisschicht auf, die sich über Nacht gebildet hatte.

In der rechten Hand hielt er die Axt, das Messer in der linken. In seiner Jackentasche steckten Lederriemen. Er klopfte prüfend auf die Tasche und nickte. Er war bereit. Er war ganz ruhig, denn er wusste, was er tun musste. Seinen Entschluss in die Tat umsetzen.

Er ging auf die Hütte zu. Eine kleine Treppe führte zur Tür. Das Dach war mit Birkenrinde gedeckt. Die Hütte war klein. Er versuchte die Tür zu öffnen und merkte sofort, dass sie innen von einem Haken gehalten wurde. Deshalb würde es schwieriger und geräuschvoller werden als angenommen. Er stand ganz still da und lauschte. Er glaubte, von drinnen leises Schnarchen zu hören, sonst nichts. Im zunehmenden Licht des Tages betrachtete er die Tür eingehender. Seine Augen waren an das Zwielicht gewöhnt, denn er hatte die ganze Nacht gewacht. Da ist ein Haken, dachte er, und hätte beinahe das Holz der Tür gestreichelt. Das würde weiter kein Problem sein. Nein, nein. Und selbst wenn er sie nicht mit dem ersten Schlag öffnen könnte, wäre das egal. Ein kleiner Haken konnte ihn nicht aufhalten.

Er zielte mit der Axt und schlug kräftig zu: Die Tür sprang sofort auf. Mit langen Schritten war er bei dem schlafenden Bündel, das sich nun rührte. Grob riss er dem Mann die Felldecke weg. Der Angegriffene setzte sich auf und versuchte aufzustehen. Er riss die Augen weit auf – eben noch hatte er geschlafen – und es schien, als ob er den Angreifer erkenne.

Das sollte auch so sein. Jetzt hatte der Mann ihn erkannt, hatte gesehen, wer gekommen war. Dann schlug er mit der Breitseite der Axt gegen die Schläfe des Manns. Nicht zu hart, aber so fest, dass der Sitzende sofort wieder auf sein Lager zurücksank.

Der Angreifer legte Axt und Messer auf den Boden, fischte seine Lederriemen aus der Tasche und band damit seinem Opfer die Handgelenke auf dem Rücken zusammen. Auf dieselbe Weise verschnürte er dessen Füße. Dann packte er ihn am Hemdkragen und zog ihn langsam die Stufen hinunter aus der Hütte. Seine Axt hatte er unter den Arm geklemmt.

Der Mann war nicht schwer, er war leicht zu ziehen, und bis zum See waren es nur hundert Meter. Hinter den beiden stand still der Wald. Der Angreifer blieb stehen und ruhte sich aus. Auf der anderen Seite am Waldrand entdeckte er einen Elch; der schaute über den See. Es war jetzt ziemlich hell geworden, aber noch nicht richtig Tag.

Er zog seine Last übers Eis. Es knackte bedrohlich. Er geriet in Panik, aber nur kurz. Wenn das nun nicht hält?, dachte er. Wenn wir nun beide zugrunde gehen?

Er zog seine Last jetzt vorsichtiger, bis er an dem Loch angekommen war. Er setzte sich aufs Eis, um wieder zu Atem zu kommen, und betrachtete den Mann zu seinen Füßen. Wie oft schon hatte er sich diese Situation ausgemalt!

Der Mann war doch nicht tot? Denn er hatte sich nicht gerührt, keinen Laut von sich gegeben.

Habe ich vielleicht zu fest zugeschlagen?, fragte er sich. Er beugte sich vor und versuchte, den Herzschlag des

Manns zu hören. Der Mann aus der Waldhütte lag auf dem Rücken. Reglos.

Er stand auf und ging auf dem Eis hin und her.

Der Mann war doch wohl nicht tot ...

Abrupt blieb er stehen, denn er hatte ein leichtes Stöhnen gehört und kehrte nun schnell zu dem Liegenden zurück.

Doch. Jetzt bewegte sich der Mann, vor und zurück, wie ein zappelnder Fisch auf dem Trockenen. Und dann schlug er die Augen auf. Der andere beugte sich über ihn und schaute ihm in die Augen. Er sah, wie sie sich weiteten, wie ihnen das Entsetzen eine andere Farbe verlieh.

»Doch, ich bin's!«, flüsterte er. »Du scheinst mich wieder zu erkennen. Doch ja, es ist jetzt so weit.«

Er lachte auf. Der Liegende atmete heftig, er krächzte, als ob er etwas sagen wollte oder als bekäme er keine Luft oder als befände sich etwas in seinem Hals, das ihm das Sprechen unmöglich machte.

Doch schließlich stieß er hervor: »Ich habe es nicht getan. Das war mein Bruder, und ...«

»Und du«, sagte der andere. »Heute ist der Tag der Vergeltung gekommen, dass du es nur weißt.«

Der Mann auf dem Eis wand sich, er versuchte, sich zu befreien, er trat mit den Füßen, er keuchte, er redete, mit dünner Stimme, aber er redete.

»Es ist so weit«, sagte der andere.

Schnell drehte er sein Opfer um und zog es auf dem Bauch zu dem offenen Loch, sodass der Kopf des Gefesselten ins Wasser hing. Da reckte der Mann seinen Kopf hoch und begann zu schreien. Er schrie wie von Sinnen.

Der andere hob die Axt und schlug zu, ein kurzer, rascher Schlag auf den Hinterkopf. Mit einem schnellen Schnitt durchtrennte er die Fesseln, die Lederriemen um Hand- und Fußgelenke.

Jetzt war der Gefesselte frei, aber er rührte sich nicht. Sein Kopf lag im Wasser.

»Es ist so weit«, wiederholte der andere wie zu sich.

Er packte die Beine des Liegenden, hob sie hoch und schob sein Opfer unter das Eis. Wie leicht das ging. Als ob man einen Stock im Wasser unter einen Steg schiebt. Leicht ging es, das hatte er klug geplant. Jetzt war er weg, der Mann, er steckte unter dem Eis. Der Rächer stand eine Weile da und starrte auf die schwarze Wake.

Dann füllte er das Loch mit der Eisplatte, die er vorher herausgesägt hatte. Er klopfte den Eisbrei gegen die Kanten, so als würde er einen Herd mauern.

Danach trat er ein paar Schritte zur Seite. Hier gab es nichts als Eis. Er hob die Lederriemen auf und steckte sie ein. Ein letzter Blick auf den See und das, was ein Loch gewesen war. Dann ging er zur Hütte zurück.

Mit seinem Messer kerbte er sorgfältig etwas unter das Fensterloch. Er befühlte das Ofenrohr. Es war noch warm.

Er machte das Bett, stellte die Stiefel ordentlich darunter und hängte die Weste neben die Jacke an den Haken rechts vom Bett. Dann sah er zur Tür, der Haken saß an der richtigen Stelle. Er versuchte, ihn in die Öse fallen zu lassen. Soweit er sehen konnte, war die Tür unbeschädigt.

Er holte den Beutel hervor, in dem er Feuerzeug und

Zunder verwahrte. Zögerte unschlüssig. Doch dann steckte er den Beutel wieder in die Tasche.

Er ging nach draußen. Axt und Säge trug er unter einem Arm. Als er den See hinter sich gelassen hatte und im Wald verschwand, war es heller Tag.

1

Endlich war es Frühling geworden. Die Bauern bestellten ihre rings um die Kirche liegenden Felder. Tief schnitt der Pflug in die schwarzbraune Erde und warf Scholle um Scholle auf. Pferde wieherten. Hin und wieder rief einer der Bauern einem anderen etwas zu oder schnalzte mit der Zunge. Doch meistens herrschte Stille, nur vom knirschenden Geräusch des Pflugs unterbrochen.

Polizeiamtmann Harald Morell schritt durch das Dorf, seinen Stock in der Hand, den er bei jedem zweiten Schritt aufstieß. Jetzt hatte er die weiß getünchte Kirche hinter sich gelassen. Der Glockenturm mit der zwiebelförmigen Kuppel gemahnte ihn an ein russisches Gotteshaus. Und er fragte sich wieder einmal, ob diese Bauweise in Anundsjö, diesem kleinen Ort im Nordosten Schwedens, dem Erinnern der in russische Kriegsgefangenschaft geratenen Soldaten zu verdanken war.

Letztes Jahr um diese Zeit war Morell krank und bettlägerig gewesen. Lange Monate hatte er befürchtet, es könnten die letzten seines Lebens sein. Einmal die Woche war der Landarzt gekommen und hatte bei jedem Besuch besorgter ausgesehen. Erst im Juli hatten sich die Falten auf seiner Stirn geglättet, und Morell hatte wieder aufstehen können. Auch wenn er noch schwach auf den Beinen gewesen war. Und Helena hatte ihn gepflegt, hatte ihre kühlen Hände auf seine heiße Stirn gelegt und beruhigend auf ihn eingesprochen.

Aber jetzt war er gesund. Er fühlte sich stark und schritt schneller aus. Es war Frühling und dieser Frühling sollte ein anderer werden, jedenfalls im Hinblick auf seine Gesundheit.

Länsman Harald Morell trug seine Uniform und blank polierte Stiefel – die goldenen Knöpfe seines Rocks mit dem Wappen des Bezirks glänzten. Dazu den Stock mit dem silbernen Knauf. Nur einen kleinen Spaziergang bei dem schönen Frühlingswetter machte er. Denn er hatte nichts anderes vor, als am späten Nachmittag ziellos durch die Gegend zu schlendern. Oder wollte er vielleicht seine Frau für eine Weile nicht sehen, weil sie sich ihm im letzten Jahr immer mehr verweigert hatte?

Er hatte doch geglaubt, hier gut leben zu können, sich in diesem Ort mit seiner Frau ein gutes Leben einzurichten. Mit vielen Kindern und mit viel Liebe. Denn unfruchtbar war sie nicht, so wie Sara, Abrahams Frau. Aber dreimal war das Kind zu früh gekommen. Tot. Das letzte Mal im Sommer vor zwei Jahren.

Nicht noch einmal, hatte Helena damals gesagt. Sie werde nicht noch einmal ein Kind in ihrem Körper heranwachsen lassen, um dann erleben zu müssen, dass es tot herauskomme. So war es, und entsprechend hatte sich ihrer beider Leben gestaltet.

Oh, er wusste, dass es andere Körperöffnungen gab, andere Arten, Liebe zu machen, ohne seine Frau dem Risiko auszusetzen, ein weiteres Mal schwanger zu werden. Aber darüber konnte er mit ihr nicht sprechen. Ihr gestehen, wo er so etwas gelernt hatte, oder ihr sagen, dass der Mund eine ebenso gute Öffnung sei wie jede andere. Von den Dienstmädchen hatte er das nicht gelernt. Sie hatten zwei. Die hatten ihm das nicht beigebracht. So tief war er nicht gesunken. In der Hauptstadt bei den Huren hatte er das gelernt, wenn er manchmal, aber leider viel zu selten, dorthin kam. Dort war alles anders.

Als Morell bis zum Gasthof gekommen war, machte er kehrt. Vor dem Haus waren ein paar Pferde angebunden, und die Deichsel eines Wagens lag auf der Erde. Aus der Gaststube drang Gelächter, dann taumelte ein Mann durch die Tür nach draußen. Er richtete sich schwankend auf und senkte den Kopf, als er den Polizeiamtmann entdeckte. Dann machte er sich in Richtung Wald auf und versuchte, möglichst gerade zu gehen.

Länsman Morell blieb einen Augenblick stehen und ließ den Blick zu dem höher gelegenen Nachbarort schweifen, der noch von der Sonne beschienen wurde. Endlich war es Frühling geworden! Das lang ersehnte Licht lag nach dem kalten Winter über der Landschaft.

Viel zu tun hatte er nicht, denn die Dörfler waren meistens brave Leute. Noch vor ein paar Jahren ist das ganz anders gewesen, dachte er. Und als er nach Fanbyn hinüberblickte, fiel es ihm wieder ein. Er musste an Sven Svensson denken, den vielfachen Mörder, der am 18. Oktober 1845 unter dem Fallbeil des Henkers gestorben war. Er erinnerte sich genau an den Tag. Ein nasser, regnerischer Tag war das gewesen, im Spätherbst, noch vor Winteranbruch. Ein Tag mit peitschendem Regen, der auf seinen Kopf prasselte, auf den des Polizeichefs, des Pastors und auch auf den entblößten Kopf Sven Svenssons. Die murmelnden Stimmen. Und dann Scharfrichter Gylls Schlag mit dem Fallbeil.

Als er daran zurückdachte, schauderte es ihn wieder. Das war eine wirre, eine schwere Zeit gewesen. Und er erinnerte sich so genau an das Datum, weil er in der Nacht eine Auseinandersetzung mit seiner Frau gehabt hatte. Denn kurz davor hatte sie ihre dritte Frühgeburt gehabt.

Deshalb erinnerte er sich an den Tag, er war übernächtigt gewesen und fast krank, an diesem Tag, an dem Sven Svenssons Kopf durch die Hand des Henkers Jacob Gyll vom Rumpf getrennt worden war.

Als Morell heimkam, nahm ihm eines der Dienstmädchen den Rock ab und hängte ihn an die Garderobe – er kannte ihren Namen, Greta, sie diente schon lange bei ihnen, bald zwei Jahre von insgesamt fünf, die er nun hier lebte. Rechts von ihm führte die Treppe nach oben zum Zimmer seiner Frau. Er überlegte kurz, ob er zu ihr gehen sollte, aber dann seufzte er und beschloss, unten zu bleiben. Beim Abendessen würden sie sich sehen. Er stieß gegen den Tisch links; darauf lagen einige Dokumente, die er zerstreut beiseite schob. Sie waren nicht wichtig und enthielten nichts, das sofort in Angriff genommen werden musste.

Abendlicht strömte in das große Zimmer, und er setzte sich in den bequemen Lehnstuhl beim Kachelofen. Aus

Gewohnheit strich er mit der Hand über die glatte Oberfläche des Ofens. Er war jetzt kalt, kein Feuer war mehr nötig. Denn es war Frühling!

Morell zog an der Klingelschnur, und sofort erschien Greta und knickste vor ihm.

»Bring mir ein Glas Bier und ein paar Zwieback«, sagte er.

»Ja, Herr Harald«, sagte Greta und huschte in die Küche.

Sie kam rasch zurück und stellte das Gewünschte auf den Tisch neben ihm, knickste und schon war sie wieder verschwunden.

Morell seufzte zufrieden, trank einen Schluck und reckte sich nach dem Buch. Es war der vierte Band von Hülphers Werk über Norrland, der Ångermanland behandelte. Ein altes Buch über Nordschweden aus dem Jahr 1780, das er hegte und pflegte. Er blätterte zu dem Kapitel über Anundsjö.

Doch er legte den Band schnell wieder beiseite, leerte sein Glas, aß seinen Zwieback, schloss die Augen und lehnte sich im Stuhl zurück.

Sofort sah er sie vor sich, ihr kleines Gesicht, ihre Augen – nicht diese traurigen, an deren Anblick er sich hatte gewöhnen müssen. Sondern an ihre lachenden Augen von damals erinnerte er sich, vor langer Zeit, wenn sie sich ihm öffnete, freudig und vertrauensvoll. Wenn sie ihm zärtliche Worte zuflüsterte, wie sie keine Hure zu sagen vermochte. Worte über ihre Zukunft, über das Kind, das entstehen sollte. Doch das war lange her, ehe die Kinder zu früh und leblos aus ihrem Schoß gekommen waren.

Manchmal, wenn er daran dachte, dass sein Leben auf diese Weise weitergehen würde, schauderte es ihn. Ohne Helenas Nähe, ohne ihren offenen Schoß, der ihn aufnahm. Er sah die Jahre vor sich. Zehn, zwanzig, dreißig, vierzig, ja vierzig Jahre, würde er so alt wie sein Vater.

Vierzig Jahre ... Aber nicht in diesem Dorf. Unter diesen schweigsamen und fleißigen Menschen, die Hülphers schon vor fast siebzig Jahren gekannt und beschrieben hatte.

Da wurde die Tür heftig aufgestoßen, nicht leise wie üblich, aber es war auch nicht Greta, die hereinkam. Es war die andere, die erst seit einem halben Jahr bei ihnen diente, sie hieß ... Ihr Name wollte ihm nicht einfallen. Sie stand in der großen Öffnung und wartete. Denn ehe er sie nicht angeschaut und ihr bedeutet hatte, dass er zur Verfügung stehe, schwieg sie.

»Da ist einer, der Herrn Harald sucht«, sagte sie in dem hiesigen Dialekt, von dem Morell manchmal kein Wort verstand.

»Bring ihn herein.«

Morell stand auf und strich gedankenlos seine Hose und sein Hemd glatt, dann fuhr er sich mit der Hand durchs Haar. Es fühlte sich immer schütterer an.

Ein Junge trat ins Zimmer. Er war barfuß und blieb an der Tür stehen. Sein Gesicht war gerötet, wie vom langen Laufen.

»Nun«, sagte Länsman Morell, »was gibt's?«

Der Junge fing an zu husten, ein heftiger trockener Husten schüttelte ihn. Er beugte sich vor und bemühte sich, wieder zu Atem zu kommen.

»Nun, nun«, ermunterte ihn Morell, »immer mit der Ruhe.«

Der Junge hustete noch einmal.

»Da oben beim See liegt ein Toter«, brachte er schließlich heraus. »Er ist ganz geschwollen und blau. Aber tot ist er.«

2

Ein Selbstmörder, dachte Länsman Morell.

Der Tote lag vor ihm, auf der Seite, aufgedunsen und blau, so wie es der Junge gesagt hatte. Ein junger Mann, für die Nacht mit langer Unterhose, Hemd und Strümpfen bekleidet. Wegen des Gestanks wich Morell unwillkürlich ein, zwei Schritte zurück und stieß mit dem Jungen zusammen, der mit gesenktem Kopf auf der Erde saß, vielleicht um nicht noch einmal sehen zu müssen, was er entdeckt hatte und weshalb er gerannt war, als gälte es das Leben.

»Nun?«, sagte Morell zu seinem Knecht und Gehilfen, Johan Anundsson.

Der war Anfang zwanzig, hatte einen großen Kopf und wässerige Augen, die jetzt sehr viel größer geworden zu sein schienen. Anundsson war mehr als ein Knecht, er hatte einige Jahre das Gymnasium in Härnösand besucht und galt in der Gegend als Studierter. Außerdem war er der Sohn des Landgendarms Anund Persson. Er stand ein gutes Stück entfernt bei den Pferden. Eines von ihnen, sie hatten zwei – der Junge war mit ihm auf einem Pferd geritten –, ging rückwärts, als spürte es die Nähe von Verwesung und Tod.

»Ich erkenne ihn«, sagte Johan. »Das ist Nils Wikström. Ja, so heißt er. Er ist Knecht oben bei Anselm Mårtensson. Oder war es jedenfalls.«

Der Polizeiamtmann wandte sich an den Jungen und fragte: »Kennst du den Toten auch? Wie heißt du übrigens?«

Der Junge schüttelte den Kopf und flüsterte: »Andreas.«

»Nils Wikström«, sagte Länsman Morell wie zu sich selbst.

Er versuchte, mit dem Fuß die Leiche umzudrehen. Das klappte nicht, er musste sich bücken. Mit abgewandtem Gesicht packte er die Arme der Leiche und legte sie schließlich auf den Rücken. Dann betrachtete er eingehend Kopf und Hals, um zu sehen, ob der Körper Verletzungen aufwies, aber er konnte keine entdecken. Er zog die langen Unterhosen ein Stück hoch und schaute die Beine an, und das Gleiche machte er mit dem Hemd. Das löste sich bereits auf, kleine Stoffstücke fielen zur Erde.

»Ein Selbstmörder«, wiederholte er, dieses Mal laut.

Eines der Pferde wieherte gellend und stieg. Johan Anundsson konnte es nur mit Mühe halten.

»Oder was glaubst du?«, fragte Morell.

Doch Johan war vollauf mit den Pferden beschäftigt.

»Ob das hier ein Unglück ist oder ein Suizid«, ergänzte Morell.

Hin und wieder musste Länsman Morell etwas präzisieren, denn Johan Anundsson besaß eine besondere Gabe, Dinge falsch zu verstehen, manchmal die einfachsten.

Johan beruhigte das Pferd und trat näher.

»Er hat sich im Winter ein Loch ins Eis gehackt und ist

wohl darunter gekrochen, so muss es gewesen sein«, sagte er. »Aber warum mag er das getan haben?«

»Er hat seit letztem Winter im Wasser gelegen, das glaube ich ebenfalls«, sagte Morell. »Er ist auch für Winterwetter gekleidet, dicke lange Unterhosen, aber er trägt keine Kleidung darüber. Das schließt wohl ein Unglück aus.«

Johan schaute seinen Herrn an.

»Ich meine«, erklärte der Polizeiamtmann, »wäre er auf das dünne Eis gegangen, wäre das doch merkwürdig, wenn er das in Strümpfen und Unterwäsche getan hätte.«

Der Junge war aufgestanden und hatte Johans Aufgabe übernommen. Jetzt hielt er die Pferde. Johan trat noch näher.

»Der Tote hat keine Verletzungen am Kopf oder am Hals. Es muss so sein, dass er sich selbst das Leben genommen hat«, fasste Morell zusammen.

Johan Anundsson nickte und trat dann schnell wieder ein paar Schritte zurück.

Der Polizeiamtmann schaute über den See und ließ den Blick über den Wald schweifen. Dort gab es nichts als Wald, davor einen kleinen Streifen Strand und dann Wald. Zu seiner Linken stand eine Hütte, eine Waldhütte. Er wies Johan darauf hin.

»Da schlafen die Männer, wenn sie Holz machen«, sagte Johan. »Ich glaube, die gehört Mårtensson.«

Morell ging auf die Hütte zu. Drinnen war es fast dunkel. Trotzdem konnte er das gemachte Bett, den Überrock und die Weste erkennen. Er nahm die Stiefel mit, stellte sich auf die Vortreppe und starrte zum Wasser hinüber, so als könnte er von dort eine Antwort bekommen. Schwarz wirkte der See in diesem Frühjahrsdunkel. Wie schwarz mochte er erst gewesen sein, als Nils Wikström unters Eis gekrochen war.

Zwei unruhige wiehernde Pferde, der auf dem Rücken liegende Tote, Johan Anundsson, der die Zügel festhielt. Und der daneben hockende Junge, dem das Grauen noch in den Knochen steckte. Hinter ihnen lag der offene See und der große Wald. Morell ging zu der kleinen Gruppe zurück.

»Es sieht so aus, als hätte er das geplant, der Nils Wikström. Seinen Tod, meine ich«, sagte er.

Warum wusste ich nicht, dass der Tote Knecht bei Anselm Mårtensson war?, dachte er.

Johan sah Morell fragend an.

»Ein Selbstmörder«, sagte er und hielt als Antwort die Stiefel hoch. »Wir müssen zusehen, dass ihn jemand hier vergräbt. Ich rede mit dem Pfarrer, und dann muss ihn wohl der Abdecker vergraben. Aber zuerst werde ich Anselm Mårtensson aufsuchen. So soll es sein. Im Augenblick können wir nicht mehr tun. Bald wird es dunkel. Vielleicht ist es das Beste, wenn wir ihn bis dahin in die Hütte legen.«

Er machte Johan ein Zeichen, dass sie den Toten gemeinsam ziehen sollten. Mit vereinten Kräften schleppten sie die Leiche Nils Wikströms zur Hütte, zerrten ihn die Treppe hoch und durch die Tür nach drinnen. Andreas blieb stumm bei den Pferden stehen.

Morell hob ihn vor sich aufs Pferd. Er war mager und hielt sich stocksteif.

»Das hast du gut gemacht«, sagte er zu ihm. »Gut gemacht ...«

Er überlegte eine Weile, und dann fiel ihm der Name des Jungen ein. Das freute ihn. Und so sagte er noch einmal: »Gut gemacht, Andreas.«

Anselm Mårtensson war ein ruhiger Mann. Er bewegte sich gelassen, seine Arme schwangen beim Gehen nicht, und wenn er sich setzte, bewegte er Hände und Kopf vorsichtig. Er machte sich nie schmutzig, um ihn schien es vor Sauberkeit zu glänzen. Selbst wenn er einen ganzen Tag lang Mist gefahren hatte, konnte man an seiner Kleidung keine Spuren schmutziger Arbeit entdecken.

Er hob auch Gräber aus und sang in der Kirche bei Beerdigungen, Hochzeiten und Taufen, wenn er nicht auf seinem Hof zu tun hatte; außerdem interessierte er sich sehr für die Geschichte seiner Heimat. Hin und wieder traf er sich mit Morell, und dann stets auf dem Hof des Polizeiamtmanns. Bei diesen Gelegenheiten erörterten sie alte Geschichten und vertieften sich in Hülphers Buch über Ångermanland. Eigentlich war er der einzige Bauer der Gegend, mit dem Morell etwas zu tun hatte. Trotzdem hatte Länsman Morell nicht gewusst, dass Nils Wikström in den letzten Jahren bei Mårtensson als Knecht gedient hatte.

Jetzt saß er auf der Vortreppe seines Hauses. Er war nicht allein. Länsman Morell war bei ihm; vor sich hatte er ein Tintenfass und einige Papiere, er schrieb einiges von dem auf, was Anselm Mårtensson berichtet hatte. Auf einer der niedrigeren Stufen saß der Landgendarm Anund Persson. Neben ihm standen die Stiefel, die Länsman Morell in der Waldhütte gefunden hatte.

Mårtensson beugte sich vor und nahm zum dritten Mal

einen der Stiefel in die Hand. Er war abgenutzt, das Leder an verschiedenen Stellen verschlissen und die Sohle löste sich.

»Doch, ich kann mit Bestimmtheit sagen, dass die Nils Wikström gehören«, wiederholte er. »Ich habe sie ihm geschenkt, weil ich sie nicht mehr tragen wollte.«

»Und sonst ist niemand im Winter dort gewesen?«, fragte Länsman Morell.

»Nicht in diesem Jahr«, sagte Anselm. »Die Hütte haben wir fürs Holzhacken, den Windbruch, gebaut. Außerdem lagern wir dort in einer Scheune das Moorgras. Man kann sagen, die ist zum Aufwärmen.«

Landgendarm Persson ließ den Blick über die Äcker ringsum schweifen, als wollte er das alles am liebsten schnell hinter sich bringen: In erster Linie war er Bauer.

»Jetzt haben wir wohl die Auskunft erhalten, die wir begehrten«, sagte er und stand auf.

Die anderen zuckten beim Klang seiner Stimme zusammen, denn sie war so laut und kraftvoll, als wäre nach Ansicht des Landgendarms alles, was er sagte, von besonderer Bedeutung.

Er war groß gewachsen, sogar größer als Morell, aber schlanker und wirkte auf seltsame Weise wie zusammengesunken. Man sah Johan an, dass er Perssons Sohn war, selbst wenn ihre Augenfarbe verschieden war. Anund Perssons waren dunkelbraun und blickten ebenso durchdringend, wie seine Stimme klang.

»Er kam, wie gesagt, wegen des Essens hierher«, sagte Mårtensson. »Ich habe doch schon einen Knecht.« Er saß still und wie erstarrt auf der Treppe. »Deshalb wunderte ich mich nicht, als er einfach verschwand. Aber dass er umgekommen ist, das ist ein Jammer. Das hätte ich dann doch nicht vermutet.«

»Und du bist nie bei deiner Hütte gewesen, um nachzusehen, ob er noch dort war?«, fragte Morell.

»Das hätte ich tun müssen, ich sehe es jetzt ein. Aber ich dachte bloß, er hätte es sich anders überlegt.«

»Und er wirkte nicht besorgt oder niedergeschlagen?«, hakte Morell ein letztes Mal nach, schüttelte die Tinte von der Feder und hielt sich die Papiere dicht vors Gesicht, als ob er nicht gut sehen könnte.

»Er war wohl nie das, was man als fröhlich bezeichnen würde, aber dass er sich das Leben genommen hat, verwundert mich doch. Und obendrein ertränkt.«

»Bei Selbstmördern weiß man nie, wie die denken«, sagte der Landgendarm mit dröhnender Stimme.

Doch die beiden hatten sich inzwischen an sein Organ gewöhnt. Mårtensson drehte bedächtig den Kopf zum Kuhstall. Morell versuchte, den Kopf ebenso bedächtig zu bewegen. Und Persson war stehen geblieben, aber auf dem Sprung. Ein junger Mann um die zwanzig trat jetzt aus der Tür des Kuhstalls.

»Ihr müsst wohl meinen Knecht befragen«, sagte Mårtensson.

Der Junge war krankhaft dick, sein Bauch und seine Schenkel schwabbelten geradezu vor Fett und sein Gesicht glänzte rot. Obwohl er so feist war, bewegte er sich erstaunlich behände.

»Was sagst du zu Nils«, sprach Mårtensson ihn an, »bedrückte in etwas?«

Der Knecht war jetzt näher gekommen, und als er stehen blieb, schien es eine Weile zu dauern, bis er ganz still stand, so als käme das bebende Fett nicht ebenso schnell wie die Knochen zur Ruhe.

Er schnaufte beim Atmen und trocknete sich den Schweiß von der Stirn.

»Er hat sich oben bei Tallsvedjan ertränkt«, sagte Mårtensson.

»Hat er?«, sagte der Knecht und sah einen Moment lang ängstlich aus. Oder war das ein Aufblitzen von Traurigkeit? Er fuhr eine Weile fort, sich Nacken und Stirn abzuwischen, und dann hielt er das Taschentuch so, als wollte er nachschauen, was daran hängen geblieben war. Nachdem er es in die Tasche gestopft hatte, wirkte er, als habe er zu Ende nachgedacht.

»Doch, still war er«, sagte er. »Aber sich ertränken?«

Seine Fistelstimme passte nicht zu seiner massigen Gestalt. Aber er schien jetzt gefasster zu sein, als hätte er sich an den Gedanken gewöhnt, dass Nils tot war.

Der Polizeiamtmann nickte, erhob sich von der Treppe und hielt einen der Stiefel hoch.

»Erkennst du den wieder?«, fragte er.

Der Knecht schaute seinen Bauern an und sagte: »Sind das nicht die Stiefel, die Nils von dir bekommen hat?«

Anselm Mårtensson nickte.

»Er hat sich ausgezogen ... vielleicht hat er sogar erst eine Weile geschlafen. Dann hat er das Bett gemacht und Jacke und Weste aufgehängt, die Stiefel ans Bett gestellt und dann ist er hinunter zum See und ins Wasser gegangen. Vielleicht hatte sich schon Eis gebildet, und er musste sich erst ein Loch ins Eis hacken ... So war es«, sagte Morell.

»Aber warum?«, überlegte Mårtensson.

»Das weiß man nie«, sagte der Landgendarm laut und deutlich, als ob auch diese Aussage von besonderem Gewicht wäre.

»Wir müssen wohl zusehen, dass er vergraben wird«, sagte Morell.

Ruhig erhob sich Mårtensson, der Knecht hatte wieder das Taschentuch hervorgeholt und wischte sich das Gesicht ab.

»Der Länsman, der vor hundert Jahren hier für Ordnung sorgte, David Hielman hieß er«, sagte Mårtensson, »der hatte sich ein Sägewerk in Söderå gekauft, wie ich herausgefunden habe. Vielleicht solltest du das auch tun?«

Länsman Morell lächelte, richtete seine Uniform und rückte seine Mütze zurecht. Dann hob er zum Abschied die Hand.

Der Landgendarm war schon im Gehen begriffen.

Mårtensson stand ruhig da, der Knecht wischte sich noch immer das Gesicht ab.

Ein Riesenkind, eingeschlossen in sein Fett.

3

Er war zu ihm gekommen, der Länsman. Nicht, dass er das Haus betreten hätte. Er hatte draußen gestanden und gerufen.

Brolin, hatte er gerufen, nur den Nachnamen. Nicht Israel, den Vornamen.

Nur Brolin, mehrmals, und am Ende war er, Israel, in den Windfang vorm Haus getreten und hatte hinausgeschaut. Und da hatte er gestanden, der Länsman. Er hatte gesagt, im Wald liege ein Selbstmörder, der unter die Erde müsse.

Das sei die Arbeit des Henkers, hatte er als Antwort gerufen, aber da hatte der Länsman geantwortet, er sei dankbar und werde auch einen Zuschlag bezahlen, und ob Brolin es nicht trotzdem tun könne, denn hier gebe es doch keinen Henker, nicht einmal im Landkreis. Er sei sonst gezwungen, den Henker Jacob Gyll aus Västerbotten kommen zu lassen, und was das kosten würde. Er hatte mit den Münzen in der Hand geklimpert und sie dann auf die Vortreppe gelegt.

Seine Kinder hatten hinter ihm in der Tür des Windfangs gestanden und zu dem Länsman hinausgeschaut, der eine Uniform trug und eine glänzende Mütze, und dessen kräftiges Kinn vorstand, so als wollte er sich seinen Weg durch den Sprengel pflügen. Und nach einer Weile hatte Brolin gnädig genickt und gesagt, doch, er könne es wohl tun.

Henkersknecht, Freiknecht, Wallacher – das sei er, Brolin. Ein Schinder, ein Abdecker, einer, der erledige, was kein anderer übernehmen wolle. Dann könne er doch wohl auch einen Selbstmörder im Wald vergraben, in ungeweihter Erde.

Das hatte er dem Länsman geantwortet.

Und dann hatte er seine Kinder angebrüllt, und sie mussten sich auf die Bank setzen und aufs Bett in der Kammer, damit er etwas Ruhe bekam, ehe er loszog, um den Auftrag zu erledigen. Das waren die Worte, die er zu Antonetta gesagt hatte. Den Auftrag erledigen. Sie stand am Herd und rührte in einem großen Topf. Schließlich musste die Kinderschar, die eben noch um ihn gelärmt und den Länsman mit seinen glänzenden Uniformknöpfen angestarrt hatte, satt werden.

Ich muss einen Auftrag erledigen, hatte er zu ihr gesagt, aber nichts genauer erklärt. Sie hatte ihn nur kurz angestarrt und weiter in der Suppe auf dem Herd gerührt.

Er ging mit einem Teller zu ihr und schöpfte sich ein paar Löffel voll.

»Man braucht 'n bisschen was zu essen«, sagte er, »wenn man so einen Auftrag erledigen muss.«

»Der Länsman«, sagte sie.

»Ja, er war hier, und jetzt gibt es einen Auftrag«, sagte er.

Und dann war Brolin mit dem Spaten in der Hand durch den Wald gegangen, hinauf zum See. Ihm war befohlen worden, nicht zu nahe am See zu graben, deshalb ging er ein paar Meter weiter, fast bis zum Waldrand. Dort ließ es sich leicht graben, und er brauchte nicht so lange für eine ausreichend große Grube.

Ehe er die Tür zur Hütte öffnete, band er sich ein Taschentuch vor Mund und Nase. Am Hemdkragen zog er den Toten schnell nach draußen und die Treppe hinunter.

Er sah stark mitgenommen aus, der Selbstmörder, den er nicht kannte. Er stammte wohl nicht aus der Gegend, war aber hierher gekommen, um sich das Leben zu nehmen.

Brolin ruhte sich einen Moment in der Sonne aus und wischte sich mit seinem Taschentuch den Schweiß von der Stirn.

Er dachte: Es gibt halt verschiedene Arbeiten. Meine sind nicht die feinsten. Aber immerhin werde ich dafür entlohnt. Und eigentlich schert es mich nicht, dachte er, dass niemand zu mir ins Haus kommt, sondern dass sie alle draußen stehen bleiben und mich bitten, das zu tun, was getan werden muss. Und das Geld fürs Pferdeschlachten oder -beschneiden auf den Zaunpfahl legen. Aber die Leute sind immer froh, dass diese Arbeiten getan werden, dass ihre Pferde geschlachtet oder kastriert werden, oder die Tiere gehäutet oder vergraben werden, dass ...

Diese verdammten *buro!* Diese Bauern, Milch und Fleisch haben sie, und Schafe und Pferde und sie wohnen in warmen, wetterfesten Häusern. Aber zu mir müssen sie kommen, wenn geschlachtet und wenn kastriert werden muss.

Er lachte auf. Es klang bitter.

Diese Teufel, dachte Brolin und wischte sich noch einmal mit dem Taschentuch über die Stirn. Jetzt wurde es Zeit. Er ging mit abgewandtem Gesicht zu der Leiche, packte einen Arm und zog. Es sollte schnell gehen. Er wollte den Toten schnell zu seinem Grab transportieren und mit Erde bedecken. Mit den Füßen fing er an, den Körper zu rollen. Da entdeckte er es. Da sah er ein dünnes, bläuliches, kleines Mal um das rechte Handgelenk. Ein dünner Strich, der bedeutete, dass dieser Tote vielleicht nicht aus eigener Kraft hinunter in die Tiefe gewollt hatte, sondern dass er dazu gezwungen worden war. Dieses Mal deutete darauf hin. Aber Brolin zögerte nur kurz. Damit hatte er nichts zu schaffen. Er hatte einen Auftrag, und den musste er zu Ende bringen.

Mit einem dumpfen Geräusch prallte der Körper in der Grube auf; und sofort fing Brolin an, sie mit Erde aufzufüllen. Es ging schnell. Mit der Rückseite des Spatens klopfte er die Erde fest, bis sie ganz eben war.

Nun war er weg. Nun lag dieser Selbstmörder, der womöglich kein Selbstmörder war, unter der Erde. Wie er auch heißen mochte ...

Brolin zog wieder sein Taschentuch hervor und wischte sich das Gesicht ab. Für einen Augenblick blieb er ganz still stehen. Er hatte plötzlich das Gefühl, als ob er hier am See nicht allein wäre, als ob sich jemand ganz in der Nähe aufhielte. Er bekam einen ziemlichen Schrecken. Aber nur kurz. Denn er brauchte sich doch vor niemandem zu fürchten! Nur vor seinem eigenen Gedanken, der ihm gerade durch den Kopf gegangen war. Doch das war ja nur ein Gedanke gewesen, sonst nichts. Niemandem hatte er davon erzählt, und das würde er lieber auch nicht tun.

Doch solange er noch vor Schreck zitterte, blieb er ganz still stehen und lauschte angespannt.

Und dann hörte er etwas im Wald, das Knacken eines Zweiges, fliehende Schritte. Jemand war ganz in seiner Nähe gewesen! Er kauerte sich zusammen und starrte zum Wald hinüber. Als ob das helfen würde! War das nur ein Tier auf der Flucht gewesen? Und während er zusammengekauert in den dunklen Wald starrte, bemühte er sich, wieder ruhig zu atmen.

Allmählich ließ der Schreck nach, immer noch drückte er das Taschentuch an die Stirn und lauschte zum Wald hin, bis es wieder völlig still geworden war.

Dann klopfte er mit dem Spaten noch einmal auf das frisch gegrabene Grab und ging schnell den Weg zurück, den er gekommen war.

Der Fluss war hier, in der Nähe des Meeres, breit, ruhig strömte er dahin. Er war ihm lange gefolgt und hatte sich stromabwärts auf einem Floß treiben lassen, das er in aller Eile aus vier Kiefern gebaut hatte, von ihm eigenhändig gefällt, entrindet und zusammengeschnürt. In der Nähe des Marktfleckens Örnsköldsvik wollte er das Floß sowieso aufgeben. Nicht, dass er dorthin wollte, er wollte noch weiter, in Richtung Arnäs.

Er wusste, dass der Tote in Anundsjö gefunden worden war. Ein Selbstmörder hieß es. Ein Mann, der eine Todsünde begangen hatte und deswegen bis in alle Ewigkeit in der Hölle schmoren müsse. Eine solche Sünde habe er begangen, so redeten die Leute. Das hatte er gehört. In der Gastwirtschaft. Man sprach darüber in allen Dorfschenken, in die er auf dem Weg nach Åsele eingekehrt war. Die Nachricht verbreitete sich schnell im Land. Aber das stimmte nicht. Denn der Tote war kein Selbstmörder.

Jemand hatte ihn unter das dünne Eis gedrückt. Und das war ich, dachte er. Ich habe es getan. Aus Rache. Ich war das.

Er hatte keine Beweise zurückgelassen, nichts, was darauf hinwies, dass kein Lebensmüder den Tod gesucht hatte.

Und jetzt wusste er auch, dass der Tote unter der Erde lag. Er war zur Stelle gewesen, als der Abdecker ihn vergraben hatte. Der Mann hatte ziemlich schlampig ein flaches Grab ausgehoben und es anschließend schnell wieder aufgefüllt. Und dort lag er jetzt, der Tote. Vor allen verborgen. Und niemand wusste, was er getan hatte. Das war nicht richtig. Das durfte nicht sein.

Letzten Winter hatte er immer wieder an seine Tat gedacht. Ohne Schuldgefühle. Manchmal war er mitten in der Nacht erwacht und hatte wieder den entsetzlichen Schrei gehört, den der von ihm Verurteilte ausgestoßen hatte, als er begriff, dass er sterben musste.

Genauso hatte es sein sollen. Dieser Mann hatte nicht nur sterben sollen, sondern vorher leiden. Entsetzen und Angst empfinden. Und er hatte gelitten.

Trotzdem hatte er das Gefühl, es sei noch nicht genug. Noch war sein Rachedurst nicht gestillt. Und er machte sich Vorwürfe, zu sorgfältig vorgegangen zu sein.

Denn jetzt würden die Menschen alles vergessen. Niemand würde je erfahren, was der Mann getan hatte, der da irgendwo vergraben in der Erde lag. Die Leute würden sich an ihn als einen Verlorenen erinnern, der Hand an sich gelegt hatte. Doch verloren war dieser Mann aus einem anderen Grund. Weil er etwas getan hatte. Er hatte eine Sünde begangen, die viel schwerer wog als die, Hand an sich zu legen. Er hatte etwas Entsetzliches getan. Und dafür sollte er bis in alle Ewigkeit in der Hölle brennen.

Manchmal dachte er an das Höllenfeuer. Das war ein anderes Feuer als wenn ein Haus brennt oder eine Scheune, das wusste er. Denn dann lodert das Feuer anfangs tosend und stark, aber es nimmt ab, es wird sanfter, bis es nur noch glimmt und schließlich ganz erlischt. So ergeht es den Sündern im Höllenfeuer nicht. Sie brennen bis in alle Ewigkeit, wie ein Haus, das in hellen Flammen steht.

Zuweilen senkte er den Kopf und betete darum, nicht selbst bestraft zu werden. Dann bat er Gott um Verständnis: Sieh Herr, ich habe nur getan, was getan werden musste. Was ich getan habe, ist nichts Böses gewesen. Und nur das Böse bringt den Menschen in die Hölle, in die Wohnung des Teufels voller Feuer und Schwefel.

Gott sieht alles, das wusste er, und Gott hat gesehen, wie dieser Mann, der Nils hieß, und wie die anderen ...

Nein, dieses Mal würde er nicht so sorgfältig seine Spuren verwischen wie beim letzten Mal. Nein, dieses Mal sollten die Leute begreifen.

Dieses Mal sollten sie nicht in Unwissenheit verharren.

Er wusste, wer jetzt an der Reihe war.

Helena Morell wusste, dass die Menschen ihren Gatten, den Polizeiamtmann, respektierten, ja fürchteten. Sie wusste, dass er nicht beliebt war. Aber sie wusste auch, warum das so war: Weil er das Gesetz vertrat. Deshalb unterschieden sie sich von den anderen im Dorf. Er und sie und der Pfarrer und der Küster nahmen eine Sonderstellung ein. Sie waren als Einzige weder Bauern noch Knechte, Mädge oder Gesinde.

Und sie selbst hatte gar nichts. Früher einmal hatte sie sich gewünscht, von einer Kinderschar umgeben zu sein. Und Kinder hatte sie geboren, das stimmte. Aber als sie aus ihrem Schoß kamen, waren sie tot. Und jetzt hatte sie das Gefühl, mit diesem Kapitel ihres Lebens abgeschlossen zu haben. Sie wollte dieses Grauen nicht noch einmal erleben müssen; sie wollte nicht noch einmal das blutige Bündel und die alte Frau sehen müssen, die ihr bei jeder Niederkunft geholfen hatte. Sehen, wie sie es aus dem Zimmer trug. Und dann die Gräber. Drei kleine Kreuze auf dem Friedhof, die bewiesen, dass sie zwar fruchtbar war, aber unfähig, Leben zu schenken.

Helena sah ihrem Mann an, wie sehr er sich nach einer Umarmung sehnte, aber sie konnte nicht. Die Angst war zu groß. Nicht noch einmal.

Und sie hatte nichts, um sich die Zeit zu vertreiben. Die Mädchen, Greta und Anna, kümmerten sich um alles, um das Essen und das Saubermachen und die Wäsche unten am Steg. Es schien, als wäre etwas in ihr erloschen. Alles, was ihr früher Freude bereitet hatte, stellte sie nicht länger zufrieden – die Vorfreude, Gäste zu empfangen, die Zimmer im hellen Licht erstrahlen zu lassen, wie eine Herrin durchs Haus zu gehen und alle Köstlichkeiten schon im Voraus zu probieren. Nein, meistens waren sie beide allein. Und ein wachsendes Schweigen herrschte in den Räumen.

Als Helena jetzt hörte, dass Harald ins Haus trat, ging sie die Treppe hinunter, um ihn zu begrüßen. Er hatte sich auf den Stuhl vor seinen Sekretär gesetzt und versuchte, seine Stiefel auszuziehen.

»Ich helfe dir«, sagte Helena und kniete sich vor ihren Mann.

Aber die Stiefel saßen so fest, dass sie es nicht schaffte. Da lachte sie und er ebenfalls, und schließlich gelang es ihnen doch, sie auszuziehen.

Sie war vor ihm stehen geblieben, und als er nun aufstand, schmiegte sie sich vorsichtig an ihn. Sie spürte sein Erstarren, trotzdem berührte sie zart sein Haar und merkte bald, wie er sich entspannte. Er nahm ihr Gesicht in seine Hände. Seine Augen leuchteten, und sie sah in ihnen den Hunger. Doch er schien sich zu besinnen. Stattdessen streichelte er behutsam ihre Wange, ihren Mund und ihre Nase. So wie ein Mann seine Kinder streichelt – aber nicht seine Ehefrau.

Die Eheleute saßen an dem großen Tisch. Morell hatte an der Schmalseite Platz genommen, und seine Frau saß rechts von ihm. Greta hatte aufgetragen und abgeräumt, und jetzt standen nur noch die beiden Kaffeetassen auf dem Tisch. Hauchdünn waren sie und mit einem Blumenmuster dekoriert, Menschen waren ebenfalls angedeutet – ein Junge und ein Mädchen, die sich einander zuneigten.

Das Geschirr hatte Helena geerbt; ihr Großvater hatte bedeutende Anteile an der Ostindischen Kompanie besessen und nicht nur Porzellan hinterlassen, sondern vieles andere mehr, ein Vermögen, das ihr Vater allerdings vertan hatte, sodass die Familie am Ende beinahe mittellos gewesen war. Deshalb war sie nach Sundsvall gezogen, und dort war Helena Harald begegnet.

Wie lange das schon her war! Und nun hatten sie die letzten Jahre in einer dünn besiedelten Gegend gelebt, mit großen Entfernungen zwischen den einzelnen Orten. Seit fünf Jahren wohnten sie hier, und während dieser Zeit waren alle ihre Kinder tot geboren worden.

»Wie war der Tag?«, fragte Helena ihren Mann.

Er hielt die hauchdünne Tasse in seiner großen Hand, führte sie zum Mund und nippte daran, ehe er antwortete: »Wir haben einen Schafdieb festgenommen. Aber sonst gibt es wohl nicht viel.«

Er stellte die Tasse ab und räusperte sich.

»Die Leute leben in Zucht und Achtung vor dem Herrn, jedenfalls die meisten«, sagte Morell.

»Ich habe mir etwas überlegt«, sagte sie, »wir sollten wieder einmal Gäste einladen.«

»Hierher?«, fragte er und sah seine Frau verwundert und gleichzeitig erfreut an.

»Ja, den Länsman von Sidensjö. Seine Frau mag ich ... mochte ich, und Viberg aus Arnäs und ... den Landgendarm ...«

»Ja, das können wir gerne tun«, antwortete er.

»Dann habe ich doch etwas, womit ich mich beschäftigen kann«, sagte sie.

Morell nickte.

»Zu Mittsommer«, sagte sie.

»Zu Mittsommer«, wiederholte er. »Das ist nicht mehr so lange hin.«

Helena stand auf und berührte ihren Mann noch einmal.

Und als er sie anlächelte, schien sich sein kantiges Gesicht zu öffnen.

4

Die Leute nannten ihn den Sensenmann.

Dieser Name gefiel ihm anfangs überhaupt nicht, aber mit der Zeit hatte er sich daran gewöhnt und fand ihn inzwischen recht ehrenvoll.

Er hieß Isak Lundström, und er konnte gut mit Geräten und Werkzeugen umgehen, insbesondere mit der Sense. Keiner schwang sie so wie Isak, darin waren sich fast alle einig. Die Leute blieben stehen, wenn sie ihn sahen. So weich, so geschmeidig schwang er die Sense. Und so dicht über dem Boden. Es blieb kein Hälmchen stehen, wenn Isak Lundström die Sense schwang.

Er war Knecht bei Anders Andersson, jetzt in Arnäs, nicht weit von Klingre entfernt. Noch war die Zeit der Heuernte nicht gekommen, noch war es nicht Zeit für die Sense. Die Äcker waren alle bestellt. Darüber war es Frühsommer geworden, und die Traubenkirschen auf dem Hof blühten. Da ging Isak eines Morgens in aller Herrgottsfrühe zum Stall. Er zog das eine Bein etwas nach, nicht so, dass es ihn gehindert hätte, geschickt mit der Sense umzugehen, aber ohne sie oder ein anderes Gerät schien es, als wollte das Bein nicht richtig folgen.

Dem alten Pferd sollte der Garaus gemacht werden. Der Bauer hatte schon ein neues angeschafft. Isak selbst gewöhnte es an die Deichsel. Denn er war nicht nur geschickt im Umgang mit Werkzeugen und Geräten, sondern auch mit Tieren.

Im Morgengrauen war er aufgewacht, und da hatte er wieder dieses Unbehagen verspürt. Er hatte an seinen toten Bruder gedacht, seinen jüngeren Bruder, der trotz seiner Jugend nicht mehr lebte, weil er seinem Leben eigenhändig ein Ende gemacht hatte. Der Bauer, Anselm Mårtensson, hatte ihn davon in Kenntnis gesetzt. Das hatte er immerhin getan.

Nils. Nils habe sich ertränkt.

Warum Nils das getan hatte, wusste Isak nicht. Vielleicht hatte er nicht mehr mit dem leben können, was im Sommer vor zwei Jahren geschehen war? Warum denn nicht? Das war doch begraben und vergessen. Trotzdem spürte Isak ein Unbehagen – an diesem Morgen wie schon so oft. Nicht, dass jemand von der Sache mit seinem Bruder etwas wusste, niemand wusste wohl, dass er einen Bruder hatte. Aber dieses unbehagliche Gefühl, diese innere Unruhe war da, wie schon öfter.

Er gab dem Pferd eine Hand voll Hafer und führte es am Halfter durch das Tor zum Gatter.

Mit einem Spaten in der Hand wartete dort bereits Brolin. Isak Lundström zuckte leicht zusammen, als er den schwarz gekleideten Brolin entdeckte. Der Abdecker war zwar klein, strahlte aber etwas Kraftvolles und Gefährliches aus. Den großen Hut hatte er in den Nacken geschoben. Er wartete, ganz ruhig.

Auch das Pferd wirkte ruhig, es kaute noch immer seinen Hafer.

»Ja, das hier ist das Pferd«, sagte Isak.

Brolin antwortete nicht, noch immer stand er vollkommen ruhig da. Ein dichter schwarzer Bart rahmte sein Gesicht ein, und seine Augen blickten den Knecht träge an. Er nahm das Halfter und ging ohne ein Wort mit dem Tier davon.

»Hör mal zu, du verdammter Schinder«, schrie ihm der Knecht hinterher. »Weißt du denn überhaupt, wo du damit hin sollst?«

Brolin antwortete auch dieses Mal nicht.

»Da drüben in den Sand!«, rief Isak und deutete in die Richtung. »Und grab es ja tief ein!«

Isak folgte Brolin in einiger Entfernung. Er wusste, dass er mit Pferdeschlächtern und Schindern nichts zu tun haben sollte, aber wenn er nun aus der Entfernung ...

Das Pferd trottete hinter dem Bärtigen her, und als Brolin stehen blieb, blieb auch das Pferd stehen. Dann ging alles sehr schnell. Isak sah das Messer aufblitzen, er sah, wie Brolin es dem Pferd in die Brust stieß und dann begann, das Pferd rundum zu führen. Die ganze Zeit sprach er zu dem Tier in einer Sprache, die dem Knecht fremd war. Und dann fiel das Pferd, schien auf einer Seite einzuknicken. Es schien zu taumeln und trat mit den Beinen. Dann lag es da. Reglos.

Brolin beugte sich über das Pferd und schien wieder etwas zu sagen. Mit dem Spaten zog er ein paar Linien in den Kies, holte ein Taschentuch hervor und wischte sich lange das Gesicht ab. Dann begann er zu graben.

Der Knecht schnäuzte sich in die Hand, er wollte dieses Unbehagen loswerden. Er konnte doch keiner Menschenseele erzählen, dass er beim Pferdeschlachten zugeschaut hatte. Und dass er ein paar Worte mit dem Schinder und Abdecker gewechselt hatte!

Die Beine des Pferdes zuckten ein letztes Mal, doch Brolin grub mit ruhigen, gleichmäßigen Spatenstichen weiter.

»Bring es unter die Erde, du elender Schinderteufel!«, schrie Isak. »Und dann verschwinde von hier!

»Jetzt ist der Gaul tot«, sagte der Knecht, als er die große Küche betrat. »Der Brolin vergräbt ihn gerade.«

Anders Andersson saß an der Stirnseite des Tischs, und an den Längsseiten saßen die Hausfrau, eine Magd und die beiden anderen Knechte, Einheimische, nicht so wie er Fremde. Eine Magd stand am Feuer. Niemand hatte dem, was Isak gesagt hatte, etwas hinzuzufügen. Er nahm seinen Platz ein und schöpfte sich ein paar Löffel Grütze auf seinen Teller.

Beim Essen herrschte Schweigen. Durchs Fenster fiel das Licht des frühen Morgens. Niemand sagte etwas. Wieder packte Isak dieses Unbehagen. Nicht Brolin, der Zigeuner und Pferdeschlächter, hatte es hervorgerufen, sondern sein Bruder, der ein Loch ins Eis gehackt und sich ertränkt hatte. Warum war Nils nicht zu ihm gekommen, so wie früher? Während der ganzen Mahlzeit spürte der Knecht dieses Unbehagen wie ein leichtes Unwohlsein, sodass es ihm schwer fiel, die Grütze hinunterzuschlucken.

»Heute ist die Mühle dran«, sagte Andersson.

Zum Zeichen, dass die Mahlzeit beendet war, hatte er seinen Teller weggeschoben.

»Du sollst fahren«, sagte der Bauer und deutete auf Isak. »Wenn du das mit dem neuen Pferd kannst.«

Er starrte eine Weile an die Decke.

»Wo wir das alte Pferd jetzt beseitigt haben.«

Er faltete die Hände, als ob er für die Mahlzeit danken wollte, doch dann erhellte ein kleines Lächeln sein verschlossenes Gesicht. Und alle am Tisch schauten ihn an. Sie wussten, was kommen würde. Jetzt war eine Geschichte an der Reihe. Und nichts eilte mehr. Wenn Anders Andersson in dieser Stimmung war, dann durften alle sitzen bleiben und die Arbeit konnte eine Weile warten.

Heute war die Geschichte von dem Bauern, der zur Mühle fuhr, an der Reihe.

»Das ist vor mindestens dreißig Jahren passiert«, sagte Anders Andersson.

Alle hatten die Geschichte bereits gehört, aber das sagte niemand. Sie sahen ihren Bauern stattdessen erwartungsvoll an, alle – bis auf die Hausfrau. Sie war drahtig wie ein Wacholderbusch und stand auf und begann, am Herd herumzuwirtschaften. Eine Magd kam mit dem Joch über der Schulter herein und stellte die beiden Wassereimer ab.

»Na ja«, erzählte Anders Andersson, »also, das war so. Da war mal ein Teufelskerl von einem Bauern, der lebte nicht weit von hier in Klingre und er hatte die Tochter von dem Pehr Pehrsson geheiratet. Sie war vorher mit einem verheiratet gewesen, der an Schwindsucht gestorben war, und er kam als Knecht dahin. Er hieß Erik Jonsson, und wie es so kam, es wurde geheiratet. Und der Jungbauer, der war ein ganz elendiger Kerl. Und wie es so war, da hetzte seine Frau, die Karin, Pehr Pehrsson auf. Und als Erik Jonsson unterwegs zur Mühle war, da stand der Pehr Persson da mit der Büchse und schoss ihn tot. Er hat ihn totgeschossen, und dann vergruben sie ihn da, wo der Teer gemacht wird, er und seine Alte. Aber am Ende kam alles raus, und da wurde er, der Pehr Pehrsson, mächtig bestraft. Erst haben sie ihn geköpft und dann gevierteilt, und dann haben sie die Teile auf vier Wagenräder gelegt und sie hoch in die Luft gezogen, und dort musste er ziemlich lange liegen.«

Anders Andersson verstummte und starrte auf die Sonnenstrahlen, die den Teller mit dem Fladenbrot, die leere Grützeschüssel und den Milchkrug aufleuchten ließen. Und mit einem Mal schien er zu begreifen, dass sie nicht den ganzen Tag hier untätig rumsitzen konnten. Denn es gab eine Menge Arbeit.

»Na, nun müssen wir aber zusehen, dass wir in Gang kommen«, sagte er.

Isak Lundström konnte mit dem neuen Pferd umgehen. Es ging sogar schon im Geschirr, natürlich noch etwas stockend, aber sie erreichten ihr Ziel. Dort machte er es an der Schranke direkt bei der Vortreppe zur Mühle fest. Die Bauern hier ließen alle in dieser Mühle mahlen. Und mit dem Mahlen kannte sich Isak Lundström ebenfalls aus.

Ja, ich kann eine ganze Menge, dachte er. In der Mühle knirschten ächzend die großen Mühlsteine.

Aber ich bin und bleibe ein verdammter Knecht. Einer,

der sich sein Leben lang bei den Bauern verdingen muss, während der Bauer Butter in seine Grütze tun kann und nur mit den Fingern schnicken muss, und schon wird die Arbeit für ihn getan. Und der Geschichten erzählt, die man schon so oft gehört hat, dass sie einem zum Hals heraushängen.

Er dachte an die Geschichte von dem Bauern, der vor langer Zeit auf dem Weg zur Mühle erschossen worden war, schon gut ein Menschenalter war das her. Das war passiert, noch ehe er auf der Welt war, aber immer wieder hatte er die Geschichte gehört, nicht nur von Anders Andersson, sondern von allen Bauern, die ihn gedungen hatten, hier und in Själevad und in Anundsjö.

Aber in Anundsjö war er immerhin bei einer Hinrichtung dabei gewesen. An einem Herbsttag vor nicht mal zwei Jahren war das gewesen, als Sven Svensson seinen Kopf auf den Richtblock hatte legen müssen. Das war in Galasjö gewesen, an der Grenze zu Sidensjö, kurz nachdem er nach Arnäs gezogen war, und er und der Bruder waren zum Richtplatz hingegangen. Er war auf einen Baum geklettert, um besser sehen zu können. Nass und elend kalt war es an dem Tag gewesen – eiskalter Regen prasselte hernieder –, aber er hatte alles gesehen und sich außerdem auf dem Baum gehalten, sogar als der Kopf des Mörders zu Boden fiel und andere den Halt im Baum verloren hatten.

Acht Menschen hatte der Sven Svensson umgebracht. Seine Frau und sieben Kinder. Zwei hatten überlebt, und die kümmerten sich jetzt um den Hof, hatte er gehört. Nicht, dass er sich von ihnen dingen lassen wollte. Bei denen saß der Kopf doch nicht richtig fest. Hieß es nicht, eine Missetat kommt selten allein?

Er hatte gesungen, der Mörder, als er zum Richtblock ging. Er konnte sich noch an das Kirchenlied erinnern. *»In Christi Wunden schlaf ich ein«*, hatte Sven Svensson gesungen. Und dann war der Henker mit dem Beil aus seiner Hütte aus Reisig getreten. Nur ein paar Leute hatten sich in seiner Nähe aufgehalten, aber zu einem Knecht, der ganz nahe an ihn herangekommen war, hatte er gemurmelt: »Jetzt geht es ihm an den Kragen.«

Isak Lundström auf seinem Baum hatte das auch gehört.

Als sich Isak daran erinnerte, lachte er auf, aber dann fiel ihm sein Bruder wieder ein, obwohl er gar nicht an ihn hatte denken wollen. Er wollte nicht an ihn erinnert werden, er wusste ja nicht einmal, wo Nils begraben war. Aber jetzt kamen die Gedanken wieder. Warum bist du nicht zu mir gekommen?, dachte er. Du hättest mit mir nach Arnäs ziehen sollen. Du hättest diesen verdammten Kirchensprengel genauso verlassen sollen. Ich hätte mit dir reden sollen, und du hättest dich nicht zu ertränken brauchen. Du hättest dir kein Loch ins Eis hacken müssen. Du hättest mit hier sein können.

Das war Schwäche, dachte er. Er war schwach gewesen, sein Bruder. Man muss gewisse Dinge einfach begraben, so wie er das getan hatte – und die anderen.

Wenn das denn der Grund gewesen war ...

Isak schulterte die Mehlsäcke und legte sie auf den Karren. Dann setzte er sich eine Weile auf die Treppe. Er hatte es nicht eilig heimzukommen. Es gab Gelegenheiten, da konnte man sich einfach vor der Arbeit drücken und dem verdammten Bauern aus dem Weg gehen.

Nach dem Abendbrot stand Isak Lundström auf dem Treppenabsatz vorm Haus und schaute auf zum dunkel werdenden Himmel. Würde es regnen?

Als er sich auf den Weg zum Knechtshaus machte, sah er, dass die ältere der Mägde in Richtung See ging. Er folgte ihr mit gebührendem Abstand. Sie blieb nicht am Wäscheplatz stehen, sondern wanderte weiter, am Strand entlang. Vielleicht wollte sie den See einmal ganz umrunden? Dann würde sie durch den Wald kommen. Und er würde ganz in ihrer Nähe sein. Als ihm einfiel, was er dann tun könnte, schoss pochende Erregung in ihm auf. Er folgte ihr, ohne dass sie ihn sehen konnte. Sie hatte inzwischen einen Stock genommen, den sie hinter sich herzog.

Noch nicht, dachte er.

Er hatte gehört, wie einer der Knechte von ihr erzählt hatte, dass sie nicht Nein sage, wenn man nachts an ihre Tür klopfe, sondern sie mehr als willig jedem öffne.

Noch nicht, aber bald.

Isak zitterte vor Erregung. Wenn sie nur in den Wald ginge! Sie blieb einen Moment stehen. Er versteckte sich hinter einem Baum. Jetzt war kein Haus mehr zu sehen, weder das Bauernhaus noch der Kuhstall oder eins der anderen Gebäude.

Geh weiter!, dachte er. Geh in den Wald, in den dunklen, schweigenden Wald.

Eine Hand in der Hosentasche spürte er die Hitze in seinem steifen Geschlecht. Er war bereit.

Jetzt schlenderte sie weiter, genauso gemächlich wie vorher. Es war nicht mehr weit.

Bilder schossen Isak durch den Kopf. Wie er sie auf die Erde werfen und in sie eindringen würde. Und wie sie ihn umarmte, ihn aufnahm, freudig lachend und voller Lust.

Ja, sie war auf dem Weg in den Wald! Er war nur fünfzig Meter von ihr entfernt und begann, schneller zu gehen. Er rannte und sein Geschlecht pochte.

Da sah er ihn. Seibrant, den Knecht. Er sah, wie er sie hochhob und wegtrug. Er hörte ihr Lachen, und er hörte, wie die Äste knackten, als Seibrant mit seiner Beute tiefer in den Wald drang. Er lief hinterher und sah die beiden neben dem Pfad im Unterholz verschwinden.

Neid und Zorn wallten in ihm auf. Isak blieb zurück, er wollte nichts von alledem sehen. Sein Geschlecht war schlaff geworden, als hätte er es in ein Eisloch getaucht.

Dieser verfluchte Seibrant!, dachte er. Dieser ...

Und während Erregung, Unmut und Zorn in ihm tobten, blieb er einen Moment auf dem Weg stehen. Dann machte er sich auf den Rückweg, er war immer noch im Wald.

Er ging zögernd, den Blick auf die Erde gerichtet. Da hörte er etwas, ein Geräusch, und hob den Blick.

Direkt auf dem Weg vor ihm stand er.

Isak erkannte den Mann sofort wieder. Er schluckte, Angst ergriff ihn. Und dann sah er die Sense.

Der Mann stand mit erhobener Sense vor ihm. Nicht mehr als zwei Meter entfernt. Isak wollte etwas sagen, etwas zu seiner Verteidigung sagen, aber er brachte keinen Ton heraus.

Er kam auch nicht dazu, irgendwie zu reagieren.

Schließlich fing er an zu schreien: ein markerschütterndes Gebrüll, das aus seiner Brust zum Himmel aufstieg.

Der erste Schlag mit der Sense trennte ihm beinahe den Fuß vom Bein, aber er fiel nicht, er blieb stehen. Er schaute verwundert auf sein Bein, fast wäre er gefallen, doch es gelang ihm, das Gewicht auf den anderen Fuß zu verlagern und den Blick zu heben. Er schaffte es nicht mehr, schützend die Hände zu heben. Es gab keinen Schutz.

Als die Sense seinen Hals aufschnitt, entstand ein gurgelndes Geräusch.

5

Es regnete. Schwere Tropfen klatschten Länsman Viberg auf die Uniformmütze und prallten von ihr ab. Er war durch und durch nass. Trotz des Schirms lief ihm das Wasser übers Gesicht. Mit dem Handrücken wischte er es immer wieder weg.

Länsman Viberg aus Arnäs war klein und dünn. Irgendwie schien er nicht recht in seinen Uniformrock hineingewachsen zu sein. Die Ärmel reichten bis an die Knöchel, und seine kurzen schmalen Finger schauten unten hervor. Unter der großen Uniformmütze wirkte sein Gesicht wie ein kleiner Keil, und wenn er sie hin und wieder abnahm, leuchtete sein Schädel wie eine polierte Kugel. Aber immerhin wirkte sein Kopf dann größer.

Jetzt saß die Mütze auf seinem Kopf, trotzdem hatte er das Gefühl, als dringe der Regen bis auf seinen Schädel durch. Er hatte ihn im Gesicht, in der Nase, in den Augen. Ständig wischte er mit dem Jackenärmel nach.

Die anderen Männer im Wald standen vorgebeugt da und versuchten auf diese Weise, dem Wolkenbruch standzuhalten. Neben ihnen lag der Tote.

Ein Fuß hing nur noch wie ein Fetzen am Körper. Das

viele Blut hatte sich mit dem Regen vermischt und war den Hang hinuntergelaufen. Der Arzt hatte die Kleidung des Toten geöffnet. Der Körper wies keine anderen Verletzungen auf.

Es gab nur den einen Schnitt durch den Hals. Der Streich war mitten durch die Kehle gegangen, aus der immer noch Blut sickerte. Es mischte sich mit dem Regen zu einem hellroten Rinnsal. Die klaffende Wunde stand bis zu beiden Ohren offen.

Über das Tatwerkzeug bestand kein Zweifel. Die Sense lag neben dem Toten. Und ehe es angefangen hatte, so zu gießen, hatte Länsman Viberg das Blut gesehen, sowohl auf dem Blatt der Sense als auch auf dem Sensenstiel. Der Tote war nahezu enthauptet worden. Das Werkzeug dazu war die Sense gewesen. Und der Täter wusste wahrhaftig eine Sense zu schwingen.

Viberg beugte sich zur Erde und untersuchte sie. Auf dem Weg waren Spuren zu erkennen, die sowohl oben vom Wald als auch unten von der Wiese her kamen. Die meisten hatten sich inzwischen mit den anderen Fußabdrücken vermischt. Er ging ein Stück weit hinauf, um zu sehen, ob er dort weitere Spuren fände.

Er untersuchte den Weg, er betastete das Gestrüpp links und rechts davon, er befühlte das Moos, aber er konnte nichts Aufschlussreiches entdecken.

Der Knecht und die Magd waren barfuß gewesen, so viel hatte er erkannt. Aber der Mann, der die Sense geschwungen hatte? Hatte der ebenfalls keine Schuhe getragen? Der Pfad gab ihm keine Antwort auf seine Frage. Er beantwortete ihm auch die nächste nicht: War der

Mörder aus dem Wald oder von der Wiese her gekommen?

Länsman Viberg warf einen letzten Blick auf den Ermordeten, ehe er sich schnellen Schritts zum Haus begab, dem großen Bauernhaus.

Der Bauer Anders Andersson sagte ihm, wer der Tote war. Er habe Isak Lundström geheißen und komme aus Anundsjö. Er lebe seit ungefähr zwei Jahren als Knecht hier auf dem Hof.

»Er verstand sich auf die Sense, die konnte er schwingen«, sagte Anders Andersson.

Länsman Viberg zuckte zusammen und fragte: »Wer?«

»Der Isak, der umgebracht worden ist. Er verstand sich auf die Sense. Er war ein tüchtiger Arbeiter. Was anderes kann ich nicht sagen.«

»Der Mörder war ebenfalls tüchtig mit der Sense«, antwortete Viberg trocken.

An Anders Anderssons linker Hand fehlten zwei Finger und im Mund ein paar Zähne. Wenn der Bauer die Hand an den Mund hielt, passte beides, Hand und Mund, gut zusammen, fand Viberg.

Aus seinen Kleidern tropfte es noch immer, und unter ihm bildete sich eine große Pfütze. Er schob den Stuhl ein Stück vom Tisch zurück, kramte in seiner Rocktasche und zog Papier und Stift hervor.

Und er stellte neue Fragen.

Wer hatte einen Grund für eine derartige Raserei? Wer wollte Isak Lundström töten? Hatte der Ermordete Geld besessen?

Länsman Viberg hatte inzwischen seine Mütze abgenommen und fuhr sich immer wieder mit der Hand über den kahlen Schädel, so als würde er Regentropfen abwischen.

Doch Anders Andersson schüttelte nur den Kopf.

Er für seinen Teil könne überhaupt nicht verstehen, wer Isak Lundström etwas Böses wolle. Nein, das könne er sich nicht vorstellen.

»Das kann keiner hier vom Hof gewesen sein?«

Anders Andersson sah aus, als würde er die Frage nicht verstehen.

»Na ja, der ihn getötet hat.«

»Nein, Gott erbarm, wie kann er so etwas glauben ...«

»Keine Feindschaft unter den Knechten? Wie viele hast du?« Viberg schaute sich in der großen Küche um.

»Drei«, sagte Anders Andersson. »Obwohl, jetzt, wo der Isak tot ist, sind es nur noch zwei. Jetzt sind nur noch der Seibrant und der Håkan da.«

»Und keine Feindschaft zwischen ihnen? Oder Eifersucht, weil sie um die Gunst der Mägde buhlen?«

Anders Andersson sah wieder aus, als würde er die Frage nicht verstehen.

»Wie viele hast du? Mägde?«

»Ja, zwei«, sagte der Bauer. »Ich hatte drei, aber im letzten Jahr, da starb eine, sie hatte es am Magen. Eine Woche lang lag sie krank im Bett, und dann atmete sie einfach nicht mehr.«

»Und kein Kampf unter den Knechten um die Mägde?«, fragte Viberg wieder. »Ich dachte daran, dass sie miteinander schlafen und so ...«

»Der Seibrant und die Lovisa, die gehören zusammen. Aber ich glaub nicht, dass ...«, sagte Anders Andersson.

»Ich muss mal mit den beiden sprechen«, entgegnete Länsman Viberg.

Seibrant war etwa Mitte zwanzig, er hatte ein breites Gesicht, große Zähne und eine Nase, die von der Seite wie ein Bergknubbel aussah. Seine Haare waren ungewöhnlich schön, dick und dunkel. Eine Tolle überschattete seine Augen. Er rieb sich nervös die rauen und aufgesprungenen Hände, starrte sie an und sagte, wie für sich: »Das ist von der Frühjahrsbestellung.«

Da hatte er bereits alles berichtet, was er über Isak Lundström wusste. Viel war es nicht. Eigentlich nur, dass Isak aus Anundsjö komme, tüchtig mit der Sense umgehen könne und meistens für sich geblieben sei. Von seiner Familie, Vater und Mutter oder Geschwistern wisse er nichts.

Aber Seibrant hatte Isak Lundströms Schreien gehört, oben im Wald.

»Ja, ich war nicht allein«, sagte er und bleckte seine großen Zähne. »Ich war mit Lovisa draußen im Wald. Wir beide sind versprochen. Und dann hörte ich ihn schreien. Ja, er schrie gellend wie ein abgestochenes Schwein. Und als ich hinkam, lag er in seinem Blut.«

»Aber du hast niemanden sonst gesehen, auch nicht den, der das getan hat?«

»Da war keiner, alles war so still wie ein Grab. Nur das ganze Blut.«

»Wie lange hast du gebraucht, bis du da warst?«, fragte Länsman Viberg.

»Vielleicht fünf Minuten ...«

»Fünf? Du warst doch wohl nicht so tief im Wald?«

»Ja aber ... also wir hatten uns gerade hingelegt, die Lovisa und ich, und das dauerte ein bisschen, wieder auf die Füße zu kommen, sozusagen.«

»Und der Mörder war nicht da?«

»Da war keiner, nur Totenstille. Und dann noch der Isak.«

»Kann er durch den Wald gekommen sein? Der Mörder? Hast du was gehört?«

»Ich hätte ihn hören müssen«, sagte Seibrant und lächelte breit. »Ich glaube nicht, dass er durch den Wald gekommen ist.«

»Er muss doch nicht dem Weg gefolgt sein, vielleicht ist er zwischen den Bäumen durchgegangen.«

»Ich hätte ihn hören müssen«, wiederholte der Knecht, »der ist dort nämlich ziemlich dicht, also der Wald.«

Länsman Viberg seufzte und fuhr sich ein weiteres Mal über den kahlen Schädel. Um zu zeigen, dass das Gespräch beendet war, winkte er leicht mit der Hand und Seibrant stand schwerfällig auf und starrte dabei wieder auf seine rauen Hände.

»Die sind im Frühling und am Anfang des Sommers immer so aufgesprungen«, erklärte er, ehe er ging.

Der zweite Knecht hieß Håkan und war in allem das Gegenteil von Seibrant, dünn und mit sehnigen Armen und kleinen Händen. Seine hellen Haare klebten an der Stirn. Er schien noch keine zwanzig Jahre alt zu sein.

»Alle haben ihn den Sensenmann genannt, den Isak«, sagte er. »Er konnte gut mit den Geräten und dem Werkzeug umgehen. Und mit den Tieren. Aber sonst weiß ich nichts. Er hat nie was von sich erzählt oder so. Wir haben zusammen gearbeitet, aber das war schon alles.«

»Hast du Fremde hier gesehen?«

Der Junge schüttelte den Kopf.

»Und bist du gut mit Isak Lundström ausgekommen?«

»Ich hatte eigentlich nicht so viel mit ihm zu tun. Wir wohnten zusammen in der Knechtskammer, und da haben wir manchmal zusammen gesessen und was getrunken und so, aber ihn kennen, nein, das kann ich nicht sagen. Er war nicht besonders mitteilsam.«

Håkan überlegte einen Moment und kratzte sich an der Stirn.

»Er konnte sich aufregen, wenn ihm was gegen den Strich ging. Ich habe mal gesehen, wie er das neue Pferd schlug, als es nicht schnell genug in die Deichsel ging. Da war er fuchsteufelswild. Aber als er mich sah, hat er sich beruhigt.«

Länsman Viberg nickte.

»Vielleicht fällt dir ja noch was ein? War jemand in letzter Zeit hier? Einfach irgendetwas.«

Da strahlte der Junge. So große Zähne wie Seibrant hatte er nicht, nur ein paar braune Stummel.

»Heute war doch der Abdecker da, heute früh! Der Brolin, von oben aus Anundsjö. Er ist gekommen und hat das Pferd geschlachtet. Und Isak war dabei. Der Brolin war hier!«

Fast alles hatte so geklappt, wie er es sich vorgestellt hatte.

Wie leicht das doch ging! Wie leicht es doch war, die

Männer zu finden, in ihrer Nähe zu bleiben und dann im richtigen Moment zu erscheinen. Er hatte den Knecht bei der Mühle gesehen. Dort hatte der Faulpelz lange auf dem Rücken in der Sonne gelegen und geschnarcht. Und er war ganz in der Nähe gewesen.

Er hatte da gestanden und vor Wut die Fäuste geballt. Aber er hatte keine richtige Waffe dabei gehabt, nur ein Messer. Und er wusste, womit er es tun musste, deshalb hatte er einfach nur dagestanden, ganz in der Nähe, und den Schlafenden betrachtet. Wie friedlich und ahnungslos er schlief, der Todgeweihte. Er rechnete nicht damit, dass ihm jemand auflauerte, um ihn zu bestrafen.

Isak Andersson wusste zwar, dass sein Bruder tot, aber nicht, dass er ermordet worden war.

Da war ich sorgfältig und vorsichtig, dachte er. Das bin ich dieses Mal nicht gewesen. Trotzdem ist alles, wie es sein soll, wie ich es geplant habe.

Er hatte gewartet. Er war ihm gefolgt, und er hatte eine Sense gefunden und war mit der geschulterten Sense hinunter zum See gegangen. Auf diese Weise war er wieder in die Nähe seines Opfers gelangt. Ihm schien, als wäre der Knecht nur um seinetwillen in den Wald gegangen, als hätte er gewusst, was geschehen musste. Als hätte ihn etwas dem Tod entgegengetrieben.

War das so? Wie leicht es doch gewesen war!

Er bewegte die Arme. Noch immer spürte er in sich die Kraft vom Schwung der Sense, die aufschnitt, die offenbarte. Wie nach einem harten Arbeitstag, wenn sich der Körper schwach an seine Kraft erinnert. Ein einziger Schnitt, und das Blut strömte aus der klaffenden Wunde; und er,

Isak Andersson, war verstummt, auf die Knie war er gefallen, gestürzt wie ein Pferd, dem das Messer in die Brust gestoßen wird. Wie leicht das gegangen war! Wie einfach es gewesen war!

Doch davor...

Jemand hatte ihn gesehen, jemand hatte ihn mit der Sense gesehen.

So war es gewesen. Als er an diesem Frühsommertag, lange vor der Heuernte, mit der Sense über die Wiese ging, war ihm jemand begegnet. Und das konnte eines Tages gegen ihn verwendet werden.

Außerdem hatte er den Mann wieder erkannt. Einen Moment lang war er erschrocken gewesen, aber das hatte ihn nicht daran gehindert, zu tun, was er tun musste.

Er hatte ihn wieder erkannt, und er wusste, wo der Mann wohnte, der ihn mit der Sense gesehen hatte.

Er machte sich auf den Weg dorthin, zum Haus. Er musste dem Mann folgen, dem er auf der Wiese begegnet war, um herauszufinden, ob der Mann ihm gefährlich werden könnte.

Vielleicht musste er den auch noch umbringen.

Dann mussten die anderen eben warten.

Erst der, dem er auf der Wiese begegnet war und der ihn erkannt hatte.

Und dann die anderen.

6

Aus dem Katechismusregister ging hervor, dass der Tote Isak Andersson Lundström hieß. Er war am 21. November 1820 geboren und 1845 aus Anundsjö zugezogen. Ein Tintenklecks hatte den Geburtsort unkenntlich gemacht.

Und in den Rubriken *Religionslehre* und *Auswendig lernen* gab es Eintragungen, auch unter der Spalte *Luthers Katechismus* und *Auslegung der Schrift*, aber keine unter *Verständnis des Gelesenen*.

Lars Didriksson, Länsman Vibergs Gehilfe, brachte das in Erfahrung. Der Pfarrer legte seinen dicken Zeigefinger auf die Vermerke.

»Der Geburtsort«, sagte Lars, »der ist unleserlich.«

»Da steht Anundsjö«, sagte der Pfarrer.

Sein Bart roch muffig, als käme er nie mit Wasser und Seife in Berührung. Lars hustete; er hatte eine empfindliche Nase, was im Übrigen gut zu seiner dünnen, fast gebrechlichen Gestalt passte.

Du wirst nie ordentliche Arbeit leisten können, hatte seine Mutter immer gesagt und sorgenvoll seine rachitische Brust betrachtet.

Glücklicherweise hatte Lars einen hellen Kopf, und der

Pfarrer, nicht der mit dem Bart, sondern sein Vorgänger, der lauter Zimmer voller Bücher gehabt hatte, der hatte aufgepasst, dass Lars beim Lesen- und Schreibenlernen Hilfe bekam und dass er etwas besser rechnen lernte als die anderen Bauernjungen. Und er hatte auch darauf geachtet, dass Lars nicht mit aufs Feld oder Mehlsäcke schleppen musste.

Lars hatte dem Pfarrer einige Jahre bei seinen Schreibarbeiten geholfen, aber dann war der Geistliche gestorben. Und ein neuer Pfarrer war gekommen – das war vor drei Jahren gewesen –, und der brauchte keine Schreibhilfe.

Jetzt war Lars Didriksson der Gehilfe des Länsmans Olof Viberg und musste nicht nur Katechismusregister, Einwohnerlisten und Geburtenregister prüfen, sondern er bekam auch gesagt, dass ein unleserlicher Tintenklecks »Anundsjö« bedeute.

Er war es auch, der die Mägde auf Anders Anderssons Hof befragte.

Lovisa – sie war die ältere – wollte oder konnte nichts sagen. Sie hatte sich mit Seibrant im Wald getroffen. Sie war kräftig gebaut. Ihr niedliches Gesicht war im Verhältnis zum Körper klein. Die Wangen waren weich, die Augen blau. Wie ein Kind. Ihr Gesicht ist so weich wie das eines Kindes, dachte Lars.

Sie hatte nichts gesehen. Keinen Mann mit einer Sense, der durch den Wald oder über den Acker gegangen war. Und keinen Abdecker.

»Nein, mein Lieber«, sagte sie, »so was sehe ich nicht. Obwohl, ich wusste ja, dass geschlachtet werden sollte. Und der Isak, der hat das Pferd rausgebracht.«

Als sie von dem Pferd sprach, schüttelte sie sich.

Lars wusste nicht, ob sie das tat, weil sie das Pferd vermisste oder weil sie es einfach schlimm fand, übers Pferdeschlachten zu sprechen.

Doch, sie habe einen Schrei gehört, und der Seibrant habe sich gleich auf den Weg gemacht. Und sie natürlich auch, aber sie sei nicht zu Isak Lundström hingegangen, der da im Wald gelegen und in seinem Blut geschwommen habe, wie es hieß.

Und mehr wisse sie nicht.

»Und die Jüngere?«, fragte Länsman Viberg.

Sie saßen jetzt auf dem Hof des Polizeiamtmanns, Viberg in seinem großen Ledersessel hinter dem Schreibtisch und Lars davor. Viberg hatte seine kleinen Hände vor sich auf den Tisch gelegt, als ob er sie zeigen wollte. Lars hatte ein Blatt Papier vor sich, auf das er etwas geschrieben hatte. Die Feder lehnte an einem Tintenfass aus gemustertem Glas.

»Sie mochte ihn nicht«, sagte Lars.

»Wen?«

»Den Isak Lundström. Er schaute einen so an, sagte sie, als ob er einem ...«

Er schaute auf seine Aufzeichnungen.

»... übel wollte.«

Viberg verschränkte seine Hände im Nacken.

»Sie war den größten Teil des Tages im Kuhstall und wusste nicht einmal etwas von der Pferdeschlachtung«, fuhr Lars fort. »Sonst wusste sie, wann geschlachtet wurde. Da half sie und kümmerte sich um das Fleisch und das Blut und alles und wusch die Gedärme aus und ...«

»Ja, ja«, unterbrach Viberg ihn.

Er legte seine Hände wieder vor sich hin und betrachtete sie, starrte sie an, als könnte er sie allein durch sein Starren größer machen.

An nächsten Tag fuhr Länsman Viberg im Gig nach Anundsjö. Der Fuhrknecht hielt die Zügel. Viberg hatte in der frühsommerlichen Hitze seinen Uniformrock aufgeknöpft, und der warme Wind fächelte sein Gesicht. Sie fuhren durch den neuen, direkt am Meer gelegenen Marktflecken Örnsköldsvik und kamen nach einer Weile an der Kirche von Själevad, nicht weit von der Bucht entfernt, vorbei.

Während sie flussaufwärts fuhren, lehnte sich Länsman Viberg zurück und machte ein Nickerchen.

Nahe der weiß gekalkten Kirche von Anundsjö hielt der Knecht den zweirädrigen Einspänner an. Viberg reckte sich und schaute sich um. Dort lag der Pfarrhof, den er zuerst aufsuchen wollte.

Der Fuhrknecht spannte das Pferd aus, und nachdem er es an einen Pfosten gebunden hatte, sah er seinen Herrn fragend an.

»Du kannst hier warten«, sagte der Länsman und ging zum Pfarrhof.

Der Pfarrer war ebenso klein wie der Länsman. Vielleicht ist er sogar etwas kleiner, dachte Viberg und streckte sich. Er trug sein Anliegen vor, doch der Pfarrer machte den Eindruck, als wisse er bereits alles.

»Es geht um die Bücher«, sagte Viberg. In das Geburtenregister wolle er Einblick nehmen und in die Katechismusregister und noch mehr.

Der Pfarrer geleitete den Länsman in einen kalten Raum mit einem großen Tisch und etwa zehn Stühlen. Der Kachelofen in der Ecke war mit biblischen Motiven dekoriert. Aus dem Buch Daniel, dachte Viberg. Auf dem Tisch stand ein großes Tintenfass mit zwei Federn. Der Pfarrer nahm von einem breiten Regalbrett verschiedene Registerbände und legte sie auf den Tisch.

»Wenn Sie Hilfe brauchen«, sagte er, »ich bin im Raum nebenan.«

Viberg legte seinen Uniformrock ab. Er schlug das Geburtenregister auf und blätterte erst bis Anno 1820 und dann bis zum 21. November. Die Handschrift war verschnörkelt und schwer lesbar, aber er konnte immerhin feststellen, dass es unter diesem Datum keinen Isak Andersson Lundström gab. Er schaute das ganze Jahr durch, fand aber keinen Isak Lundström.

Viberg ging nach nebenan. Dort saß der Pfarrer mit den Händen im Schoß auf einem Stuhl in einer Ecke des Raums, als hätte er einzig darauf gewartet, dass Viberg ihn brauchte.

»Kann ich behilflich sein?«, fragte er.

Viberg nickte, und der Pfarrer folgte ihm.

Er deutete auf das Datum, das ihm sein Gehilfe genannt hatte, und unter dem kein Isak Lundström stand.

»Schöne Schrift«, sagte der Pfarrer. »Das war nicht ich. Das war vor meiner Zeit.«

»Ich habe die Auskunft erhalten, der Mann sei in Anundsjö geboren«, sagte Viberg, »aber hier steht er nicht.«

»Dann war die Auskunft falsch«, sagte der Pfarrer. »Darf man fragen, wie er heißt?«

Länsman Viberg schien zu zweifeln, antwortete aber: »Isak Andersson Lundström.«

Der Pfarrer überlegte. Plötzlich strahlte er.

Er schlug das Katechismusregister auf und blätterte lange mit hochgezogenen Augenbrauen darin. Er warf Viberg einen Blick zu.

»Ich sehe etwas schlecht«, sagte er erklärend.

Doch schließlich hatte er gefunden, was er suchte.

»Hier«, sagte er, »Knecht bei Johannes Ejvindsson, geboren am 21. November 1820 in Styrnäs, zugezogen 1844 und 1845 nach Arnäs fortgezogen. Das habe ich geschrieben.«

Viberg schaute nach. Das war der Mann.

Isak Andersson, nur Andersson. Ohne Lundström. Es gab keine Eintragungen unter der Rubrik *Religionslehre,* aber unter *Anmerkungen* stand: abwesend 1844. Isak hatte also nicht am Katechismus teilgenommen.

Länsman Viberg schaute die ganze Seite durch, Johannes Ejvindsson und seine Familie, Mägde und Knechte. Die Schrift war gut leserlich.

Er schaute den Pfarrer anerkennend an und sagte: »Das lässt sich leicht lesen.«

»Das habe auch ich geschrieben«, sagte der Pfarrer und lächelte stolz.

Ein zweiter Knecht hieß ebenfalls Andersson. Nils Andersson. Viberg ließ den Blick über die Reihe wandern, bis zu den Rubriken *Geburtsort* und *Zugezogen.* Auch dort stand gut lesbar: Styrnäs.

Er deutete mit dem Zeigefinger auf die Reihe und zeigte dem Pfarrer den Eintrag.

»Das sind Brüder«, sagte der Pfarrer. »Isak und Nils. Oder besser waren. Er, der Nils, ist tot. Er hatte Wikström zu seinem Namen genommen oder Andersson ausgetauscht. Er hat sich in diesem Jahr ertränkt und wurde vor gar nicht so langer Zeit gefunden.«

Viberg folgte der Reihe. Unter *Weggezogen* stand nichts, aber unter *Anmerkungen* war das Wort *tot* eingetragen.

Kein Datum.

»Das ist Isak auch«, sagte Viberg.

»Was denn?«, fragte der Pfarrer.

»Tot.«

7

Der Pfarrer war Länsman Viberg auch behilflich, Israel Brolin in den Registern zu finden. Im Katechismusregister stand er unter der Rubrik *Übrige*, dazu der Vermerk *Landstreicher, Tattar.* In anderer Handschrift war der Ortsname Yttersel hinzugefügt. Unter *Anmerkungen* standen die Ziffern 6 und 7. Länsman Viberg wusste, was die Zahlen bedeuteten: Brolin hatte sowohl gegen das sechste als auch das siebte Gebot verstoßen.

Der Fuhrknecht saß an ein Rad des Gigs gelehnt und schlief. Als der Länsman kam, stand er sofort auf. Viberg war froh, Brolin nicht allein aufsuchen zu müssen. Er schaute auf die großen Hände seines Knechts und lächelte ihn an.

»Man darf sich schon manchmal etwas ausruhen«, sagte er freundlich.

Dann stieg eine gewisse Unruhe in ihm auf.

»Wir müssen den Tattaren besuchen«, sagte er. »Den Henkersknecht. Den Abdecker Israel Brolin. In Yttersel. Das ist nicht ganz ohne Risiko.«

Der Knecht nickte, und Länsman Viberg setzte sich neben ihn auf den Wagen. Die Sonne stand hoch. Mitten am Tag schien sie noch kräftiger.

Der Fuhrknecht schnalzte mit der Zunge und das Pferd trabte gemächlich los. Als sie am Hof des Polizeiamtmanns in Anundsjö vorbeifuhren, kam Viberg der Gedanke, dass sie halten und seinen Kollegen Morell vielleicht mitnehmen könnten, aber er entschied sich gleich wieder dagegen. Denn er wollte Harald Morell so viel wie möglich aus dem Weg gehen, weil er sich vorkam, als würde er in Morells Nähe schrumpfen. Dann fühlte er sich noch kleiner, als er ohnehin war. Nein, Harald Morell würde er nicht aufsuchen.

Das hier würde er schon allein schaffen, auch wenn er unbewaffnet war. Und falls Brolin tatsächlich der Täter war, so hatte er ja seinen Knecht dabei. Außerdem gedachte er nicht, Brolin auf der Stelle einzusperren. Das würde erst später geschehen. Jetzt ging es nur um ein erstes Gespräch, und sie waren schließlich zu zweit.

Er schnalzte aufmunternd, um zu zeigen, dass sie dies hier schon schaffen würden. Aber in seinem Bauch breitete sich ein ungutes Gefühl aus.

Und das Pferd trabte schneller.

Das Haus war klein und stark mitgenommen; es stand tief drinnen im großen Wald; davor lag eine kleine ungemähte Wiese. Das Schindeldach war eingesunken und an einigen Stellen notdürftig ausgebessert.

Länsman Viberg fühlte sich nicht wohl in seiner Haut, so als wäre er in der Nähe des Hauses des Scharfrichters, obwohl es hier keinen solchen Mann gab, und schon lange nicht mehr gegeben hatte. Aber in Umeå, seinem Heimatort. Er wusste genau, wo Jacob Gyll dort sein Haus hatte und wollte auf keinen Fall in dessen Nähe kommen. Auch wenn es hieß – sogar mit Brief und Siegel –, der Scharfrichter sei ein ebenso ehrenwerter Mitbürger wie jeder andere auch und seine Arbeit eine verantwortungsvolle. Niemandem, schon gar nicht einem Mann wie ihm, der Recht und Gesetz vertrat, sollte diese Tätigkeit geringer als andere dünken. Trotzdem konnte sich Viberg nicht mit dem Gedanken abfinden, mit einem Henker am selben Tisch zu sitzen und zu essen oder auch nur in die Nähe seines Hauses zu kommen.

Und jetzt empfand er genauso, obwohl Israel Brolin kein Henker war, sondern nur ein Henkersknecht.

Er befahl dem Fuhrknecht, mit gehörigem Abstand zum Haus zu halten.

Die Tür wurde geöffnet, und eine Schar halb nackter Kinder drängte aus dem Haus und lief über die kleine Rasenfläche. Viberg zählte bis sieben. Sieben Kinder unterschiedlichen Alters, doch der größte Teil ist etwa acht Jahre alt und jünger, dachte er. Eines der Kinder, das etwas älter war, blieb stehen und entdeckte den Gig. Schnell kamen alle sieben angerannt. Sie sagten nichts, sondern standen nur um den Einspänner und glotzten das Pferd an und die beiden Männer. Der Fuhrknecht fuchtelte ärgerlich mit der Peitsche. Doch sie blieben stehen. Viberg räusperte sich.

»Ist euer Vater zu Hause?«, fragte er.

Die Kinder starrten ihn einfach weiter an, bis endlich ein älterer Junge – um die zehn Jahre alt – mit schwarzem Haar und nur mit einem Hemd bekleidet, einen Schritt nach vorn trat.

»Nee«, sagte er.

»Sollen wir dann wenden?«, fragte der Knecht unruhig.

Länsman Viberg sah sich unschlüssig um. Er wollte nicht aussteigen, er wollte nicht ins Haus gehen. Unbehagen rumorte in seinem Bauch.

»Ja, warum nicht«, antwortete er.

Doch zum Wenden kamen sie nicht. Denn aus dem Haus trat – nicht Brolin, sondern eine Frau, etwa fünfunddreißig Jahre alt. Mit raschen Schritten ging sie auf die beiden zu. Sie war schlank und gut gewachsen. Viberg starrte nervös auf die offen stehende Tür. Gleichwohl fiel ihm auf, dass sie trotz all der Kinder, die sie geboren hatte, eine schöne Frau war.

»Wenn da mal einer kommt«, rief sie, »dann ist es der Länsman. Und wer auch kommt, der bleibt da hinten stehen, als hätten wir die Pest.«

Sie sprach schön, nicht in diesem hier üblichen Dialekt. Breitbeinig und die Hände auf die Hüften gestützt, stand sie vor ihnen. Unter der Bluse stellte sich Viberg zwei schwere Brüste vor. Er räusperte sich wieder.

»Wir suchen Brolin«, sagte er.

»Er ist unterwegs, hat einen Auftrag zu erledigen«, antwortete sie.

»Was für ein Auftrag ist das?«

»Ja was wohl«, sagte sie, beugte sich leicht zurück und lachte schallend.

Viberg fühlte sich sehr unwohl in seiner Haut.

»Wenn's nicht Rosseschlachten oder Kastrieren ist, dann Vergraben.« Sie trat näher.

»Und nicht irgendwas vergraben. Wenn's keine Selbstmörder sind, dann die Enthaupteten oder Gehängten. Das sind seine Geschäfte. Aber das wissen Sie doch wohl?«

»Wo ist er denn?«, fragte Viberg ruhig.

Jetzt fühlte er sich etwas entspannter.

»Er ist nach Umeå gegangen. Der Gyll hat ihn rufen lassen, der braucht Hilfe. Da war ein Sodomit, und dann sollten zwei Stuten getötet werden. Die zwei Stuten, mit denen er es getrieben hat.«

Wieder lachte sie schallend.

»Und wann wird Brolin zurück sein?«

Länsman Viberg hatte sich inzwischen aufgerichtet und der Fuhrknecht hatte sich sogar vom Wagen herunter gewagt und neben das Pferd gestellt.

»Das weiß man nie«, antwortete sie. »Das weiß man nie. Er kommt und geht wie er will, der Brolin.«

Viberg wusste nicht, was er sagen sollte.

»Hier gibt es nicht genug Arbeit«, fuhr sie fort. »Und er bekommt doch mehr, wenn er einen Hingerichteten vergräbt. Hier gab es ja keine Hinrichtung mehr, seit der Massenmörder von Fanbyn seinen Kopf unters Beil legen musste.«

Sie lachte wieder, Viberg rief seinem Fuhrknecht zu, auf den Bock zu steigen. Ohne ein weiteres Wort trabte das Pferd los.

Viberg drehte sich um und sah die Kinderschar, wie sie hinter ihnen herglotzte. Die Hände in die Hüften gestemmt, stand die Frau noch immer breitbeinig da und lachte den Polizeiamtmann und seinen Fuhrknecht höhnisch aus.

8

Harald Morell hatte die beiden Männer besucht, die vor bald vier Jahren das Massaker in Fanbyn überlebt hatten. Sie kümmerten sich immer noch um den Hof. Der eine der beiden, der älteste Sohn, Sven, war an jenem Tag verreist gewesen, dem anderen, Johan, war die Flucht geglückt, als sich Sven Svensson, ihr Vater, in seinem Wahnsinn mit Rasiermesser und Hammer bewaffnet hatte, um seine Frau und seine Kinder zu töten.

Jetzt waren sie für den Hof verantwortlich, die beiden Einzigen der Familie, die übrig geblieben waren. Ihm, Morell, war, als trüge er eine gewisse Verantwortung für die Männer. Hin und wieder besuchte er sie, um zu sehen, wie die Dinge standen, und jedes Mal wunderte er sich, dass diese Männer trotz allem ihr Leben lebten, dass sie – wenn nicht ganz, so doch einigermaßen – über die Tragödie hinweggekommen waren oder immerhin gelernt hatten, damit zu leben.

Außerdem war er als Polizeiamtmann damals von Anfang an dabei gewesen. Er war an jenem Morgen anwesend, als die Leichen der Frau und ihrer sieben Kinder im Gemeindesaal aufgebahrt worden waren. Sauber gewaschen, lagen sie weiß und unschuldig dort, mit durchgeschnittenen Kehlen, von den Klagen der Nachbarfrauen betrauert. Und er war es gewesen, der am Abend zuvor den teilnahmslosen Mörder in Ketten gelegt und zum Hof des Länsmans gebracht hatte. Auch zwei Jahre später war er an jenem regnerischen Oktobertag in Galasjö zur Stelle gewesen, als Sven Svensson für seine Taten mit dem Leben hatte büßen müssen.

Und er hatte die Briefe gelesen, die der Mörder an seine überlebenden Kinder geschickt hatte. An Johan, dem die Flucht gelungen war, als er glaubte, Räuber hätten sie überfallen, und an Sven, der verschont blieb, weil er verreist gewesen war. Er hatte die verwirrten und reumütigen Worte des Mörders gelesen und seine Ermahnungen an die beiden Überlebenden, wie sie sich um den Hof kümmern sollten.

Und das taten sie, sie bewirtschafteten den Hof. Unterdessen verblasste im Bewusstsein der Menschen nach und nach die Erinnerung an das Entsetzliche. Seitdem waren vier Jahre vergangen, und bald zwei Jahre, seit Jacob Gyll das Beil hatte niedersausen lassen.

Aber der Jüngere, Johan, der von dem angstvollen Schreien seiner Geschwister aufgewacht und geflohen war, um Hilfe zu holen, er erinnerte sich noch gut an das Geschehene. Noch immer vermied er den Blickkontakt mit anderen Menschen und antwortete einsilbig, wenn Länsman Morell die Brüder über die Felder begleitete. Dort war es so schön. Man konnte zur anderen Seite des Sees hinüberschauen, die Kirche und den Glockenturm, den Pfarrhof und den Hof des Länsmans, alle ringsum verstreut liegenden Höfe mit ihren Ländereien konnte man sehen. Obwohl es schon bald Abend wurde, schien die Sonne hier noch kräftig.

»Na, das sieht ja so aus, als ginge es euch einigermaßen«, sagte er zum Abschied.

Johan wandte den Blick ab, als ob er Angst vor Menschen hätte, aber Sven streckte seine Hand aus und dankte dem Länsman für seine Fürsorge.

Morell ging zum Wasser und spazierte über die Brücke und weiter zum Länsmanshof.

Kinder, dachte er. Manche haben sie im Überfluss, andere bringen sie um, und wir haben keine Möglichkeit, überhaupt eins zu bekommen.

Helena kam ihm entgegen.

Nicht so, dass sie ihn umarmte, aber er konnte ihr ansehen, dass sie eifrig mit etwas beschäftigt war, und er war so bescheiden geworden, das er sich bereits über kleine Fortschritte freute.

»Die Einladungen müssen jetzt hinaus«, sagte sie. »Ich habe sie geschrieben. Bald ist Mittsommer.«

»Dann wollen wir mal sehen«, sagte er und hängte seinen Rock in der Diele auf.

Er setzte sich, und sie half ihm bei Ausziehen der Stiefel. Das war die Nähe, mit der er sich begnügen musste.

Im Wohnzimmer auf dem Tisch lagen die Einladungen. Sehr viele waren es nicht.

Er blätterte sie durch. Da war der Polizeiamtmann aus Sidensjö mit Ehefrau, der Polizeiamtmann aus Arnäs mit

Ehefrau, Pastor Backäus und Frau, Landgendarm Anund Persson, der Küster und noch ein paar mehr.

»Ja, das wird gut«, sagte er. »Ich werde mich darum kümmern, dass sie weiterbefördert werden. Ich schicke den Knecht durchs Dorf, und die anderen können vom Fuhrwerk Richtung Örnsköldsvik mitgenommen werden.«

Wie sie so am Kachelofen stand, da wollten ihn Hitze und Lust von innen heraus schier überwältigen, aber er räusperte sich nur und sagte: »Das wird sicher ein schönes Fest.«

»Wir werden gut essen, lauter sommerliche Gerichte habe ich geplant; und wir werden tanzen; und ich werde spielen.«

Er hatte sie letzte Woche spielen gehört und sich über die zarten, perlenden Töne des Klaviers gefreut. Sie waren ihm wie ein Zeichen erschienen, dass Trauer und Sehnsucht nach den toten Kindern nicht länger immerzu in seiner Frau gegenwärtig waren. Es war, als würden ihm diese Töne des Instruments sagen, dass Helena ihn eines Tages wieder aufnehmen würde. Ohne Angst.

»Ja, ich habe gehört, dass du wieder spielst«, sagte er. »Wie schön.«

»Mozart«, sagte sie. »Eine kleine Melodie. Glaubst du, dass ich es kann?«

»Es klingt sehr schön«, sagte er und schaute auf die große Uhr beim Fenster. »Wir essen noch nicht gleich?«

»In einer halben Stunde«, antwortete sie.

»Da sehen wir uns dann«, sagte er.

Er wollte ihr von seinem Besuch bei den Brüdern in Fanby erzählen, von den schlimmen Träumen, die er nach diesem Tag gehabt hatte, von den aufgebahrten Leichen, dem blutigen Hammer und dem Messer und von jenem regnerischen Tag im Oktober. Er wollte mit jemandem darüber sprechen, aber er hatte niemanden. Er wagte nicht, ihr etwas davon zu erzählen. Jetzt spielte sie, jetzt war sie für kurze Zeit aktiv. Das wollte er keinesfalls stören, nur um jemanden zum Reden zu haben.

Er ging zu ihr und berührte zart ihre Wange. Sie zog sich nicht zurück, sondern trat mit den Einladungen an den Tisch.

»Ich dachte außerdem an jemanden aus Örnsköldsvik«, sagte sie. »Gastwirt Berglund vielleicht? Wir sind doch auch bei ihm eingeladen gewesen.«

»Ja, schreib ihm auch«, sagte Morell und kehrte in die Diele zurück, zog die Stiefel an und ging nach draußen. Auf dem Hof standen zwei Wagen und zwei Pferde, ein Fuhrknecht striegelte sie gerade. Er betrat sein Amtszimmer im Erdgeschoss. Johan Anundsson saß am Schreibtisch. Er hatte Papiere vor sich liegen.

Die Tür zur Arrestzelle stand offen.

»Heute sind keine Gewalttäter da«, stellte Morell fest.

»Nein, es war still und ruhig«, sagte Johan.

Ja, es war still und ruhig. Der Frühling war ohne Zwischenfälle vergangen, ohne Diebe oder Gewaltverbrecher.

Nur ein Selbstmörder, aber der war im Wald vergraben, da, wo er hingehörte.

Spät am Abend ging Morell zu seiner Frau. Auf ihrem Nachttisch flackerte eine Kerze, und sie hielt ihr Buch nahe an das Licht und las. Sie schrak zusammen, als er kam, und holte so heftig Luft, dass die Kerze beinahe verlosch.

»Ich wollte dir nur Gute Nacht wünschen«, sagte er.

Sie streckte ihm die Hände entgegen, als wollte sie, dass er neben ihr Platz nähme. Ein Schmerz durchzuckte ihn von der Leiste bis hoch zum Hals, aber als er sein Gesicht in ihre Hände schmiegte, spürte er, dass es nicht das war, was sie wollte oder wagte.

Er flüsterte in ihre Hände: »Ich kann es so machen wie Onan. Du brauchst keine Angst zu haben.«

Die Hände hielten seinen Kopf, aber er spürte, dass sie erstarrte. Er hob den Kopf und betrachtete sie in dem schwachen Schein der Kerze. Ihr Gesicht war weiß, ins Kissen zurückgesunken und er blickte in ihre traurigen Augen und konnte ihr Nein an Mund und Stirn ablesen.

Er berührte sie mit dem Handrücken, und dabei zogen sich Hitze und Erregung langsam zu dem Ort zurück, wo sie hingehörten.

»Schlaf gut«, flüsterte er und ging in sein Schlafzimmer.

9

Es gab keine Spuren. Länsman Viberg hatte die Leute auf dem Hof noch einmal befragt, ob sie jemanden gesehen hatten, aber dieselben Antworten erhalten. Da war nur die Geschichte mit dem Töten des alten Pferds. Und Brolin mit seinen Anmerkungen sechs und sieben im Katechismusregister. Mehr hatte er nicht. Auch zu Brolin war er ein weiteres Mal hinausgefahren, aber der war noch immer nicht nach Hause gekommen. Dieses Mal hatte Viberg Lars mitgenommen und Anders Andersson. Mit dem Fuhrknecht waren sie zu viert gewesen.

Doch Brolin war nicht da, nur die halb nackte Kinderschar und sie, die in all dem Verfall wie eine strahlende Fackel leuchtete.

»Man weiß das nie«, sagte sie. »Manchmal ist er den ganzen Sommer weg.«

Viberg hatte schon überlegt, ob er nach Umeå fahren sollte. Oder ob er Jacob Gyll befragen lassen sollte, um von ihm vielleicht zu erfahren, wo sich Israel Brolin aufhalte.

Aber er tat es nicht. Er wartete, und er befragte die Leute, er saß mit Lars zusammen und sie überlegten, immer wieder besprachen sie, was passiert war, was Anders Andersson, was die Hausfrau, was die Mägde und Knechte gesagt hatten.

Sie wussten nicht, wer wie ein Wahnsinniger mit der Sense zugeschlagen und den Knecht getötet hatte, Isak Andersson Lundström, geboren 1820 in Styrnäs und gestorben 1847 in Arnäs. Sie wussten nichts.

Es ging auf Mittsommer zu, und Länsman Viberg hatte eine Einladung zum Mittsommerfest bekommen.

Er mochte Harald Morell nicht, er fand ihn selbstherrlich; er fand, Morell brüste sich. Aufgeblasen sei er, würden die Bauern und Knechte hier sagen. Aufgeblasen und eingebildet würden sie sagen. Viberg nannte es hochmütig. Aber sie würden der Einladung folgen.

Vibergs Frau war größer als er, und wenn er neben ihr stand, stellte er sich unbewusst auf die Zehenspitzen. Seine Frau hatte die Einladung entgegengenommen, zu ihr war der Knecht mit dem Brief gekommen. Und sie hatte ihm Bescheid gegeben, dass sie kommen würden, sie und Polizeiamtmann Viberg. Hätte er die Einladung in Empfang genommen, er hätte sie zerrissen. Er wollte nicht dahin fahren, aber sie würden die Reise nach Anundsjö dennoch machen.

Noch war der vierundzwanzigste Juni nicht gekommen. Isak Andersson Lundström lag schon unter der Erde, in der geweihten Erde des Friedhofs. Er selbst hatte an der Beerdigung teilgenommen, außerdem das Gesinde von Anders Andersson. Und der Pfarrer. Der Pfarrer hatte auch eine Reise nach Styrnäs unternommen, zu dem großen

Fluss, aber von Isak Andersson Lundströms Familie lebte niemand mehr. Die Eltern von Isak und dem Bruder, der sich ertränkt hatte, lagen auch bereits unter der Erde.

Und da war Isak Andersson nun ebenfalls. Oder Lundström, wie er sich genannt hatte. Und von dem, der ihn getötet hatte, dem Mörder, gab es keine Spur.

Ein paar Tage vor Mittsommer ging Viberg noch einmal dorthin, wo das Verbrechen geschehen war. Das Blut war versickert und der Weg inzwischen mit Gras überwachsen. Falls es jemals irgendwelche Spuren gegeben hatte, nun gab es sie nicht mehr.

Viberg hatte die Sense eigenhändig ausprobiert, er hatte sie vor- und zurückgeschwungen, und dabei war ihm klar geworden, dass derjenige, der sie als Mordinstrument benutzt hatte, ein geübter Sensenmann sein musste. Auch Brolin war das vielleicht, selbst wenn er kein Bauer war, sondern zu den Tattaren gehörte und als Schinder meistens solche Dinge zu erledigen hatte, mit denen kein ehrenwerter Mann etwas zu schaffen haben wollte.

Viberg stand grübelnd auf dem Weg, als ihm plötzlich etwas einfiel.

Noch am Tag des Mordes hatte er die Sense zum Hof des Länsmans bringen lassen, dann hatte er sich vergewissert, dass sie nicht zu Anders Anderssons Haushalt gehörte. Aber auf den Höfen ringsum hatte er nicht gefragt! Wenn es so war, dass der Mörder die Sense mitgebracht hatte, musste ihn doch jemand gesehen haben und sich daran erinnern. Denn ein Mann mit einer Sense außerhalb der Zeit der Heuernte war ein merkwürdiger Anblick.

Ob jemand die Sense wieder erkannte? Der Sensenstiel war ganz gewöhnlich, ohne jede Verzierung, daran erinnerte sich Viberg. Er war abgenutzt, die beiden Griffe waren glatt, wie poliert, das Holz lag weich in der Hand. Und der Griff war für einen Rechtshänder angefertigt. So viel wusste er. Aber war der Mörder wirklich mit einer Sense über die Wiesen gekommen oder durch den Wald? Lovisas und Seibrants Zeugenaussage widersprach dem. Sie hatten niemanden aus dem Wald kommen sehen oder gehört. Und er hatte wegen des Regens keine Spuren finden können.

Also musste jemand mit einer Sense über der Schulter über die Wiesen gegangen sein. Aber woher stammte die Sense?

Er und Lars mussten einen Ausflug in den Ort unternehmen, um zu erfahren, ob jemand die Sense wieder erkannte und womöglich wusste, wem sie gehörte. Das hätten sie längst tun sollen, wurde ihm jetzt klar.

Viberg lief schnell zum Haus zurück.

Die Sense stand in dem Raum hinter der Arrestzelle. Er nahm sie und schwang sie herum. Dann suchte er den Sensenstiel nach einem Namen ab. Das hatte er schon an dem Tag getan, als er sie hierher stellte. Doch jetzt untersuchte er sie noch einmal, mit größer Sorgfalt. Und konnte nichts finden. Keinen Namen, keine Buchstaben, die auf den Besitzer hinwiesen.

Auch die Handgriffe musterte er prüfend, den oberen und den unteren. Er hielt sie nahe vors Gesicht und blinzelte mit zusammengekniffenen Augen, tastete über das weiche, wie polierte Holz. Ganz behutsam fuhr er mit der Hand darüber.

Dann hielt er die Sense gen Boden geneigt und fuhr noch einmal am unteren Griff entlang. Nahe am Sensenstiel auf der Unterseite, war da vielleicht eine kleine Unebenheit? Er tastete so behutsam, als ob er eine Frau berühren würde. Er bückte sich und starrte auf den Griff. Und da sah er es.

Ein kleines braunrot gefärbtes Etwas. Konnte das Blut sein? Da gab es eine Vertiefung, eine winzig kleine, braunrote. Als wäre sie mit einem blutigen Messer eingeritzt worden.

Das Lesen war unmöglich. Viberg konnte die Buchstaben nicht entziffern.

Er lief aufgeregt in sein Arbeitszimmer, holte sein Tintenfass und ließ ein paar Tropfen in die kleinen Vertiefungen fallen. Und da – jetzt konnte er das Eingeritzte lesen. Mit klopfendem Herzen beugte sich Viberg über den Sensenstiel.

INRI stand da. Sonst nichts.

10

Der Henker Jacob Gyll war in groben Loden gekleidet.

Israel Brolin schätzte ihn auf über fünfzig. Im rechten Ohr trug er einen kleinen Goldring, im linken einen etwas größeren, an dem ein goldenes Beil baumelte.

Die Männer saßen wartend in der Hütte. Das Stimmengewirr vom Hinrichtungsplatz war lauter geworden. Brolin verspürte eine leichte Erregung. Er blickte zu den Menschen hinaus. Die Männer mit ihren spitzen Piken umstanden jetzt den Galgenberg, aber die Schaulustigen drängelten, sie versuchten, näher heranzukommen.

Ein Schrei aus vielen Kehlen durchschnitt die Luft, und es war, als würde sich die gesamte Menschenmenge auf einmal umdrehen. Der Polizeichef kam mit schnellen Schritten näher, der Ring der Pikenträger öffnete sich für ihn und schloss sich sofort wieder. Mit lauter Stimme verkündete er das Urteil und darauf nahm das Stimmengewirr wieder zu.

Jacob Gyll saß ganz ruhig auf der Erde, er hielt sein Beil in der Hand und fuhr prüfend mit dem Daumen über die Schneide.

»Jetzt kommt er«, sagte Brolin und dachte, das ist doch

nur ein Junge, kaum sechzehn Jahre alt. Zwei Gendarmen führten ihn vor. Auf der einen Seite begleitete ihn der Pfarrer, auf der anderen der Polizeiamtmann. Hinter ihnen stand noch das Pferd, eine schwärzliche kleine Stute. Zwei Wachleute hielten sie fest.

Der Ring der Pikenträger öffnete sich wieder, und das Geschrei schwoll an, dann verstummte es jäh.

Der Henker stand auf. Er hielt das Beil in der rechten Hand und trat aus der Hütte. Brolin, der Henkersknecht, folgte ihm mit gebührendem Abstand, denn er sollte ja keine Exekution ausführen, sondern nur anschließend behilflich sein.

Die Menschen machten Jacob Gyll Platz. Brolin sah, wie er schnellen Schritts auf den Jungen zuging. Der Pfarrer hielt den Abendmahlskelch in der Hand, auch er trat jetzt zur Seite. Ruhig, aber schnell legte Gyll den Jungen auf den Richtblock. Auf dem Galgenberg war es nun vollkommen still. Der Polizeichef hob die Hand, und im selben Moment erhob Gyll das Beil und schlug zu. Sofort setzte das Gemurmel wieder ein.

Brolin konnte nicht sehen, was passierte, aber bald öffnete sich der Ring der Pikenmänner aufs Neue. Jetzt wurde die Stute vorgeführt. Sie stampfte nervös mit den Hufen, aber Gyll sprach beruhigend auf sie ein. Dann stieß er ihr das Messer in die Brust; und sie drehte und drehte sich, bis sie mit den Vorderläufen einknickte und sich dabei taumelnd umdrehte. Und wieder erhoben sich die Stimmen und gipfelten in einem Schrei.

Brolin drängte sich weiter nach vorn.

Die Läufe des Pferds zuckten noch. Der Kopf des Jungen

war mehrere Meter weit vom Richtblock weggerollt. Drei Frauen stürzten mit Gefäßen in den Händen nach vorn und versuchten, etwas Blut aus Körper und Kopf des Hingerichteten aufzufangen. Die Gendarmen schlugen mit ihren Knüppeln dazwischen, und die Pikenträger senkten ihre Lanzen. Der Kopf des Toten rollte noch ein Stück weiter.

Eine der Frauen drängte sich durch die Menge, ihr Gefäß hielt sie hoch über den Kopf, ihr Gesicht schien förmlich zu leuchten. Sie blieb stehen, sie hielt ihr Gefäß vor sich und schaute hinein. Ein Lächeln huschte über ihr Gesicht. Sie winkte ein junges Mädchen zu sich und hob das Gefäß an deren Mund, wobei sie es ermahnte zu trinken.

›Jetzt wirst du von deiner Fallsucht geheilt«, sagte sie.

Brolin stand noch immer daneben. Gyll hatte sich unterdessen in die Hütte zurückgezogen. Aber Brolin blieb stehen, bis der Platz so gut wie leer war, erst dann ging er in die Hütte zurück.

Gyll saß dort so reglos wie schon vor der Hinrichtung. Das Beil lag neben ihm, sauber. Er betastete den Ring seines linken Ohrs, den mit dem goldenen Beil.

Auf seiner dicken Jacke waren ein paar Blutflecke zu sehen.

Die beiden Männer halfen beim Graben. Das dauerte, obwohl das Pferd nicht groß war. Ehe sie es in die tiefe Grube kippten, schnitt sich Gyll etwas Fleisch heraus, außerdem schnitt er Mähne und Schwanz ab. In der Grube lag bereits der Sodomit unter der Erde, der Junge, der zwei Stuten bestiegen hatte, der Junge, der sich so sehr gegen Gott und die Natur versündigt hatte.

›Wenn er es denn getan hat. Es war bei diesem Urteil

doch etwas merkwürdig, dass man von Sodomie sprach. Gut fünfzig Jahre ist es her, seit jemand wegen dieses Verbrechens hingerichtet wurde. Und dann auch noch das Tier zu töten ... Das ist heutzutage nicht mehr üblich. Einer meiner Vorfahren musste einmal zwanzig Ziegen hinrichten. Aber die Bezahlung war reichlich. Bei diesem Jungen kam ja dazu, dass er auch seinen Vater erschlagen hat, mit einer Waage. Weil der zum Länsman gegangen war und ihn angezeigt hatte. Wäre es nur die Sache mit dem Besteigen der Stuten gewesen, dann hätte er noch leben dürfen«, sagte Gyll sachverständig.

Dann nahm er ein paar Münzen aus der Hosentasche und gab sie Brolin.

Darauf band er Beil und Spaten zusammen und stopfte beides in einen Sack, in den er bereits das Pferdefleisch gelegt hatte. Er warf sich den Sack über die Schulter, nickte Brolin kurz zu und ging.

Brolin legte sich auf den Galgenberg und schloss die Augen. Es drängte ihn nicht, nach Hause zu kommen. Außerdem hatte er ja nun etwas Geld in der Tasche.

In Nordmaling ging Brolin ins Wirtshaus.

Es lag so einladend an der Straße. Er war fünfzig Kilometer marschiert und großer Durst quälte ihn. Er suchte sich einen Platz in einer Ecke der Gaststube und bestellte Essen und Bier.

Das hat man sich reichlich verdient, dachte er.

Er wog die Münzen in der Hand und zählte sie. Doch, das war eine ordentliche Bezahlung. Er überlegte, was Gyll wohl bekommen haben mochte. Bedeutend mehr, das war ihm klar, weil Gyll genug Geld gehabt hatte, ihn zu entlohnen. Vielleicht sollte er sich um eine Anstellung als Henker in Västernorrland bemühen, falls es eine freie Stelle gab. Es war doch viel einfacher, das Beil fallen zu lassen oder Leute mit einem Strick aufzuhängen, als zu graben. Und außerdem wurde es besser bezahlt.

Brolin bestellte noch ein Bier. Wahrhaftig, er hatte es nicht eilig, nach Hause zu kommen.

Der Nachmittag verging, es wurde Abend, immer mehr Menschen kamen; und Brolin genoss das Gemurmel und das starke Bier, er hatte lange allein in seiner Ecke sitzen dürfen. Ihm schien, als hielten sich die anderen Gäste absichtlich von ihm fern. Als ob sie ahnten, was für einer er war. Sein Geld würde lange reichen, für Bier und Essen und vielleicht sogar ein Bett. Er hatte es nicht eilig, nach Hause zu kommen. Sein Kopf fühlte sich so leicht an.

»Ist es gestattet, sich hier niederzulassen?«

Brolin schaute auf. Ein Mann mit kräftigem Bart und scharfen Augen stand neben seinem Tisch. Er hielt einen Bierkrug in der Hand und nickte in Richtung der Bank, Brolin gegenüber.

Als Brolin aufschaute, fühlte er sich leicht berauscht, aber er hob die Hand zum Zeichen seines Einverständnisses.

Brolin nahm seinen Krug und prostete dem Fremden zu, und der tat dasselbe, aber er nippte nur, während Brolin gierig das schäumende Bier trank.

»Ganz schön voll hier«, sagte der Bärtige. »Wahrscheinlich, weil die Schenke an der Straße liegt.«

»Ja«, sagte Brolin. »Vom Gehen wird man durstig und

kann dann hier einkehren. Ich bin auf dem Weg nach Örnsköldsvik, dem Marktflecken.«

»Ich auch«, sagte der Mann.

Jetzt hob er den Krug, und dieses Mal trank er, leerte den Humpen in einem einzigen Zug.

»Na Donnerwetter«, sagte Brolin und tat es seinem Tischnachbarn nach.

Er winkte der Magd zum Nachschenken. Und als sie kam – sie war blass und mager –, sagte er zu dem Fremden: »Das geht auf mich.«

Der Fremde lächelte ihn an. »Und das nächste Mal bin ich dran«, sagte er.

Der Bärtige wandte sich zur Tür um, und in dem Moment schien es Brolin, als würde er ihn wieder erkennen. Kopfschüttelnd versuchte er sich zu erinnern, hob den Krug und trank gierig.

»Der erste Schluck ist immer der beste«, sagte der Bärtige und stand auf.

»Aber am schlimmsten ist, dass man raus zum Abtritt pissen gehen muss.«

»Oder um die Ecke«, sagte Brolin und lachte.

Als der Fremde nun durch die Gaststube ging, fiel Brolin ein, wo er ihn gesehen hatte.

In Arnäs hatte er ihn gesehen. An jenem Tag, als er Anders Anderssons Pferd geschlachtet hatte. Aber da hatte der Mann keinen Bierkrug in der Hand gehalten – sondern eine Sense.

Der Bärtige stand neben dem Abtritt. Er hatte einen leichten Rausch, denn er war das Trinken nicht gewöhnt.

Jetzt endlich saß er ihm direkt gegenüber. Dem Mann, den er verfolgt hatte. Dem Mann, dem er zugesehen hatte, als er den vergrub, den er unter das Eis gezwungen hatte. Und dem er in Arnäs begegnet war, als er mit der Sense über die Wiese gegangen war.

Ob der Totengräber sich wohl daran erinnerte? Würde der schwarz Gekleidete den Mann, dem er heute gegenübersaß, wieder erkennen?

Das musste er herausfinden.

Eine innere Unsicherheit überkam ihn. Das hier würde nicht so einfach sein. Das hier war etwas anderes. Das konnte er nicht als gerechte Vergeltung betrachten. Das war etwas ganz anderes.

Der Bärtige sah sich um, ließ den Blick über den Stall, die beiden Abtritte und die Wand schweifen. Er holte tief Luft, aber sein Unbehagen wollte nicht weichen. Er musste es unbedingt herausfinden, er musste es wissen. Nichts durfte ihn aufhalten. Und der Mann, der jetzt wie ein dunkler Schatten im Wirtshaus saß, er würde ihn aufhalten können – wenn er sich erinnerte.

Vielleicht musste er sogar ...

Er machte sich fertig, knöpfte seinen Hosenstall zu und versuchte, sein Unbehagen abzuschütteln. Dann ging er in die Gaststube zurück.

11

Das konnte ein Name sein, vielleicht Ingrid, von jemandem eingeritzt, der nicht richtig buchstabieren konnte. INRI konnte für Ingrid stehen. Viberg wusste zwar, dass Rechen manchmal verziert wurden. Manche Bauern verschönten ihre Rechen oder den Stiel. Aber eine Sense? Eine Sense war ein Gerät für Männer. Vielleicht hatte der Eigentümer an eine Frau mit Namen Ingrid gedacht.

Aber das war nur eine Vermutung, und er wusste nicht einmal, woher der Sensenstiel kam. Da hatte er nicht sorgfältig genug gearbeitet, das war ihm klar.

Und deswegen fuhr der Länsman mit Lars im Gig die Orte ringsum ab, Klingre, Faresta, Myckling und alle die anderen. Frühmorgens ging es los, nur ein paar Tage vor Mittsommer.

Viberg hatte das Sensenblatt vom Sensenstiel genommen. Ein handgeschmiedetes Sensenblatt war schwer wieder zu erkennen. Aber der Sensenstiel. Auch wenn dieser eigentlich keine besonderen Merkmale aufwies, keine Verzierungen, nur das vom langen Gebrauch glatt polierte Holz. Trotzdem müsste der Besitzer ihn wieder erkennen.

Die beiden hatten keinen Fuhrknecht dabei, Lars hielt die Zügel.

Er ist schließlich ein Bauernsohn, dachte Viberg, er wird doch mit Pferd und Wagen umgehen können.

Er hatte sich den Sensenstiel über die Knie gelegt. Es war warm, schon früh am Morgen wärmte die Sonne kräftig, jetzt im Frühsommer. Von den Straßenrändern und -gräben leuchtete es blau und gelb, der See war vollkommen ruhig. Die Häuser auf der anderen Seite spiegelten sich im Wasser. Das Gras war gewachsen, die vorher braunen lehmigen Wiesen leuchteten nun in sattem Grün.

Ich bin unterwegs, um einen Auftrag zu erledigen, dachte Viberg. Wie Israel Brolin. Manchmal musste er an Brolins schöne Frau denken, wie sie, die Hände in die Hüften gestemmt, breitbeinig vor ihm gestanden hatte in einem Kleid, unter dessen Stoff ihre Brüste gebebt hatten. Hatte sie ihn verhöhnt? Nein, aber sie war ohne Angst und ohne Respekt vor der Obrigkeit gewesen. So hatte sie mit ihm gesprochen. Respekt, genau. Er dachte über das Wort nach. Würde sie ein solches Wort verstehen? Respekt? Nein, sie hatte ihm gegenüber keinen Respekt gezeigt. Keinen Respekt vor der Obrigkeit. Er war die Obrigkeit, er war Polizeiamtmann in Arnäs. Der Länsman. Eine Autorität.

Ihr schwarzes Haar, ihre funkelnden Augen und dieses schallende Lachen mit zurückgeworfenem Kopf.

Viberg schüttelte sich und sah seinen schwächlichen Gehilfen von der Seite an.

Wir sind unterwegs, um einen Auftrag zu erledigen, dachte er noch einmal. Das konnte allerdings etwas dauern.

Er deutete zum nächsten Hof.

»Hier fangen wir an«, sagte er. Lars zog an den Zügeln, das Pferd folgte gehorsam seinen Anweisungen und blieb vor dem großen Bauernhaus stehen.

Drei Knechte, vier Mägde und der Bauer selbst sowie die Bäuerin und drei Kinder untersuchten den Sensenstiel. Sie drehten und wendeten ihn. Aber einer nach dem anderen schüttelte bedauernd den Kopf.

Das Pferd stand die ganze Zeit still, zu fressen gab es nichts, auf dem Hofplatz war das Gras ratzekahl abgefressen.

»Das ist doch ein gewöhnlicher Sensenstiel«, sagte der Bauer. »An dem ist nichts Besonderes. Aber von hier stammt er auf keinen Fall.«

Länsman Viberg bedankte sich, kletterte auf den Wagen und die Fahrt ging weiter.

Er bekam allmählich das Gefühl, dass es überall zurzeit nicht viel zu tun gab. Die Arbeiten des Frühjahrs waren abgeschlossen und nun warteten alle auf die Heuernte.

Die Menschen auf den Höfen schlenderten umher, sie saßen sogar müßig auf den Vortreppen. Sie beschäftigten sich mit ihren Werkzeugen, stellten Rechen her, die Wagen standen ohne Räder auf dem Hof und die Knechte hämmerten an den eisernen Bändern der Räder oder verstärkten die Holzteile. Es war wie ein Abwarten, eine kurze Frist, während derer alles zu ruhen schien, nur das Gras wuchs schnell. In den Ställen muhten die Kühe, die Pferde liefen frei auf den Höfen herum.

Und alle Leute, die sie ansprachen, nahmen den Sensenstiel in die Hand und musterten ihn eingehend. Aber dann schüttelten sie die Köpfe. Sie spuckten auf die Erde, als wollten sie damit unterstreichen, nein, den hier haben wir nie gesehen, aber außergewöhnlich war er ja nicht, das konnte man nicht sagen.

Erst gegen Abend wurden ihre Mühen belohnt. Die beiden Männer waren schon auf dem Heimweg, als sie vor einem kleinen Haus hielten, an dem sie auf der Hinfahrt vorbeigefahren waren.

Es war eine Kate, eine Hütte, ein Schuppen, kein Bauernhaus. Es gab keine fetten Wiesen, keine Knechte, nur einen vom Alter gebeugten Greis. Der Alte hielt sich so krumm, als hätte er sich bereits auf den Weg zur Erde gemacht. Er kam ihnen vom Brunnen entgegen und trug das Joch mit den beiden Wassereimern über der Schulter. Vorsichtig lockerte er das Joch und stellte die Eimer ab. Doch er richtete sich nicht auf. Er blieb gebeugt stehen. Und hob den Kopf, blinzelte die beiden an und wunderte sich, weil ihm der Polizeiamtmann von Arnäs einen Besuch abstattete. In dem Moment tauchte eine alte Frau in einer Öffnung auf, die wohl der Eingang zum Kuhstall sein mochte. Eine niedrige Tür, die lose in den Angeln hing. Allerdings blieb sie nicht auf dem Hof stehen, sondern eilte in die Kate.

»Was mag er wollen?«, fragte der Alte noch einmal.

Viberg kletterte mit dem Sensenstiel vom Wagen.

»Wir fragen uns, ob der hier dir gehört?«, sagte er.

Der Alte warf nur kurz einen Blick darauf, dann nickte er.

»Doch, das ist meiner«, sagte er. »Ich hatte mich gefragt, wo ich die Sense hingestellt habe. Aber jetzt hat sie sich ja wieder eingefunden. Die Sense also. Da war ein Sensenblatt dran ...«

»Ich sehe zu, dass du es bekommst«, sagte Viberg.

Er zeigte auf den Handgriff. »Hier ist was«, sagte er.

»Ich seh doch so schlecht«, sagte der Alte und blinzelte.

»Fühl mal«, sagte Viberg. »Da ist was eingekerbt, ein Name. Hast du das gemacht?«

»Was denn für ein Name?«, fragte der Alte.

»Wir glauben, da steht Ingrid«, entgegnete Viberg.

Der Alte schüttelte den Kopf. »Den Sensenstiel hab ich gemacht«, sagte er. »Und hätt ich einen Namen eingeritzt, dann nicht Ingrid. Das wär wohl Margareta gewesen.«

Er nickte kurz zur Hütte hin, wo die Alte Zuflucht gesucht hatte.

»Nein, ich hab in diesen Stiel nichts eingekerbt, das ist mal sicher.«

Er hob das Joch mit den Wassereimern wieder auf und ging auf sein Haus zu.

Viberg sah zu Lars hinüber. Die beiden starrten sich lange an, und dann nickten sie, als hätten sie dasselbe gedacht.

Der Mörder von Isak Andersson Lundström hatte die vier Buchstaben eingeritzt, die Ingrid bedeuteten oder etwas ganz anderes. Und er musste es vor dem Mord getan haben, so viel war ihnen klar. Die Inschrift war so winzig und so genau ausgeführt, dass er das unmöglich hätte schaffen können, ehe Seibrant zum Tatort gerannt war.

Schließlich brach Lars das Schweigen.

»Er ist das gewesen«, flüsterte er. »Der Mörder hat das da eingeritzt.«

12

Die Veranda war mit Birkengrün geschmückt, und auf dem großen Hof vorm Haus stand ein Mittsommerbaum. Hoch und mächtig reckte er sich zum Himmel empor. Chaisen, Gigs und Zweispänner standen aufgereiht vor dem Wirtschaftsgebäude, während sich die Pferde im Gästestall ausruhten und fraßen. Die Mägde waren den ganzen Vormittag zwischen dem Hang hinter dem Haus und der Küche hin- und hergelaufen und hatten die beiden langen Tische aufgebaut und gedeckt und Schüsseln und Teller und Bestecke und Gläser und nach und nach das Essen darauf gestellt. Sogar Helena hatte mitgeholfen. Sie hatte alles überwacht, sie hatte einen Teller, ein Glas verschoben; sie hatte am Tischtuch gezupft; sie hatte ihre Mägde angeleitet, und Morell hatte am Fenster gestanden und sich still über ihren Eifer gefreut.

Und jetzt waren die Gäste alle da. Sie wurden im Saal vom Länsman und seiner Gattin empfangen, wo gefüllte Gläser bereit standen. Die Polizeiamtmänner von Arnäs und Sidensjö waren gekommen, der Pastor ebenfalls, der kleine und etwas glupschäugige Olaus Backäus. Die drei Bauern aus dem Dorf sahen aus, als wären ihnen ihre feinen Kleider zu klein geworden. Die Bauern waren mit dem Alltag vertraut, mit seinen gewohnten Arbeiten und der dazu passenden Kleidung. Jetzt standen sie verlegen in dem festlichen Saal und schienen nicht recht hierher zu passen. Anders Mårtensson stand steif und eckig im Raum wie ein Trockengestell fürs Heu. Und ihre Frauen waren auch da, aber die Männer standen für sich, mitten im Saal, die Frauen hingegen in einer Ecke. Ganz zuletzt kam der Gastwirt Berglund aus dem Marktflecken Örnsköldsvik. Der Jüngste war er, und seine Frau schien jünger als alle anderen zu sein, mit blassen Wangen und dünnem blonden Haar.

Länsman Morell hieß alle seine Gäste zu diesem Mittsommerfest willkommen und erhob sein Glas zur Begrüßung und zu einer kleinen Huldigung auf den Sommer und die Sonne und auf das Wachsen und Gedeihen.

Dann standen sie alle etwas verloren auf einem Fleck, bis sie sich, vom Länsman Morell und seiner rosigen Ehefrau angeführt, hinaus in den Sommertag und zu der gedeckten Tafel begaben.

Den Anfang machten die Vorspeisen.

Da gab es goldgelbe Butter und frischen Käse, blasse Heringe zwischen Zwiebeln und Möhrenscheiben, Heringe in dicker Soße und aufgerollten Ostseehering mit gestreiftem Rücken. Auf einer Platte lagen Dutzende Eihälften gestapelt. Auf anderen Platten Berge von winzigen Frikadellen, und glänzende Speckseiten, fett und dick. Es gab Presskopfsülze, Kalbssülze und Speckrouladen. Und gebratenen Flussbarsch, Hechtklößchen, pochierten und geräucherten Lachs. Schüsseln voller Omeletts, Fleisch in Aspik und Dickmilch und dampfende mehlige Kartoffeln.

Und Brot: mehliges Fladenbrot und dunkel glänzende Laibe.

Krüge mit Dünnbier standen dabei und Krüge mit Starkbier und daneben beschlagene Gläser.

Und Länsman Morell verkündete mit seiner sonorsten Stimme, während er mit seiner Frau um die Wette strahlte: »Bitte, bedient euch und greift ordentlich zu.«

Bereits nach den Vorspeisen waren die Gäste gesättigt und mussten die Gürtel lockern. Stühle wurden zurückgeschoben, die Gesichter glänzten wie Speckschwarten und an den Gläsern klebten der Schaum und die Abdrücke gieriger Münder.

Doch schon brachten die Mägde im Gänsemarsch vom Haus silberne Platten und Schüsseln zu den Tischen. Kalbsbraten in dünnen hellen Scheiben. Dazu kräftige Soßen, Preiselbeergelee in Glasschälchen wurde bereitgestellt, Gemüse, neue Karotten mit dampfenden Kartoffeln und noch mehr Starkbier und Dünnbier.

Und so musste man einfach von neuem anfangen zu essen.

Solange die Gäste mit den Gläsern in der Hand über die Wiese spazierten, tanzten die Dorfkinder um den Mittsommerbaum. Der Geiger hatte einen so mächtigen Bart, dass Harald Morell fürchtete, der Bogen des Musikers könnte darin hängen bleiben, aber er spielte ununterbrochen auf; er stampfte den Takt dazu und die Kinder und die Dorfjugend tanzten aus Freude über die kommende Ernte und um des Sommers willen.

Und dann nahm Helena ihren Mann bei der Hand und

er fasste einen anderen an, und bald bewegten sich alle Gäste um den Mittsommerbaum, an der manche Blume schon den Kopf hängen ließ. Und die Kinder, die gekommen waren, durften zum Hang hinübergehen und die Reste von den Tischen essen; und der Länsman steckte dem Geigenspieler zum Dank ein paar Münzen zu. Als er aufhörte, leerte sich der Platz im Nu und die Gäste versammelten sich im Saal.

Das Pianoforte stand dort in der Mitte des Raums, und alle, die zum Fest des Länsmans Harald Morell nach Anundsjö gekommen waren, nahmen auf den an den Wänden stehenden Stühlen Platz. Durch die großen Fenster schien die Sonne herein, und Helena setzte sich ans Klavier. Sie griff in die Tasten, und weiche Töne füllten den Raum. Ihre Wangen waren gerötet, und sie bewegte sich im Takt der Musik. Und die Gäste saßen andächtig dabei und lauschten ihrem Spiel. Harald Morell spürte in seiner Brust eine warme Freude aufsteigen.

Dann trennte man sich, die Frauen blieben im Saal und die Männer nahmen an den abgeräumten Tischen am Hang Platz, denn die Juninacht war warm und hell.

Der Pastor, der Landgendarm und die Bauern gingen bald nach Hause, sie holten ihre Frauen, sie bedankten sich für alles, auch für die vorzügliche Bewirtung. Und sogar der Gastwirt Berglund stand bald auf und geleitete seine junge Frau zum Landauer. Vom Hang aus sah Morell die Pferde mit dem großen Gefährt davonfahren. Aber die Polizeiamtmänner waren noch geblieben, und von ihren Fuhrknechten war keine Spur zu sehen. Länsman Morell spürte so eine schwebende Leichtigkeit im Kopf, ein Gefühl großer Zufriedenheit, wie er es schon lange nicht mehr empfunden hatte.

Er hob sein Glas aufs Neue.

Nur er, Olof Viberg und Elias Hedäus aus Sidensjö waren noch da. Elias Hedäus war jetzt alt, mit weißem Bart, müden Augen und hängenden Lidern. Er saß etwas schräg auf seinem Stuhl und lehnte sich zur Seite, als wagte er nicht, aufrecht zu sitzen.

»Dann also prost«, sagte Morell, »auf Recht und Gesetz!«

Viberg nippte bloß an seinem Glas, aber Elias Hedäus leerte es wie Harald Morell auf einen Zug. Viberg hatte den ganzen Abend ein kummervolles Gesicht gemacht. Morell wusste von einem mysteriösen Todesfall, den sein Kollege zu untersuchen hatte, und dass er damit noch nicht sonderlich weit gekommen war.

»Wie geht es?«, fragte er jetzt. »Wisst ihr, wer es war, der ... Er hat es mit einer Sense gemacht, nicht wahr?«

Sven Svensson fiel ihm wieder ein. Eine Sense hatte der Mann nicht genommen, sondern sein Rasiermesser und einen Hammer und acht Menschen damit getötet, fast seine ganze Familie ausgelöscht.

Viberg nippte wieder an seinem Glas.

»Ja doch, mit einer Sense hat er's gemacht«, sagte er.

»Es gibt verschiedene Arten, wie man jemanden umbringen kann«, sagte Elias Hedäus.

Er rutschte auf seinem Stuhl hin und her, als ob ihn etwas schmerzte oder ärgerte.

»Wir wissen jetzt, woher er sie hat«, sagte Länsman Viberg. »Er hat sie bei einem Kätner gestohlen, gar nicht weit vom Hof entfernt.«

»Das ist doch immerhin schon etwas«, sagte Länsman Morell.

»Er?«, meinte Elias Hedäus. »Kann das keine Frau gewesen sein?«

»Das würde mich wundern. Der hatte schon vorher eine Sense geschwungen. Das war ein Mann ... ein Sensenmann.«

»Na, das klingt aber gut«, lachte Elias Hedäus. »Ein Sensenmann.«

»Der Tod persönlich«, sagte Morell. Wieder hob er sein Glas. »Na, denn man prost.«

Viberg nahm bekümmert sein Glas und stellte es wieder hin.

»Aber niemand hat an diesem Tag jemanden mit einer Sense gesehen. Niemand hat einen Fremden gesehen. Nichts.«

»Und auf den Höfen?«, fragte Elias Hedäus. »Oder die Nachbarn?«

»Wir haben sie allesamt verhört«, antwortete Länsman Viberg.

»Und von denen kann es keiner gewesen sein?«, fragte Morell.

»Möglich ist alles«, antwortete Viberg.

Morell füllte sein und Hedäus' Glas aufs Neue, Viberg winkte ab.

»Brolin ist an dem Tag da gewesen und hat ein Pferd geschlachtet«, sagte Viberg.

»Brolin?«, fragte Hedäus.

»Der Henkersknecht, der Schinder und Abdecker«, sagte Morell.

»Ich habe versucht, ihn zu erwischen«, sagte Viberg, »und bin ein paar Mal in Yttersel gewesen.«

»Er ist öfter nicht da, er ist ein Tattar«, erklärte Morell.

Es war noch gar nicht so lange her, da hatte er ihn gebraucht, als der Selbstmörder unter die Erde musste.

»Ist er verdächtig?«, fragte Hedäus.

»Ich will ihn nur ausfindig machen«, sagte Viberg, »das ist alles.«

»Man kann ihn für einiges verdächtigen«, sagte Morell.

»Er war genau an dem Tag auf dem Hof, als der Mord geschah. Ob das etwas zu bedeuten hat, weiß ich nicht. Und der Pastor hat eine Sechs und eine Sieben ins Register geschrieben.«

»Soviel ich weiß, ist er hier in der Gegend nie wegen Diebstahls verurteilt worden«, sagte Morell.

»Und er hat eine Frau oder ein Liebchen«, sagte Viberg. »Und viele Kinder.«

»Empfangen und geboren außerhalb der Ehe?«, fragte Elias Hedäus.

»Das wird die Sechs wohl bedeuten«, sagte Morell.

»Wir haben noch etwas festgestellt«, fuhr Viberg fort. »Der Mörder hat in den unteren Handgriff des Sensenstiels ein kleines Zeichen geritzt.«

»Und ihr wisst, dass es der Täter war?«, fragte Hedäus.

Viberg nickte.

»Darf man fragen, was da steht?«, fragte Morell.

»Er hat INRI eingeritzt.«

»INRI?«, wiederholte Hedäus.

»Könnte Ingrid bedeuten, haben wir uns überlegt. Einer, der nicht buchstabieren kann ...«

Länsman Morell lachte. »INRI?«, fragte er. »Mit Großbuchstaben?«

»Ich habe an Ingrid gedacht«, wiederholte Viberg, »aber ich weiß es nicht.«

Länsman Morells Lachen wurde laut und polternd.

»Habt ihr das denn nie gehört? Ihr habt INRI nie geschrieben gesehen? Wirklich nicht? Jetzt erlaubt ihr euch mit mir wohl ...«

Hedäus und Viberg starrten Länsman Morell an. Der lachte noch immer.

»Das steht am Kreuz, am Kreuz Christi. Habt ihr das nie gesehen oder gehört?«

Viberg schaute auf seine Hände, rote Flecken breiteten sich auf seinen Wangen aus.

»Ja, das ja«, sagte Hedäus. »Könnte es das bedeuten?«

Wieder rutschte er auf seinem Stuhl hin und her. Irgendetwas plagte ihn. Ist er vielleicht krank?, dachte Harald Morell.

»Wisst ihr, was das bedeutet?«, fragte Länsman Morell.

Das gefiel ihm, derjenige zu sein, der etwas wusste, von dem sonst keiner eine Ahnung hatte.

»Iesus Nazarenus Rex Iudaeorum. Dafür steht das«, sagte er und legt eine kleine Pause ein. »Jesus von Nazareth, König der Juden.«

»Ein Rächer im Namen Gottes«, stöhnte Elias Hedäus. »Mit der Sense.«

13

Ganz unbemerkt war die helle Juninacht in den neuen Tag übergegangen. Die Gäste waren alle heimgefahren. Auch Helena hatte sich zurückgezogen, ganz verschwitzt und heiter lächelnd. Nur die Vibergs waren noch da. Das Pferd zerrte ungeduldig im Geschirr, hob den Kopf und wieherte, als wollte es sich schleunigst auf den Heimweg machen.

Länsman Viberg hatte nicht mehr viel gesagt. Noch immer waren seine Wangen gerötet.

In einer freundschaftlich gemeinten Geste legte ihm Länsman Morell die Hand auf die Schulter. Viberg zuckte zusammen, als wollte er sich der Berührung entziehen, und stellte sich auf die Zehenspitzen. Mit einer Hand griff er nach der Deichsel, mit der anderen half er seiner Frau in den Wagen.

»Wir dürfen wohl annehmen, dass du ihn findest«, sagte Morell. »Den Sensenmann.«

Viberg drehte sich um und sagte: »Er hat hier gewohnt, nicht der Sensenmann, aber der, der vorher sterben musste. Er hat in Anundsjö gewohnt.«

Morell starrte Viberg an. Die Ehefrau saß inzwischen, und jetzt stieg auch Viberg ein.

»Er hatte einen Bruder«, sagte Viberg. »Vielleicht weißt du, wer die beiden waren. Isak Andersson Lundström hieß der Knecht, der umgebracht wurde. Er ist vor zwei Jahren nach Arnäs gezogen. Aber sein Bruder ist ebenfalls tot. Er lebte hier. Er hat sich ertränkt. Weiß du, wer das war?«

Harald Morell spürte eine Kälte in seiner Brust aufsteigen.

»Wie hieß der Mann?«

»Nils Andersson Wikström«, sagte Viberg.

Jetzt saß auch Viberg im Wagen. Er und seine Frau verbeugten sich leicht.

»Wir danken für den schönen Abend«, sagte Viberg, und dann hob der Kutscher die Gerte und ließ sie durch die Luft sausen, und der Wagen setzte sich in Bewegung.

Harald Morell blieb noch auf der Treppe sitzen, den Kopf hatte er in die Hände gestützt. Vorhin hatte er das Gefühl gehabt, sein Rausch sei verflogen, aber jetzt drehte sich ihm der Kopf wieder. Er schüttelte sich, wie um seine Gedanken zu ordnen. Aber die schwirrten durch seinen berauschten Schädel, sie wollten sich nicht einfangen lassen. Schließlich stand er auf und ging in die Diele. Niemand war da, um ihm beim Ausziehen der Stiefel zu helfen, aber mit etwas Mühe schaffte er es auch allein.

Er ging in die große Küche, nahm die Schöpfkelle aus dem Wassereimer und trank, eine Kelle nach der anderen, nicht kaltes, sondern lauwarmes Wasser. Ein Gedanke setzte sich in ihm fest; er schien ihm sagen zu wollen, dass er sich geirrt haben könnte, dass dieser Nils Wikström womöglich gar kein Selbstmörder gewesen war. Er schüttelte den Kopf, um den Gedanken loszuwerden. Dann stieg er die Treppe zur ersten Etage hinauf.

Er ging zu Helenas Tür. Heute brauchte er sie. Schwankend stand er oben auf der Treppe und räusperte sich. Er war doch nicht etwa betrunken? Er strich sich mit der Hand übers Haar und zupfte an seiner Kleidung.

Ich will nur ein bisschen mit ihr reden, nichts weiter. Ich werde sie nicht erschrecken.

Er umfasste die Klinke und drückte sie nach unten.

Die Tür war abgeschlossen!

Er drückte dagegen. Helena hatte sich in ihr Zimmer eingesperrt.

Wut stieg in ihm auf, eine so gewaltige Wut, dass er sich auf den Stuhl setzen musste, der wie ein Wächter neben ihrer Tür stand.

Der Wutanfall war kurz und heftig. Die Tür fasste er nicht mehr an. Er besann sich, er sagte nichts. Er ließ nur den Kopf hängen. Die Wut machte Enttäuschung und Sehnsucht Platz. Schließlich stand er auf und ging die Treppe hinunter, in sein eigenes Zimmer, legte sich angezogen aufs Bett, schloss die Augen und versuchte, alle Gedanken, die ihm durch den Kopf rasten, zu verscheuchen.

Ein paar Stunden später erwachte Harald Morell mit quälendem Durst, doch sein Kopf fühlte sich besser an, ohne pochende Schmerzen. Leise schlich er in die Küche und zu der Schöpfkelle. Er trank, bis sein Durst gelöscht war, und ging dann hinaus auf die Vortreppe. Dort setzte er sich hin. Jetzt kamen die Gedanken wieder, aber etwas klarer und deutlicher.

Er hatte alles getan, was in einer solchen Situation zu tun war. Er hatte Kontakt zum Pfarrer aufgenommen, er hatte Anselm Mårtensson aufgesucht. Anselm war Nils Wikströms Bauer gewesen. Nils Wikström. Einen anderen Namen hatte er nie gehört. Aber er hatte einen Bruder gehabt, der nun ebenfalls tot war, der mit einer Sense umgebracht worden war.

Und die Hütte am Waldrand wurde von Anselm genutzt. Sie wurde bewohnt, wenn ...

Er stand auf, ging in sein Arbeitszimmer und zog eine Schublade des Sekretärs auf. Einige Informationen hatte er sich notiert, also hatte er alles den Regeln und Vorschriften entsprechend getan.

Doch, da stand es. Die Hütte wurde beim Fischen genutzt. Außerdem gab es in der Nähe eine Scheune mit Moorgras. Und im Winter, hatte Mårtensson erzählt, werde das zum Hof befördert. Für den, der fuhr, war es gut, dort draußen eine beheizbare Hütte zu haben. Und für die Holzhacker. Um den großen See herum war die Landschaft offen, und so entstand übers Jahr viel Windbruch.

Und Nils Wikström war ein paar Tage dort gewesen, um Holz zu hacken, so war es abgemacht gewesen. Aber er, Anselm Mårtensson, hatte geglaubt, Nils sei nie dorthin gegangen, denn er hatte nie mehr etwas von seinem Knecht gehört. Er hatte geglaubt, Nils wäre weggelaufen, denn er hatte ihn seit Oktober, November letzten Jahres nicht mehr gesehen.

So war's, und er, Morell, hatte geglaubt, Nils Wikström habe sich ertränkt, unmittelbar ehe der See zufror.

Und zu Brolin hatte er Kontakt aufgenommen, und nun

lag er dort im Wald, der Nils Wikström, begraben in ungeweihter Erde. Er hatte nichts falsch gemacht. Nichts. Johan Anundsson hatte den Toten ebenfalls gesehen, und sie hatten alle beide gesagt: Selbstmord. So war es.

Aber Nils hatte einen Bruder gehabt.

Er hatte versäumt, Kontakt zu Johannes Ejvindsson aufzunehmen. Bei ihm hatte Nils Wikström früher gedient, aber im Sommer 1845 hatte er den Bauern gewechselt und sich bei Anselm Mårtensson verdingt.

Mit Mårtensson hatte er gesprochen, lange und ausführlich, und auch mit seinem Knecht, aber nicht mit Johannes Ejvindsson. Warum hätte er das tun sollen ...

Nein, er hatte getan, was getan werden musste.

Er stand wieder auf, sein Rausch war verflogen, aber im Innern regte sich jetzt eine quälende Unruhe. Er kehrte in die Küche zurück. In der Speisekammer fand er ein Stück Kalbsbraten und aß ein paar Scheiben davon. Dann trank er wieder Wasser, mehrere Kellen. Er ging durch den Saal und schaute auf die Uhr, es war noch Nacht oder früher Morgen, aber er fasste einen Entschluss. Er musste dorthin. Schon jetzt. Warum, wusste er nicht recht zu sagen.

Er stieg wieder die Treppe hinauf, berührte die Klinke an ihrer Tür. Noch immer war abgeschlossen. Jetzt hatte sie ihn für immer ausgeschlossen, weil er einmal gesagt hatte, was er sich wünschte. Er seufzte traurig und ging in die Diele hinunter.

Er zog seine Uniform nicht an, sondern begnügte sich mit dem weißen Hemd, das er über der Hose trug. Noch war kein Knecht auf, also ging er in den Stall zu den drei Pferden. Sadrak, Mesak und Abed-Nego. Er entschied sich für das Pferd, an das er am meisten gewöhnt war, eine Stute, die trotz ihres Geschlechts den Namen Abed-Nego bekommen hatte. Er sattelte sie und machte sich auf den Weg in den Wald, nach Tallsvedjan, dorthin, wo der Selbstmörder in ungeweihter Erde lag. Der Selbstmörder, der den Namen Nils Andersson Wikström trug und der einen Bruder hatte, der mit einer Sense ermordet worden war.

14

Die Ziegen auf der einen und die Schafe auf der anderen Seite; und der Herr lässt Blitze zucken, er lässt seine rächenden Heerscharen frei, er spaltet sie, die Bösen, die Sünder, die Verlorenen, sie werden zerteilt, so wie die Axt das Holzscheit teilt. Und in Stücken liegen sie dort; und dann kommen sie auf Wagenräder, und die Geräderten werden als Fraß den Krähen vorgeworfen. Aber nein, so ist es nicht, so wird es nicht sein, diese Strafe reicht nicht, sie müssen wieder zusammengefügt werden. Der Körper muss eins sein; Mund, Herz und Glieder gehören zusammen, sagt der Herr. Sie werden heil, nach den zuckenden Blitzen werden sie wieder zusammengefügt; und fortan erhalten sie ihren Platz in den brodelnden Kesseln, dort, wo sich das Feuer in Muskeln, in Sehnen, im Haar, in den Fingern, im Geschlecht, ja im Blut sogar festfrisst. Es kocht, das Blut. Flammend rot ist es, wie das Blut des geschlachteten Schweins, wenn es in den Melkeimer geleert wird. Aber sowie du es aufs Feuer setzt, beginnt es zu leben, das kochende Blut, es wallt, es brodelt. Bis in alle Ewigkeit. So soll es sein, so ist es, sagt der Pastor.

Er fiel auf die Knie und faltete die Hände. Er wollte ein

Zeichen von Gott haben für das, was er getan hatte. Er wollte wissen, ob es richtig gewesen war. Nicht in die Hölle sollten ihn seine Taten bringen, nein, das, was er getan hatte, war recht und rechtens. Ist es nicht so?, flüsterte er. Habe ich nicht Recht ... Ist nicht das, was ich tue, Gott wohlgefällig? Diese Männer haben das Recht zu leben verwirkt. Sie dürfen weder atmen noch essen oder existieren ...

Ein Moment der Schwäche hatte ihn überfallen, aber Schwäche durfte nicht sein. Wird Gott am Tag des Jüngsten Gerichts Gnade walten lassen? Wird er auf Tränen und Wehklagen hören? Nein, weg damit! Rache galt es zu üben. Den kranken musste er vom gesunden Zweig abschneiden, das musste ohne jeden Zweifel, ohne Milde geschehen. So ist es.

»Ich brauche kein Zeichen!«, schrie er. »Ich weiß es! Ich habe einen Entschluss gefasst, und ich weiß es!«

Er war allein im Wald, es war Nacht, aber da war Licht, das Licht beleuchtete die Lichtung und hellte auch die Dunkelheit um ihn herum auf.

Er war wieder da. Er wollte wissen, ob jemand sein Zeichen gedeutet hatte. Jetzt mussten sie, die Häscher, doch begriffen haben, dass Isak Andersson jemandem begegnet war – der nicht sanft war, sondern rasend vor Zorn. Und dieser rasende, schon lange in ihm schwelende Zorn bahnte sich nun seinen Weg – wie bei den rächenden Engeln. Engel mit zitternden Flügeln, die ihnen Geschwindigkeit verleihen ... und mit Sichel und Sense schreiten sie voran und mähen die Gottlosen nieder.

Wie er.

Jetzt müssen sie es wissen, die Häscher. Jetzt wissen sie

vielleicht auch, dass jener, der unter dem Eis lag, sich nicht freiwillig darunter gelegt hat. Sondern dass eine andere Kraft ihn in die Tiefe gerissen hat.

Wie leicht es doch gewesen war!

Es war so leicht gewesen, als ob er vorsichtig den Holzdeckel auf einem brodelnden Kessel gelüftet und einen Löffel hineingehalten hätte. Einen kleinen Löffel ... Man hält ihn einen Moment fest, dann lässt man ihn los und er ist verschwunden. In dem kochenden Wasser.

Wieder spürte er auf seinem Rücken die Flügel wachsen. Er streckte die Arme in die Höhe. Wie schwer die Flügel nun waren, jetzt saßen sie da, jetzt war er bald bereit. Dann würde er sich seinen Weg durch den Wald bahnen, die Bäume würden bei seinem Voranschreiten weichen. Schon bald. Aber noch zitterte er, noch reichte seine Kraft nicht aus.

Und dann kamen sie ganz unversehens, die Tränen. Sie rannen ihm übers Gesicht, und er hob die Hände – leicht waren seine Arme geworden und irgendwie kleiner – und benetzte sie mit seinen Tränen.

Dann reckte er sich.

Bald war es wieder so weit.

Er hatte Nordmaling hinter sich gelassen und war zurückgekommen. Diesen Umweg hatte er machen müssen, weil er zum Handeln gezwungen worden war – auch gegen seinen Willen.

Doch nun war die Zeit für seinen richtigen Auftrag gekommen.

Jetzt waren ihm wieder Flügel gewachsen. Jetzt war er der Rächer. Aufs Neue.

Und niemand durfte ihm mehr in den Weg kommen und ihn behindern.

Jetzt war er bereit. Jetzt würde er bald Rache üben.

Erbarmungslos und ohne Milde.

Morell fand die Buchstaben nach kurzem Suchen. Nicht lange hatte es gedauert, da hatte er sie gefunden.

Und dann konnte er lange nichts mehr tun.

Groß waren sie. Hier hatte der Mann, der sie eingeritzt hatte, viel Zeit gehabt. Deutlich eingekerbt waren sie, unter dem Fenster, an der Hütte, in der die Holzhacker oder Angler übernachteten. Der Hütte, in der Nils Wikström geschlafen hatte, ehe der Mörder ihn ertränkt hatte.

Aus freien Stücken war er also nicht ins Wasser gegangen.

Es hatte sich nicht so abgespielt, wie Länsman Harald Morell geglaubt hatte.

INRI stand da, wie die Buchstaben am Kreuze Christi.

Morell blieb lange auf der Treppe zur Hütte sitzen, er fühlte sich wie gelähmt.

Morell ging am Strand entlang, auf der Suche nach dem Grab. Er hatte Brolin befohlen, den Mann nicht zu nahe am Ufer zu begraben, sondern etwas weiter oberhalb. Die Augen auf die Erde gerichtet, suchte er nach einer Spur, und er fand sie rasch.

Hier war es, hier hatte jemand gegraben, die Erde war ganz eben. Lange stand er da und starrte zu Boden. Sollte er das Grab öffnen lassen? Sollte er nach Beweisen suchen, dass dem Toten Gewalt angetan worden war? Aber er hatte gesucht, er hatte den Leichnam überprüft, den aufgedunsenen blauschwarzen Körper. Und nichts entdeckt.

Morell musste weiter nachforschen, er wusste, dass er sich geirrt hatte. Er hatte einen Fehler gemacht. Nils Wikström war ebenfalls ermordet worden.

Hier lag er, hier war er.

Und unter diesem kleinen Fensterloch waren die Buchstaben eingekerbt.

Was bedeuteten sie? Und warum standen sie dort? Warum hatte der Täter sie unter diesem Fenster und auf dem Handgriff des Sensenstiels eingekerbt? Als Hinweis auf irgendetwas. Aber auf was?

15

Johannes Ejvindsson besaß Land in Näs, gleich hinter dem Kirchhof. Seinen Besitz zu umrunden, erforderte ein Beträchtliches an Zeit. Das tat er fast jeden Morgen; er wanderte am Saum seiner Äcker entlang, überquerte seine Wiesen. Manchmal blieb er in die Betrachtung der Gebäude seines Gehöfts versunken stehen: des großen Bauernhauses, der Stallungen, des Wagenschuppens, der Kornkammer, der Schmiede. Er befühlte das Gras und den Klee; er zog Blätter und Halme behutsam durch seine Finger. Er schaute sich das Kartoffelkraut an; er nickte den langen geraden Furchen zu. Und dann blickte er prüfend zum Himmel empor, zur Sonne oder zu den Wolken – und nicht selten war seine Stirn darauf von sorgenvollen Falten gezeichnet.

Nach seinem morgendlichen Rundgang marschierte er in die Küche und nahm an der entfernten Schmalseite des großen Tisches Platz, dort, wo er sein Gesinde überblicken konnte. Vier Knechte und vier Mägde dienten bei ihm. Und immer wieder ging ihm durch den Kopf, dass er, dem hier der größte Hof gehörte, der Großbauer dieser Gegend, dass er nicht zum Mittsommerfest bei Länsman Morell eingeladen worden war.

Nicht er, sondern Anselm Mårtensson, dessen Haus und Wiesen kümmerlich aussahen, war eingeladen worden!

Johannes Ejvindsson saß an dem ihm gebührenden Platz und musterte seine Untergebenen. An einem kleineren Tisch saßen seine Kinder. Es waren fünf, drei Jungen und zwei Mädchen, das älteste bald zwölf.

Nach dem Frühstück teilte er die Arbeit des Tages ein, Melken und Füttern und Ausmisten waren bereits erledigt. Ein Knecht musste zur Mühle, ein anderer sollte nach den Wagen sehen, ein dritter die Pferde beschlagen. Von jedem Knecht wusste er, was der zu tun hatte, und er selbst arbeitete auch, aber er hatte auch die Aufsicht, er passte auf, dass ordentlich getan wurde, was zu tun war.

Die Hausfrau ging bereits ihren Pflichten nach; sie befehligte ihre Mägde wie ein Feldherr, nicht mit lauter Stimme, sie hob lediglich die Hand, und die Mägde bewegten sich wie in einem Tanz um sie herum, alle vier befolgten ihre Anweisungen, auch ohne Worte.

Johannes Ejvindsson maß mit stolzem Blick ihren schweren Leib. Bald ist es wieder so weit, dachte er. Er schaufelte ein kleines Loch in seine Grütze, füllte es mit einem großen Klecks Butter und seufzte zufrieden.

»Das war im Sommer vor zwei Jahren, da sind beide weggezogen«, sagte Johannes Ejvindsson.

Er saß in seinem Büro in dem lederbezogenen Lehnstuhl, hinter dem breiten eichenen Schreibtisch. Darauf standen zwei Tintenfässer, ein Stapel Papier lag daneben und ein Buch. Er saß mit dem Rücken zum Fenster, und ihm gegenüber, auf der anderen Seite des Schreibtischs, saß Länsman Harald Morell, bei dem Johannes Ejvindsson nicht zum Mittsommerfest eingeladen gewesen war.

»Der eine ging nach Arnäs, aber der andere blieb hier, bei Anselm«, fuhr er fort. »Ja, der, der sich ertränkt hat.«

»Und warum sind die Brüder weggezogen?«

Morell sah übernächtigt aus; sein Gesicht war grau, und seine Augen waren gerötet.

Trinkt er?, überlegte Ejvindsson.

»Wer weiß das schon?«, sagte er und machte eine wegwerfende Handbewegung. »Der Ältere, Isak, also ... kam herein, ja, eines Tages kam er hier herein und bat um meine Erlaubnis, sich beim Pastor ein Umzugszeugnis holen zu dürfen. Und die Erlaubnis gab ich ihm.«

»Und du weißt nicht, warum er umziehen wollte? Gab es Unstimmigkeiten oder irgendwas sonst?«

Er duzt mich, dachte Ejvindsson.

»Ich weiß nicht, warum er weg wollte. Aber die Woche drauf kam der Bruder. Und der war keine große Hilfe, also dass der hier wegging, war nur gut. Aber Isak war ein tüchtiger Arbeiter, ich kann nichts anderes sagen. Er fuhr nach Arnäs. Vielleicht gab es dort eine Weibsperson, die ihn lockte. Keine Ahnung.«

Er betrachtete Länsman Morell. Der Länsman wischte sich unaufhörlich den Mund ab, und dann fuhr er sich wieder mit der Zunge über die Lippen. Er sah nicht gesund aus. Den Eindruck machte nicht nur das Gesicht, sondern der ganze Mann. Die Uniform schien ihm zu groß zu sein. An der Jacke fehlte ein Knopf.

»Ist irgendwas Besonderes passiert, etwas wovon du weißt?«

»Ihr müsst wohl die Knechte befragen. Das sind ziemlich viele.«

»Ja, das tun wir. Das heißt, mein Gehilfe, Johan Anundsson.«

»Anund Perssons Junge?«

»Genau, das ist er«, antwortete der Länsman.

»Aha, der ist bei euch Gehilfe.«

Morell antwortete nicht, stattdessen wischte er sich Stirn und Mund mit dem Taschentuch ab.

Er ist nicht gesund, dachte Ejvindsson wieder. Er ist vom Tode gezeichnet. Er spürte ein vages Gefühl der Zufriedenheit, versuchte aber, das Gefühl zu verscheuchen. Er streckte sich in seinem Lehnstuhl, drehte sich um und blickte kurz aus dem Fenster, hinüber zu der großen Birke, dem Hofplatz und den Äckern.

»Ist dem Isak auch etwas passiert?«

Morell antwortete nicht.

»Wie stand es um ihren Glauben?«, fragte er stattdessen. »Ihren Katechismus, konnten sie den?«

Ejvindsson schaute Länsman Morell verwundert an.

»Oder waren sie Gotteslästerer? Sprachen sie schlecht über die Kirche, oder über ... Gott?«

»Sie waren wohl so wie die meisten Leute«, sagte Ejvindsson. »Zumindest der Ältere. Doch, in die Kirche gingen sie, soviel ich mich erinnern kann.«

»Und keine verbotenen Zusammentreffen oder so? Laienprediger ...«

»Isak und Nils? Nein, das kann ich mit Bestimmtheit sagen«, antwortete Ejvindsson.

Hat der Mann noch alle Sinne beisammen?, dachte

Ejvindsson. Oder ist das die Krankheit? Er klingt, als gehe es ihm nicht gut. Er sah noch einmal aus dem Fenster.

»Ist Isak auch etwas passiert? Hat er sich auch ertränkt?«

»Keiner hat sich ertränkt«, sagte Länsman Morell. »Jemand hat sie beide ermordet.«

Ejvindsson öffnete den Mund, als wollte er etwas sagen, aber er kam nicht dazu. Als der Länsman sich erhoben, bedankt und das Zimmer verlassen hatte, stand sein Mund noch immer offen.

»Doch, da ist etwas passiert«, sagte Johan Anundsson. »Das war in einer Sommernacht vor zwei Jahren. Und da waren zwei von Ejvindssons Knechten, die dasselbe gesagt haben.«

Johan hielt die Zügel und bemühte sich, das Knirschen der Wagenräder zu übertönen.

»Erzähl weiter«, forderte Harald Morell ihn auf.

»Sie sind eines Morgens früh heimgekommen, die anderen Knechte waren bereits aufgestanden. Ja, sie hatten etwas an sich, das deutlich zeigte, dass etwas passiert war.«

»Und was?«

»Ja, das haben sie nicht gesagt. Aber etwas, das sie aufgewühlt hat.«

»Und beide Knechte behaupten dasselbe?«

»Ja, aber sie hatten keine Ahnung, was das war, sagten sie.«

»Und du hast sie gefragt, ob das da mit den Laien ...«

»Ja, sie hatten allesamt ihren Spaß.«

Länsman Morell wischte sich wieder den Mund ab. Er streckte sich. Nun fühlte er sich besser. Nun würde er versuchen zu schlafen. Schlaf hatte er in letzter Zeit nicht besonders viel bekommen. Aber vielleicht jetzt. Sein Körper fühlte sich vor lauter Müdigkeit schwer an. Er musste seine Gedanken im Zaum halten, musste versuchen einzuschlafen.

Jetzt wusste er, dass etwas passiert war.

Und es war an ihm, herauszufinden, was passiert war.

Und an Johan, meinem Gehilfen, dachte er. Vielleicht würde er bald auch mit Viberg reden – aber noch nicht.

Das war in jenem Sommer gewesen, als ihm das dritte Kind geboren worden war. Tot, wie die beiden anderen. Jener Sommer war das gewesen ... Er hatte an anderes zu denken gehabt. Und im Herbst desselben Jahres hatte dann Sven Svensson mit seinem Leben dafür büßen müssen, weil er fast seine ganze Familie umgebracht hatte.

In jenem Sommer waren die zwei Brüder – beide jetzt tot – in irgendein Geschehnis verwickelt gewesen. Gleich anschließend waren sie von ihrem Bauern weggegangen, und einer von ihnen hatte die Gemeinde verlassen.

Sie fuhren inzwischen durchs Dorf, links lagen der Glockenturm und die Kirche, und bald hatten sie den Länsmanshof erreicht.

Jetzt würde er schlafen.

Er klopfte Johan leicht auf die Schulter.

»Wir sind ein Stück weitergekommen«, sagte er.

»Wir sind bald da«, sagte Johan.

Länsman Morell sah seinen Gehilfen verwundert an. »Sind wir das?«, sagte er.

Johan deutete mit der Peitsche auf das Haus und schaute den Länsman fragend an.

»Ich meine mit dem Fall«, sagte Morell.

16

Die Geschichte verbreitete sich in Windeseile über Anundsjö nach Kubbe, Hädanberg, Risbäck, nach Järvberget, ja bis hin nach Solberg und zurück, und hinüber nach Myckelgensjö gelangte sie und sogar bis nach Skorped, Holm und Lämnäs und folgte dem Lauf des Flusses hinunter nach Sidensjö. Dann weiter über Fanbyn und Norrmesunda nach Mo, den Fluss entlang bis nach Själevad. Sie nahm ihren Weg zurück nach Arnäs – wo er zu Hause war – und weiter hinauf in das nördlichste Ångermanland. Von dort bewegte sie sich in südöstlicher Richtung zum Meer und erreichte Örnsköldsvik, den neuen Marktflecken, wo Händler lebten und wo Handwerker ihre Werkstätten betrieben. Ja, sogar bis dahin gelangte die Geschichte.

Anfangs war es nur eine einzige Geschichte, nämlich die von einem, der von einer Sense in Stücke gehauen und wie früher die Gevierteilten und die Geräderten zur Schau gestellt worden war. Doch diese Stücke wurden nicht auf Wagenräder gebunden, sondern an eine Scheunenwand genagelt, dreizehn Stücke, wie Schwarten für Vögel und wildes Getier. Das war die erste Geschichte, und sie kam auch einem Lehrling namens Gullik Efraimsson in einer Schmiede zu Ohren. Sein Haar war so rot wie das Feuer in der Esse; und er hörte von dem Ermordeten; und er kannte seinen Namen, er erinnerte sich an ihn; und wie Feuer breiteten sich in ihm Angst und Rastlosigkeit aus. Aber wie vielen Menschen gelang es auch ihm, sie beiseite zu schieben, an einen Zufall zu glauben und trotz allem nicht mit dem Allerschlimmsten zu rechnen. Seine Befürchtungen wurden schwächer; und mit seinen starken Armen bearbeitete er das Eisen, schlug auf das, was ein Hufeisen werden sollte, ein Türgriff, ein Schürhaken oder ein anderer nützlicher Gegenstand.

Doch dann wurde eine neue Geschichte erzählt. Sie nahm einen etwas anderen Weg als die erste. Aber die beiden gehörten zusammen. Denn darin ging es um Brüder, nicht von hier, nicht aus Nordanskula, nein, sie kamen aus Frammanskula, am großen Fluss, die Brüder, und es war wohl so, dass beide einem Verbrechen zum Opfer gefallen waren. Der zweite, der jüngere, war ertränkt worden. Das war noch nicht lange her. Er war wohl zum Waschen ans Wasser gegangen, als ihm jemand aufgelauert hatte. Natürlich hatte er zu fliehen versucht, aber der Mörder hatte seinen Kopf so lange unter Wasser gedrückt, bis ihn der Tod ereilt hatte. Die Geschichten verbreiteten sich auf verschiedenen Wegen – sogar auf Veranlassung der Kirche – und erreichten Örnsköldsvik. Und wieder hörte sie Gullik, der mit den roten Haaren. Jetzt konnte der Schmiedelehrling seine Angst nicht mehr bezwingen. Jetzt war sie da, jetzt war es, als hätte das reine Entsetzen ihn gepackt.

Gullik wusste nicht mehr, was er tun sollte. Er begriff, dass ihn nun seine Untaten und die seiner Kameraden aus jenem Sommer eingeholt hatten. Das war Rache. Er durchschaute die Zusammenhänge. Daran gab es keinen Zweifel. Er schlug auf das Eisen, wieder und wieder, als wollte er seine Arme wachsen lassen, als wollte er sie stark machen und unbezwingbar. Er wollte so stark werden, dass er dem Rächer die Stirn bieten konnte.

Doch wenn der Tag zu Ende war, wenn er in sein Zimmer ging und sich dort aufs Bett legte, dann hatte er das Gefühl, als wären seine Arme überhaupt nicht so stark, wie er hoffte, als würde sein ganzer Körper schwächer. Und er konnte nicht schlafen. In der Früh stand er mit bleischweren Gliedern auf. Er aß, aber er erbrach alles, was er hinuntergewürgt hatte. Und dann ging er zur Arbeit in die Schmiede zu seinem Meister und begann auf das Eisen einzuschlagen.

Da schienen seine Arme wieder stark zu werden. Denn tagsüber hatte er die Kraft, seine Angst zu besiegen, doch wenn die Nacht hereinbrach und er keinen Schlaf fand, dann presste ihn grenzenlose Angst zu einem elend zitternden Klumpen Fleisch zusammen.

Was sollte er nur tun? Er konnte nicht zum Polizeiamtmann gehen. Was sollte er sagen ... Er wusste ja nicht einmal, wer diese Racheakte begangen hatte. Wer war es gewesen? Wer hatte die Brüder getötet? Dass ihr Tod mit jenem Sommer in Zusammenhang stand, wusste er, auch wenn er manchmal versuchte, den Tod der Brüder Andersson als zufällig abzutun.

Was wusste er eigentlich von den Brüdern Andersson?

Damals und bei noch ein paar anderen Gelegenheiten hatte er sie getroffen. Aber was wusste er eigentlich von ihnen? Womöglich hatte ja ein anderes Ereignis den Rachedurst des Täters geweckt?

Gullik versuchte eine andere Erklärung. Umsonst. Denn zutiefst wusste er, dass es mit jenem Geschehen vor zwei Jahren und somit auch mit ihm zu tun hatte. Immer nachts überfiel ihn diese Erkenntnis mit überwältigender Macht, in der Einsamkeit seines Zimmers. Und immer hatte er Axt und Messer bei sich im Bett liegen, als läge sein Zimmer über der Wohnstatt böser Geister.

Nein, so konnte das nicht weitergehen. Nach ein paar Wochen war er nicht mehr in der Lage aufzustehen. Ihm schien, als hätte die Angst seinem Körper alle Kraft geraubt. Er schaffte es nicht. Der Meister duldete das nur zwei Tage, dann musste Gullik gehen. Da war es so weit, er ging nach Hause zurück, nach Risbäck.

Warum hatte der Mörder an der Hüttenwand und auf dem Handgriff des Sensenstiels die Buchstaben vom Kreuz eingeritzt?

Was wollte er damit sagen? Wenn die Lettern denn diese Bedeutung hatten. Aber an diese Inschrift hatte Morell als Erstes gedacht, nachdem Viberg davon berichtet hatte.

Was bedeutete es, dass er mit einem Messer diese Buchstaben eingekerbt hatte? Und woher hatte er dieses Wissen, das weder Hedäus noch Viberg besessen hatten?

Harald Morell schlug die Bibel auf der Suche nach der Stelle auf, wo von der Überschrift am Kreuze Jesu die Rede ist. Er blätterte das Matthäus-Evangelium durch und fand im siebenundzwanzigsten Kapitel die betreffende Zeile. Dort stand: *Dies ist Jesus, der Juden König.* Und bei Markus stand im fünfzehnten Kapitel: *Der König der Juden.*

Morell runzelte die Stirn. Hatte er sich geirrt?

Er suchte weiter bei Lukas, und dort stand beinahe dasselbe wie im Matthäus-Evangelium.

Am Ende fand er, wonach er suchte, im letzten Evangelium, dem des Johannes.

19. Pilatus aber schrieb eine Überschrift, und setzte sie auf das Kreuz; und war geschrieben: Jesus von Nazareth, der Juden König.
20. Diese Überschrift lasen viele Juden; denn die Stätte war nahe bei der Stadt, da Jesus gekreuzigt ward. Und es war geschrieben in hebräischer, griechischer und lateinischer Sprache.
21. Da sprachen die Hohenpriester der Juden zu Pilatus: Schreibe nicht: »Der Juden König«, sondern dass er gesagt habe: Ich bin der Juden König.
22. Pilatus antwortete: »Was ich geschrieben habe, das habe ich geschrieben.«

Morell las den Text immer wieder, als würde diese Stelle in der Bibel Antworten auf seine Fragen geben können. Jedenfalls standen diese Worte im Johannes-Evangelium, und es waren die ersten Buchstaben der lateinischen Inschrift, die dieses Wort INRI bildeten und von denen Viberg geglaubt hatte, es handele sich um ein falsch geschriebenes »Ingrid«.

Aber in der Bibel steht, dass es eine lateinische Inschrift auf dem Kreuz gegeben habe. Er hatte Recht gehabt.

Er nahm einen Bogen Papier, tauchte seine Feder in die Tinte und schrieb in seiner schnörkeligen Schrift Pilatus' Worte: »Was ich geschrieben habe, das habe ich geschrieben.«

Er fuhr fort, indem er den Satz immer wieder umformulierte:

Was ich getan habe, das habe ich getan.

Was ich gedacht habe, das habe ich gedacht.

Was ich versäumt habe, das habe ich versäumt.

Was ich geliebt habe ...

Er senkte den Federkiel, schüttelte die restliche Tinte ab und trocknete sie mit etwas Papier.

Hatte das alles mit Pilatus zu tun? Mit einem Mann, der sich gezwungen gesehen hatte, das zu tun, was er tun musste, der das Volk hatte wählen lassen? Und das Volk hatte entschieden, Barabbas freizulassen.

Aber was hätte ich denn tun sollen?, dachte Morell. Alles war voherbestimmt.

Er schrieb noch einen Satz: *Was geschehen soll, das geschieht.*

Er wiederholte die Prozedur mit der Feder und blieb in seinem Zimmer sitzen. Das Fenster stand offen, und er spürte die Sommerwärme in dem Raum. Es war schon Juli und Hochsommer.

Helena stand plötzlich in der offenen Tür, und er schrak zusammen.

»Wie geht es dir?«, fragte sie. »Du siehst müde und abgespannt aus.«

Wie schön sie war! Der gewohnte Schmerz durchfuhr seinen ganzen Körper, bis hinauf in die Brust, und setzte sich im Hals fest.

Sie trat zu ihm, er stand auf. In ihm das quälende Begehren. Er wollte sie an sich reißen, wollte alles Papier zu Boden fegen, sie auf den Schreibtisch legen und tief in sie eindringen. Dann würde die Müdigkeit, die betäubende Schwere in seinem Körper nachlassen, würde davonfliegen wie vom Wind gepeitschte Wolken.

»Es ist, wie es ist«, sagte er stattdessen.

Sie hob ihre kühle Hand und streichelte sanft seine Wange.

»Bald gibt es Essen«, sagte sie und ging aus dem Zimmer.

Sollte er ihr von dem erzählen, was seinen Kopf beschäftigte? Von den beiden Brüdern, von der Inschrift INRI?

Er blickte wieder auf sein Papier.

Was ich geliebt habe ..., las er.

Morell schob die Papiere zusammen und legte sie in eine der Schubladen. Nein, er wollte seine Frau nicht beunruhigen.

17

»Und ich sah einen Engel vom Himmel fahren, der hatte den Schlüssel zum Abgrund und eine große Kette in seiner Hand. Und er griff den Drachen, die alte Schlange, das ist der Teufel ...«

Pastor Olaus Backäus von Anundsjö hatte seine große Bibel aufgeschlagen. Er las mit kraftvoller Stimme. Seit Polizeiamtmann Morell hier seinen Dienst versah, war er in diesem Sprengel Geistlicher. Er war klein und hatte leicht vorstehende Augen. Wenn er, wie jetzt, auf der Kanzel stand, schaute sein Kopf kaum über die Brüstung hinaus.

Heute hatte er aus der Offenbarung gelesen, und darüber hatte er auch gesprochen: über Engel und Posaunen, über den strafenden, rächenden Gott, und wie er nach tausend Jahren den Drachen stürzt, den Drachen namens Satan, den Teufel, und wie er ihn in ein Meer aus Feuer und Schwefel versenkt, bis in alle Ewigkeit.

Seine Worte hallten durch das Kirchenschiff, wo sie schwebten und heruntersanken und sich wie Vögel zwischen den Gläubigen niederließen. Die Menschen aber hatten das Gefühl, dass diese Worte an ihnen kleben blieben und in sie hineinkriechen würden. So duckten sie sich, aus lauter Angst, auch von Feuer und Schwefel verzehrt zu werden.

»Nein! Nein!«, rief der Pastor, der kaum zu sehen war, »der Sünder, der nicht auf Gottes Wegen wandelt, auch er wird in alle Ewigkeit vom Feuer verzehrt ... Wer nicht im Buche des Lebens eingeschrieben steht, wird in das brennende Meer geworfen!«

Länsman Morell schaute zur Seite, wo jenseits des Mittelgangs seine Frau saß. Sie war so ganz anders als die Frauen hier. Ihm schien, als leuchte sie von innen heraus.

Er blickte wieder zur Kanzel und ließ Backäus' Worte an sich vorbeidröhnen, sie erreichten ihn nicht.

»Bessert euch, wandelt auf Gottes Wegen!«, rief Backäus, und dann herrschte Stille.

Claus Backäus war mit seiner Predigt fertig. Er stieg von der Kanzel und trat vor den Altar zum Abschlussgebet und anschließendem Gesang. Dann war der Sonntagsgottesdienst zu Ende.

Morell blieb in seiner Bank sitzen. Und während Männer und Frauen langsam die Kirche verließen, verbeugten sie sich vor ihm.

Als Morell allein war, ging er in die Sakristei. Pastor Backäus saß in seinem Talar auf einem Stuhl und trank etwas aus einem Glas, Wasser vermutete Morell.

»Verzeiht, wenn ich Euch behellige«, sagte Morell, »aber ich habe eine Frage, bei deren Beantwortung Ihr mir helfen könntet.«

»Nicht doch, Länsman Morell«, entgegnete Backäus, »was verschafft mir die Ehre? Ein Kollege von Euch kam vor gar nicht langer Zeit zu mir. Länsman Viberg aus Arnäs.«

Morell nickte. Ja, das war ihm bekannt.

»Nun, wie gesagt«, begann Morell erneut. »Ich habe eine Frage. Auf dem Kreuz Christi steht doch INRI geschrieben, was Latein ist und bedeutet, Jesus von Nazareth, der Juden König ...«

»Das sind die Anfangsbuchstaben des lateinischen Textes«, unterbrach Pastor Backäus ihn. »Auf dem Kreuz standen diese Worte auf Griechisch, Lateinisch und Hebräisch geschrieben. So wird es in der Bibel überliefert. Ich habe einmal den griechischen Text gelesen. Hebräisch beherrsche ich nicht. Aber auf Kruzifixen und anderem, was uns an unseren Herrn erinnern soll, stehen oft die Lettern I.N.R.I. Aber nicht auf dem Kreuz in dieser Kirche.«

»Das stimmt«, sagte Morell. »Wenn nun jemand diese Worte benutzt, welche Absicht kann er damit verfolgen?«

Der Pastor schien zu überlegen.

»Pilatus hat entschieden, dass es so dort stehen soll. Eine Inschrift, die auf das Verbrechen eines Gekreuzigten hinweist, war damals üblich. In diesem Fall bedeutete es also, dass Jesus der König der Juden sei. Das war natürlich eine Straftat, da das Land zum Römischen Reich gehörte.«

»Aber warum würde jemand diese Buchstaben heute in einem vollkommen anderen Zusammenhang benutzen?«, fragte Morell.

»Das kommt wahrscheinlich auf den Zusammenhang an«, antwortete Backäus.

»Es geht um zwei Tötungsdelikte. Der Täter hat zwei Männer umgebracht und zweimal die Inschrift INRI hinterlassen, einmal auf einem Sensenstiel, der Tatwaffe, und das andere Mal hat er sie unter dem Fenster einer Waldhütte eingeritzt.«

»Das ist Gotteslästerung«, sagte Pastor Backäus mit seiner kraftvollen Predigerstimme, »einfach nur Gotteslästerung!«

Er fing an, seinen Talar aufzuknöpfen, hielt aber plötzlich inne.

»Wenn nicht«, fuhr er fort, »wenn es nicht so ist, dass der Täter mehr weiß, als wir begreifen, und uns damit etwas sagen will ...«

Er hob die Hände und blickte nach oben, wie um eine Eingebung suchend. Dann sprach er weiter: »Christus war ja unschuldig, er war doch nicht der Juden König! Sein Reich ist nicht von dieser Welt! Will uns der Mörder etwa damit sagen, dass er sich für unschuldig hält?«

Der Pastor stand auf und fuhr mit dem Umkleiden fort. Länsman Morell bedankte sich, bückte sich unter der niedrigen Tür und ging in die Kirche zurück. Vor dem Altar blieb er stehen.

Über ihm hing ein großes Kreuz aus Holz. Mit gesenktem Kopf blickte Christus auf ihn hinunter.

Eine Inschrift existierte nicht.

Klüger bin ich jetzt nicht geworden, dachte Morell leicht resigniert.

Am Montagmorgen ging der Polizeiamtmann zu seinem Landgendarm Anund Persson, der unten am Fluss lebte. Es war warm, und als er auf dem Hof ankam, war er verschwitzt.

Persson beschlug gerade ein Pferd, eine hellbraune alte Stute, die geduldig ihren rechten Hinterlauf hob, während Persson auf einem Schemel saß und den Huf bearbeitete. In gleichmäßigen Abständen ertönte der Schlag des Hammers. Morell wusste nicht, ob er Persson einen Gruß zurufen sollte, denn er fürchtete, damit das Pferd zu erschrecken.

Doch da ließ Persson das Bein seines Pferdes los und stand auf, als hätte er seinen Besucher bemerkt.

»Länsman!«, rief er, wie üblich mit dröhnender Stimme. »Mir war doch, als wäre jemand gekommen.«

Obwohl Morell auf das laute Organ seines Landgendarms vorbereitet war, zuckte er zusammen.

»Ich will dich nicht stören«, sagte er. »Mach dein Pferd erst fertig.«

»Das ist der letzte Huf«, sagte Anund Persson und setzte sich wieder auf den Schemel. Das Pferd stand geduldig da und ließ alles mit sich geschehen. An die laute Stimme seines Herrn hatte es sich längst gewöhnt.

Der Landgendarm schlug noch ein paar Mal mit dem Hammer zu, und etwas Horn löste sich ab. Dann fischte er Hufnägel aus seiner Tasche und schlug sie geschickt mit einem kleinen Hammer ein, bog die Nägel außen am Hufeisen um, knipste ein Stück ab und schlug sie fest. Er befühlte die Nägel, klopfte noch einmal, untersuchte den Huf und ließ den Lauf los. Er gab dem Pferd einen Klaps auf den Schenkel, und es trottete zu einem Eimer voll Wasser.

»Man muss seine Vorbereitungen treffen«, sagte Persson. »Bis zur Heuernte dauert es nicht mehr lange. Sollen wir ins Haus gehen?«

Morell schüttelte den Kopf.

»Wir können uns auf die Treppe setzen«, sagte der Landgendarm, ging voran und setzte sich auf die oberste Stufe.

»Es ist warm«, sagte Morell, »richtig warm.«

Er wischte sich die Stirn ab und setzte sich neben Anund.

»Ich habe Arbeit für dich, die du mir abnehmen musst«, sagte Morell, »denn ich muss mich um etwas anderes kümmern.«

Landgendarm Persson ließ den Blick sorgenvoll über seine zum Fluss hin abfallende Wiese wandern.

»Bald ist Heuernte«, sagte er.

»Die muss eben warten«, sagte Länsman Morell.

Und dann erzählte er von den beiden Morden, von der Inschrift auf der Sense und an der Hütte, dass er gezwungen sei, in dieser Sache etwas zu unternehmen, und dass er die notwendigen Nachforschungen zur Aufklärung der Morde nicht allein schaffen könne.

»Wir müssen wohl hoffen, dass es nicht noch mehr Tote geben wird«, schloss er.

»Ja, das müssen wir wohl«, sagte Landgendarm Persson, »und das Gras muss dann halt einfach noch ein bisschen weiterwachsen.«

Die Stute trottete auf sie zu und stupste Morell mit dem Maul.

»Ein schönes Pferd«, meinte Morell.

»Sie ist sehr freundlich«, sagte Persson. »Und mein Junge, wie geht es ihm?«

»Gut geht es ihm«, antwortete Morell.

»Er ist auch sehr freundlich«, sagte Persson, »wie die Stute.«

»Das ist wahr«, sagte Morell. »Ich muss jetzt gehen.«

»Der so schreibt, wie es in der Bibel von Jesus steht, ich meine, der Mörder ... Warum tut er das?«

Ja warum?, dachte Morell. Gotteslästerung hatte der Pastor gesagt. Aber vielleicht wollte der Mörder auch einfach darauf hinweisen, dass er sich unschuldig fühlte. Es war allerdings eine merkwürdige Art, das kundzutun. Nein, er wusste nicht, warum. Vielleicht hatte Viberg doch Recht, und die Buchstaben bedeuteten Ingrid.

»Ehe wir nicht wissen, warum, tappen wir im Dunkeln«, sagte Morell.

»Dann komme ich also jetzt jeden Tag zum Länsmanshof?«, sagte Persson. »Mit dem Heu, da werde ich zwischendurch schon zurechtkommen.«

Als Morell sich zum Gehen schickte, schaute er noch einmal zur Wiese hinüber. Die Stute folgte ihm ein Stück des Wegs.

»Man muss wohl hoffen, dass sonst nicht so viel dazukommt«, rief der Landgendarm ihm dröhnend nach. Seine Worte hallten über die Landschaft und stiegen zum blauen Himmel empor, als hätte der Pastor auf der Kanzel seine Stimme erhoben.

Morell duckte sich unwillkürlich.

18

Antonetta hieß sie, und sie gehört zu Israel und den sieben Kindern, die sie ihm geboren hatte. Die kamen einfach so, die Kinder. Sie wuchsen in ihr, nur ein kleines Stechen im Rücken, und dann schlüpften sie aus ihr heraus, mühelos; ein kurzer Schmerz, und sie glitten aus ihrem Leib. Wenn Israel zu Hause war, schnitt er die Nabelschnur des Neugeborenen durch. Bei der letzten Geburt hatte das der Älteste getan. Anschließend gab Antonetta den Säuglingen einfach einen Klaps und legte sie zum Stillen an ihre pralle Brust. Und gleich nach der Niederkunft konnte sie sofort aufstehen, sich an den Tisch und Brolin gegenüber setzen – wenn er denn zu Hause war.

Doch wo war er jetzt? Warum kam er nicht heim? Er müsse nach Umeå. Und graben, hatte er gesagt, auf dem Galgenberg. Aber warum war er nicht heimgekommen? Manchmal blieb er ja Wochen und Monate weg, doch jetzt hatte sie ein Gefühl, als sehne sie sich nach ihm. Sie hungerte in diesem baufälligen Haus nach einem Menschen, der nicht Kind war. Und sie hungerte nicht nur seelisch, denn hier gab es so gut wie nichts zu essen, nur ein paar alte Kartoffeln vom letzten Jahr, die in der Hand zu Matsch wurden, wenn man fest zudrückte. Und eine mickrige Kuh und sieben Kinder. Sie waren die ganze Zeit um sie, die Kleinen. Sie jammerten vor Hunger. Nein, er musste einfach bald zurückkommen. Dann brachte er immer eine Menge zu essen mit, das reihte er dann auf: Käse und Brot und Butter und ein Stück Schaffleisch. Und alle saßen sie dann um den Tisch, Brolin und Antonetta und ihre sieben Kinder, und sie aßen. Und alle Nöte und Sorgen waren wie weggeblasen.

»Komm zu mir zurück!«, flüsterte Antonetta. »Ich sehne mich nach dir, ich bin deine *Gaja*. Komm her, und ich werde dich an der Hand nehmen und dich zum Bett führen, in dem ich jetzt so lange allein gelegen habe, und ich werde dich an mich ziehen, und ich werde meinen Körper für dich öffnen. Komm zurück, bleib nicht länger fort. Deinen Körper will ich haben, mein Süßer, meine Freude.«

Ja, doch, sie sehnte sich nach ihm. Er würde die Mägen der Hungrigen füllen, er würde Essen mitbringen, und er würde ihr Verlangen stillen.

Die Ältesten gingen jeden Morgen ins Dorf, um etwas zu ergattern. Sie streckten die Hände aus, bettelten flehend um ein Scherflein für eine hungernde Familie. Doch viel brachten sie nie mit: einen Krug mit etwas Milch, einen Kanten Brot, ein Säckchen Getreide. Aber noch lebten sie, nur – wo war Brolin? Warum kam er nicht zurück?

Antonetta hatte Lumpen, die tunkte sie in Branntwein, und an den Zipfeln ließ sie die Kinder saugen, damit sie den Hunger nicht so spürten. Wenn es nur nicht so lange Tag wäre! Es war Juli und noch immer die meiste Zeit hell. Antonetta hängte eine Decke vors Fenster, damit es in der Stube Nacht wurde, und holte die Lappen für die Kinder zum Saugen. Dann ging sie hinaus und setzte sich im Abendlicht draußen hin und wartete auf Brolin. Selbst spät am Abend war es noch sehr warm, und sie schob ihr Kleid über die Schultern hinunter und saß mit entblößter Brust auf den Stufen und wartete auf Brolins Heimkehr.

Länsman Morell hatte die Kinder im Dorf gesehen, sie waren auch zu ihm gekommen: Sie waren zu zweit, zwei halbwüchsige Jungen. Mit ausgestreckten Händen hatten sie am Straßenrand gestanden. Er hatte sie gesehen und zu Anna gesagt – so hieß sie, die jüngere Magd –, sie möge den Kindern einen Beutel Mehl geben und ein paar Brotkuchen.

Doch dann hatte er überlegt und beschlossen, Israel Brolin einen Besuch abzustatten. Vielleicht hatte er ja mehr Glück als Viberg. Brolin war nun einmal am Mordtag in Arnäs gewesen, und danach hatte ihn niemand mehr in der Gegend gesehen. Vielleicht war er inzwischen nach Hause gekommen.

Deshalb bat Morell Greta, ihm ein paar Lebensmittel zusammenzupacken, Käse, Butter, Stockfisch und etwas Fleisch. Ja, was sie für angemessen halte. Und dann sattelte er Abed-Nego und ritt aus dem Dorf zu dem Ort, wo sie lebten, die Brolins.

Und jetzt saß Morell auf seinem Pferd und blickte zu dem kleinen Haus hinunter. Er wollte gerade absteigen, als er Antonetta aus dem Haus treten sah. Sie reckte die Arme in die Luft und gähnte gewaltig, dann setzte sie sich auf die Treppe vorm Haus.

Der Länsman band seine Stute an einen Baum. Er hoffte, Brolin auftauchen zu sehen, aber sie blieb allein. Er beobachtete, wie sie ihr Kleid über die Schultern schob und sah im Abendlicht ihre schweren Brüste. Und eine unbändige Lust ergriff ihn, schmerzhaft wie ein spitzer Pfahl im Fleisch.

Antonetta stand auf, verschränkte die Hände im Nacken und lehnte sich zurück. Sie machte ein paar Schritte zur Seite, als würde sie tanzen, als sei ihr bewusst, dass ein Mann dort stehe. Als wisse sie, dass dort am Waldrand Länsman Morell steht, vor Begierde zitternd. Der Länsman, der große Gesetzesmann, der mit dem vorspringenden Kinn.

Das Pferd wieherte. Antonetta schrak zusammen; mit einer Hand bedeckte sie ihre Brust und mit der anderen richtete sie ihr Kleid.

Harald Morell ging auf sie zu.

Sie rührte sich nicht vom Fleck und sah ihn an. Hatte sie ihn nicht früher schon einmal gesehen? Hatte sie sich für ihn auf so sinnliche Weise bewegt? Hatte sie für ihn ihre Brust entblößt?

Das Verlangen nach dem lebendigen, warmen Körper einer Frau, einem Körper, der sich ihm öffnete, schnürte ihm die Kehle zu. Und er schritt auf sie zu, als wollte er sie auf der Stelle nehmen. Sie aber rührte sich nicht und sagte kein Wort.

Niemand wird es je erfahren, dachte Morell. Ich kann sie küssen und umarmen, ich kann sie mit Gewalt nehmen. Niemand wird je davon erfahren, niemand wird mich bestrafen. Ich muss sie haben.

Er stöhnte, er wurde von ihren Augen förmlich aufgesogen. Seine Blicke verschlangen ihre Gestalt, er erinnerte sich an ihren herrlichen Busen. Sie warf ihr Haar in den Nacken, doch als sie ihn dann ansah, luden ihn ihre Blicke nicht ein. Ihre Augen waren kalt, kalt und unergründlich wie zwei schwarze Eislöcher.

Und er beherrschte sich. Trotz seiner Begierde, einer Lust, die ihn schier zu Boden werfen wollte. Aber er rührte sich nicht. Etwas hielt ihn zurück. Er blieb nur ein paar Meter von ihr entfernt stehen. Er öffnete den Mund und wollte etwas sagen, brachte aber kein Wort heraus.

Dann glaubte er, sie müsse ihm, seiner Stimme anhören, dass er vor Begehren nach ihr fast erstickte.

»Was wollt Ihr?«, rief sie stattdessen laut. »Hier kommen sie her, die Gesetzeshüter, mal aus Arnäs, mal aus Anundsjö.«

»Wir suchen den Brolin, den Israel Brolin.«

Er hörte selbst, wie schwach und jämmerlich seine Stimme klang. Als wäre ihm seine Geilheit aus dem Unterleib in den Hals gestiegen und hätte sich auf seine Stimmbänder gelegt.

»Ja, ich bin seine *Gaja,* seine Frau. Aber Brolin ist irgendwo unterwegs.«

Antonetta trat ein paar Schritte auf Morell zu und lächelte ihn an.

»Länsman, ich hab schon einen Kerl. Er ist zwar im Moment nicht da, aber er kommt bald wieder.«

Morell trat ein paar Schritte zurück, als wären böse Waldgeister hinter ihm her, denen er entkommen musste. Er hustete.

Ich muss meine Stimme unter Kontrolle bekommen, dachte er. Die Erniedrigung brachte sein Gesicht zum Glühen.

»Es hat mit einer Arbeit zu tun«, sagte er.

»Ein Auftrag?«, fragte sie.

»Er wurde an einem Tag in Arnäs gesehen, als ein Mann ermordet wurde.«

Antonetta begann in ihrer Sprache zu reden, laut und gellend und gestenreich. Sie ging noch näher auf den Länsman zu, der weiter zurückwich. Er verstand ihre Worte nicht, aber er sah ihren Zorn.

»Das ist keine Anklage«, brachte er heraus. »Er kann uns vielleicht helfen, nur das.«

»Ich sag ihm, der Länsman sucht ihn«, sagte sie, drehte sich um und ging zum Haus zurück.

Als sie oben auf der Treppe stand, löste sie das Band ihres Kleides und entblößte ihren Busen. Sie hob ihn mit beiden Händen an und zeigte ihn Länsman Morell, so als würde sie eine Schale mit Obst präsentieren, das aber niemand essen darf.

Dann griff sie zwischen ihre Beine und tat so, als würde es sie an dieser Stelle jucken.

Sie lachte laut, öffnete die Tür, duckte sich und war verschwunden.

Noch immer hielt der Länsman den Beutel mit den Almosen in der Hand. Ihm rauschte der Kopf und die Erniedrigung pochte in seinem ganzen Körper.

Er beugte sich vor und übergab sich.

19

Es gibt Geschichten, die leben durch Jahrhunderte fort. In Risbäck gab es zwei, die seit über hundert Jahren erzählt wurden. Die Geschichten hatten sich tatsächlich ereignet, die eine um das Jahr 1730 und die zweite zehn Jahre später, um 1740.

Die erste Geschichte handelt vom Wolf.

Sie heißt Ingeborg, eine Mutter von zwei Kindern; und ihr Mann ist auf der Bärenjagd. Weil sie den Säugling baden will, hat sie in der Küche eine Schüssel mit heißem Wasser vorbereitet. Sie wäscht ihn und rubbelt ihn ab, und dabei summt sie. Der dreijährige Sohn steht daneben und schaut zu. Es ist Herbst und bereits dunkel. Der Kleine muss mal und möchte nach draußen, um die Ecke gehen. Das könne er allein, sagt er zu seiner Mutter. So groß sei er schon. Und Ingeborg sagt, natürlich dürfe er das, wenn es schnell gehe. Und als er die Tür öffnet, spürt sie von draußen den kalten Herbstwind. Sie dreht sich um, und in dem Moment sieht sie die gelben Wolfsaugen aufleuchten und hört den Jungen schreien. Da lässt sie ihr Kind in der Schüssel los und stürzt hinaus in die Dunkelheit, um ihr Kind zu retten. Aber der Wolf ist schneller, und sie sieht ihren Sohn in den Fängen des Wolfs und begreift entsetzt, dass ihr Junge ein Opfer des Raubtiers geworden ist. Da fällt sie in Ohnmacht.

Als sie wieder zu sich kommt, wankt sie in die Küche. In der Schüssel liegt der Säugling. Tot. Ertrunken.

Ein paar Tage später kommt ihr Mann, Jon Eliasson-Björn, nach Hause. Es heißt, er sei nie wieder der Alte geworden.

Von Jon und Ingeborg wird noch eine Geschichte erzählt, die sich mehr als zehn Jahre später zugetragen hat. Doch die Erinnerung an diesen tragischen Abend ist noch immer in den beiden lebendig. Sie lebt zwischen den Wänden ihres Hauses fort und in der Stille, die diese beiden umgibt.

Die Geschichte handelt von einem Schuppen.

Dort sucht die diebische Tjyv-Bjäta eines Nachts Zuflucht. Und dort, in dem Schuppen hält sie sich auf, als Länsman David Hielman eines Morgens an die Tür des Ehepaars klopft.

Da war die Diebin schon seit zwei Monaten auf der Flucht vor dem Arm des Gesetzes. Und dies sind die Ereignisse, die dazu geführt hatten:

Tjyv-Bjäta war wegen Diebstahls gefangen genommen worden. Sie hatte Rede und Antwort stehen sollen, weil sie zum zweiten Mal rückfällig geworden war, und man hatte sie schon zweimal ausgepeitscht, das erste Mal mit sechsundzwanzig und das zweite Mal mit dreiundzwanzig Paar Ruten, drei Schläge das Paar. Und jedes Mal hatte sie hinterher in der Kirche von Anundsjö vorne beim Altar niederknien und den Pastor und die Gemeinde um Vergebung ihrer Sünden bitten müssen und hatte die Absolution des Pastors erhalten. Jetzt war sie zum dritten Mal gefangen und in Näs in einem Wirtschaftsgebäude festgesetzt worden.

Doch die Diebin wollte fliehen. Zu diesem Zweck bat sie, austreten zu dürfen. Als sie den Bütteln zum wiederholten Male schreiend ihre Bitte vorgetragen hatte, wurden diese ihres Geschreis überdrüssig und hatten sie ohne Begleitung zum Abtritt gehen lassen. Dort war sie dann durch das Loch geflohen. Es heißt, dass einer der Büttel, als er die Tür des Abtritts öffnete und entdeckte, dass sie geflohen war, ausgerufen haben soll: »Sie ist abgehauen, sie ist durchs Loch gekrochen und abgehauen!«

Aber am Ende wurde sie wieder gefasst, in eben jenem Schuppen in Risbäck, die diebische Bjäta, die alles stahl, was ihr zwischen die Finger kam, die den Schafen die Zungen herausschnitt, die Truhen und Kästen aufbrach und in Vorratshäuser eindrang.

So lebte die Erinnerung an sie und den unerbittlichen Länsman Hielman weiter, der es sich zur Lebensaufgabe gemacht hatte, Bjäta an den Galgen zu bringen.

An jenem Morgen in Risbäck fesselt er mit einem Seil ihre Handgelenke, und neben ihm stehen der Knecht und die Magd, denen aufgefallen war, dass sich im Schuppen jemand versteckt haben musste.

Und Zeugen ihrer Festnahme sind auch Ingeborg und Jon Eliasson-Björn, die vor mehr als zehn Jahren auf tragische Weise ihre Kinder verloren haben.

Am 25. Februar 1747 wird die diebische Bjäta in Galasjö gehängt, fast hundert Jahre, ehe Sven Svensson seinen Kopf auf den Richtblock legen musste, allerdings nicht am selben Ort.

Und Jon Eliasson-Björn, seine Frau Ingeborg und ihr Schicksal sind noch immer in der Erinnerung der Menschen lebendig.

Von ihrem Haus stehen nur noch Überreste. Aber der Schuppen, in dem Bjäta sich versteckt hatte, den gibt es noch. Und ganz in der Nähe lebte nun Gullik Efraimsson, der diese Geschichte auch kannte, schließlich war er hier geboren. Er war Efraims ältester Sohn.

Gullik hatte ihn seine Mutter genannt, als er noch klein war, und war ihm mit der Hand durch seinen roten Schopf gefahren. Jetzt war er erwachsen, und als er in sein Heimatdorf zurückkehrte, war sie es nicht zufrieden, denn sie hatte außer ihm noch fünf jüngere Kinder großzuziehen. Und die Familie besaß nur ein kleines Stück Land. Am liebsten hätte sie ihm gesagt: ›Du hattest doch als Schmiedelehrling dein Auskommen! Deshalb ist es nicht recht, dass du wieder zurückgekommen bist. Aber ein paar Tage darfst du schon bleiben.‹

Doch sie schwieg. Und Gullik wäre am liebsten für immer geblieben. Er wollte sich einfach nur das Fell über den Kopf ziehen und sich vor der ganzen Welt in seinem Bett verstecken und ganz besonders vor dem Sensenmann, der schon zwei seiner Kameraden getötet hatte.

Die Eltern sahen ihrem Sohn an, dass etwas nicht stimmte, und sie fragten ihn, aber er antwortete nicht. Er konnte darüber nicht reden. Er wollte sich die Felldecke über den

Kopf ziehen, denn nur so konnte er der grauenvollen Angst entrinnen, die ihn Tag und Nacht quälte.

»Man darf nicht einfach seinen Platz verlassen«, sagte seine Mutter. »Und hier kannst du nicht bleiben. Ihr müsst alle aus dem Haus und euch als Knechte verdingen.«

Und sie deutete mit weit ausholender Geste auf die Schar seiner Geschwister, die sich in der Küche drängten und die einer nach dem anderen bald ihr Elternhaus verlassen mussten.

»Ich war so froh, dass du dich nicht als Knecht verdingen musstest, sondern in der Stadt das Schmiedehandwerk erlernen konntest.«

»Nein, hier kannst du nicht bleiben«, sagte auch der Vater.

Gullik verstand seine Eltern, er begriff, dass ihn die Vergangenheit eingeholt hatte, eine Vergangenheit, mit der er allein fertig werden musste. Dabei konnte ihm niemand helfen. Er konnte darüber nicht reden, diese Bürde musste er allein tragen. Und als er seine fünf Geschwister ansah – alle jünger als er –, bemühte er sich wieder, das Geschehene als einen Zufall anzusehen. Doch es gelang ihm nicht.

Da wurde ihm bewusst, dass er nicht länger im Elternhaus bleiben konnte.

Er blieb neun Tage, die meiste Zeit lag er im Bett. Ein bisschen wurde er doch verwöhnt. Doch am zehnten Tag stand er in aller Herrgottsfrühe auf, als alle noch schliefen. Er stahl sich davon und verließ Risbäck. Wohin er gehen sollte, das wusste er nicht, nur, dass er gehen musste, und dass er sich verstecken musste.

Ein quälendes Gefühl der Scham lastete schwer auf Morell.

Immer war es gegenwärtig. Er vernachlässigte sogar seine Arbeit deswegen. Seine Wangen brannten von der ständigen Erinnerung an jenen Abend, als er voller Verlangen dagestanden und die Frau eines anderen Mannes begehrt hatte.

Das sechste Gebot – fast hätte er das sechste Gebot gebrochen!

Und sie, die Schöne, die Begehrenswerte, sie hatte ihn durchschaut, sie hatte ihn ausgelacht, hatte ihn wie ein Kind behandelt. Sie, die Ehefrau des Henkersknechts. Wenn sie überhaupt seine Ehefrau war. Bekamen Tattaren nicht auch ohne den Segen der Kirche Kinder?

Seine Scham wurde schier unerträglich, wenn seine spröde Frau ihm ein Lächeln schenkte. Nein, das war kein verführerisches Lächeln, sondern ein wehmütiges.

Immer wieder betrachtete er das Geschehene von allen Seiten. Er sah sich auf seinem Pferd, den Beutel mit Lebensmitteln in der Hand. Seine Gaben, die er ihr nicht einmal gegeben hatte. Und sie, mit ihren schweren Brüsten tanzend, ganz für sich allein. Nein, dieser Tanz war nicht für ihn gewesen, das hatte er nun begriffen. Und dann ihre Gesten ...

Gesten, wie sie den Huren eigen waren, die er in Stockholm aufgesucht hatte – und doch waren sie ganz anders gewesen. Denn sie hatte ihm ganz deutlich eins zu verstehen gegeben: dass der Polizeiamtmann Harald Morell sie überhaupt nicht interessiere. Denn in ihren Bewegungen war etwas Keusches gewesen, etwas Unschuldiges, etwas, das allein einem anderen Mann gehörte.

Und dann trat ein sehnsüchtiger Ausdruck in Morells Augen.

Doch dabei ließ er es nicht bewenden. Er überlegte weiter und schließlich hatte er die Gedanken da, wo er sie haben wollte. Er hatte der Versuchung widerstanden. Ja, das hatte er!

Er war standhaft geblieben. Er war in Versuchung geführt worden. Und so etwas passiert jedem Mann hin und wieder. Aber er war stark gewesen und hatte widerstanden.

Als Morell zu diesem Schluss gekommen war, konnte er wieder auf seine Frau zugehen, und das tat er eines Abends nach dem Essen. Helena saß auf der Veranda. Nicht, dass er die Nähe ihres Körpers suchte. Nein, er wollte nur mit ihr reden. Er wollte mit ihr über die Verbrechen reden, sich etwas von der Seele reden. Und sie sollte ihm zuhören.

Das hatte sie damals getan, als vor vier Jahren Sven Svensson seine Familie getötet hatte. Da hatte er geredet und hatte alles vor ihr ausgebreitet, alles Unbehagen, alle Bilder in seinem Kopf. Und das war ihm Trost und Hilfe gewesen, seinerzeit im August 1843. Als Sven Svensson dann geköpft wurde, hatte sich alles geändert. Da war schon ihr drittes Kind tot zur Welt gekommen. Seit damals hatte Helena nicht mehr zuhören können.

Harald ging zu Helena; er erzählte ihr von den Toten, von der Sense, von den Buchstaben auf dem Handgriff. Und Helena wusste wie er, was am Kreuz Christi gestanden hatte.

Jetzt saß sie ihm gegenüber und dachte nach, sie hörte

seinem Bericht geduldig zu. Und dann schwieg sie lange. Aber sie freute sich darüber, dass er sich ihr anvertraut hatte, das sah er ihr an. Er schämte sich nur manchmal, aber er sprach immer weiter, erzählte so, als würde ihm allein das Sprechen über etwas Unfassbares das Verstehen ermöglichen.

Und als Harald geendet und Helena lange und gründlich nachgedacht hatte, sagte sie: »Könnte es denn nicht sein, dass diese Buchstaben gar nichts mit dem Kreuz zu tun haben? Könnte es nicht sein, dass sie für die Namen derjenigen stehen, die getötet werden sollen? Hießen die Männer nicht Nils und Isak? Könnte es nicht sein«, fuhr sie fort, »dass der Mörder noch zwei weitere Männer töten will, deren Namen mit einem R oder I beginnen?«

20

Länsman Olof Viberg hatte das Gefühl, als würde er die Hitze des Errötens noch im Gesicht spüren, als wäre sie dort eingebrannt. Er sah Länsman Harald Morell vor sich, er hörte sein Lachen. INRI, wussten sie tatsächlich nicht, was das bedeutete? Nein, er hatte es nicht gewusst, und jetzt, wo er es wusste, war ihm, als spüre er die Hitze noch immer. Aber von dem, was danach geschehen war, hatte er Morell nichts erzählt.

Denn er hatte den Sensenstiel wieder und wieder darauf untersucht, ob er Antworten geben könnte. Er und Lars waren abermals durch die Gegend gefahren. Sie hatten Fragen gestellt. Aufs Neue hatten sie Bauern und ihre Frauen aufgesucht, hatten Knechte und Mägde und Kätner getroffen, ja bis hinunter zum Marktflecken waren sie gefahren, waren bei den Händlern und bei den Handwerkern gewesen und hatten gefragt, ob einer von ihnen an jenem Tag, dem zwölften Juni 1847, jemanden mit einer Sense gesehen habe.

Doch ihre Anstrengungen waren umsonst gewesen, sie hatten keine neuen Ergebnisse gebracht. Der Mörder der beiden Brüder war unbekannt und würde es vielleicht für immer bleiben. Es gab außerdem andere Dinge zu erledigen: Da waren Landstreicher, die zur Gemeindegrenze gebracht werden mussten, und es gab einen Kirchendieb, der gefasst wurde, und einen Jungen, den man wegen Sodomie angeklagt hatte. Der war freilich so jung, dass es Länsman Viberg schwer fiel, an seine Schuld zu glauben. Musste man nicht ein bestimmtes Alter erreicht haben, ehe einen Mann die Lust überkommt und in falsche Bahnen gelenkt werden kann?, dachte er.

Trotzdem hatte Viberg den Tod Isak Andersson Lundströms nicht vergessen, auch wenn sie in der Angelegenheit nicht weiterkamen. Tage und Wochen vergingen, und die Heuernte rückte näher.

Zu seiner Verwunderung sah er eines Morgens in aller Frühe draußen auf seinem Hof Pferd und Wagen halten. Und heraus stiegen Länsman Harald Morell und sein Gehilfe.

Die beiden Polizeiamtmänner waren ein ungleiches Paar, der kleine, nahezu schwächliche Viberg und der stattliche Morell. Morells Hände waren doppelt so groß wie Vibergs.

Die beiden saßen in Vibergs Amtszimmer, und Johan Anundsson und Lars Didriksson waren ebenfalls anwesend. Länsman Morell hatte von den Buchstaben berichtet, die er an der Hütte bei Tallsvedjan entdeckt hatte, dass es wohl tatsächlich um zwei Morde gehe und dass die Opfer die beiden Brüder Andersson gewesen seien, die im Sommer vor zwei Jahren in irgendetwas verstrickt gewesen seien.

Danach hatten sich die Brüder neue Namen zugelegt,

wohl um ihre Spuren zu verwischen. Und der eine sei nach Arnäs gezogen und habe sich bei Anders Andersson verdingt. Der andere habe sich auch einen anderen Bauern gesucht, sei aber nicht so weit fortgezogen.

Länsman Viberg hörte zu. Länsman Morell schien seine Hilfe zu brauchen, denn er fragte, was er – Viberg – von der Angelegenheit halte, sodass sein Erröten und sein Unbehagen in Morells Gegenwart schwanden.

»Und was der Täter da eingekerbt hat, das könnten auch die Anfangsbuchstaben ihrer Namen gewesen sein. I wie bei Isak und N wie bei Nils«, sagte Harald Morell.

Wem er diese Hypothese verdankte, das sagte Polizeihauptmann Morell nicht. Und Viberg nahm sie schweigend zur Kenntnis.

»Also«, fasste Viberg schließlich zusammen, »wir werden jetzt nach Männern suchen müssen, deren Namen mit R und I anfangen, um weitere Verbrechen zu verhindern.«

»So sieht es aus, ja«, antwortete Morell.

»Das ist nicht einfach«, fuhr Viberg fort.

»In welchen Gemeinden sollen wir denn suchen?«, fragte Lars, Vibergs Gehilfe.

»Reichen Arnäs und Anundsjö?«, fragte Johan Anundsson.

Länsman Morell hatte bereits darüber nachgedacht und antwortete: »Wir suchen in den Katechismusregistern und den Einwohnerregistern von Arnäs und Anundsjö, und wir werden nach Knechten suchen. Vor allem nach Knechten. Außerdem müssen wir mit unseren Befragungen weitermachen, um zu erfahren, mit wem Isak und Nils

Umgang hatten. So werden wir vorgehen. Auch wenn wir nichts finden, müssen wir trotzdem weitersuchen. Nach irgendeinem Ragnar, irgendeinem Isidor.«

»Wie heißt der Brolin eigentlich?«, fragte Viberg. »Der Abdecker.«

Morell stutzte, runzelte dann die Stirn, seufzte tief und sagte: »Israel.« Dann schüttelte er den Kopf.

»Er ist nicht zu Hause. Aber selbstverständlich müssen wir mit ihm reden. Selbstverständlich.«

»Das heißt, wenn er nicht zu den Opfern gehört«, sagte Viberg.

Morell fiel etwas ein. Brolin hatte Nils oben bei Tallsvedjan vergraben. Und seither war er verschwunden ... Und sein Vorname fing mit I an. Konnte er ein eventuelles Opfer sein?

»Wir müssen ihn einfach aufspüren«, sagte er.

»Er hat eine schöne Frau, der Brolin«, sagte Viberg.

Darauf antwortete Morell nicht. Stattdessen sagte er: »Und wenn du die Suche abgeschlossen hast, kommst du zu mir. Du kannst bei mir wohnen, dann sind wir in dieser Sache zu zweit. Wenn ich ehrlich sein soll, glaube ich, dass dies hier mit Anundsjö zu tun hat. Von dort stammten die beiden Brüder schließlich. Aber wir müssen auch in Arnäs suchen. Sicherheitshalber.«

Viberg nickte, und es schien, als wäre er im Moment etwas größer geworden.

21

Gullik besaß ein Messer und ein kleines Beil, und von der Arbeit in der Schmiede hatte er zwei starke Arme. Und er hatte Angst. Eine ständig gegenwärtige quälende Angst. Beim Wandern hinunter nach Bredbyn hatte er beschlossen, nach Süden, nach Sönnaskogs zu ziehen, hin bis zum großen Fluss und vielleicht sogar noch weiter flussabwärts.

Nachdem er diesen Plan gemacht hatte, fühlte sich Gullik stärker. Er wollte sich auch weiterhin so gut es ging verstecken. Auch wenn er bis ans Ende der Welt gehen musste – wo das nun sein mochte –, auch wenn er weite Wege zurücklegen musste, um seinem Verfolger zu entkommen.

Und er musste immer auf der Hut sein, Beil und Messer stets zur Hand haben. Niemand durfte ihm zu nahe kommen. Es wäre leichter gewesen, wenn er seinen Verfolger gekannt hätte. Er wusste nicht, wer der Mann war, aber vielleicht würde er ihn wieder erkennen, wenn er ihn sah. Er hatte das Geschehene so tief in sich begraben, dass er sich nur mit Mühe daran erinnern konnte. Aber er fragte sich, ob die Brüder Andersson mehr gewusst hatten. Doch sie waren auf den Rächer nicht vorbereitet gewesen, so wie er. Deshalb hatten sie sterben müssen. Aber er war gewarnt; er war gewappnet.

Gullik ging raschen Schritts durch den Wald, bis nach Kubbe, wo er auf die Straße stieß. Rechts ging's nach Lappmarken, aber er bog links ab, zum Kirchdorf und wollte dann weiter durch den Wald zum Fluss gehen. Auf der Straße fühlte er sich etwas sicherer. Es gab auch Wasser in der Nähe; und auf den Wiesen, die die Straßen säumten, waren die Bauern bei der Heuernte. Die Männer schwangen ihre Sensen, während die Frauen das Gras zusammenrechten. Wie an einer Schnur aufgefädelt bewegten sie sich vorwärts. Die Gehöfte hier waren groß; an den Straßenrändern blühten Wildblumen und nahe der Straße grasten friedlich die Pferde. Nein, hier schien es keine Gefahr zu geben. Aber Gullik wusste um die ständige Bedrohung und dass es deshalb besser war, sich möglichst unauffällig zu verhalten.

Als er den Ort erreicht hatte, blieb er vor dem Gasthof stehen. Er war früh aufgestanden und hatte jetzt großen Hunger. Durch die offen stehende Tür fiel Sonnenlicht in die Gaststube, aber die Tische und Bänke lagen im Dunkel. Staubkörnchen tanzten im Licht. Kein Gast war da, auch hinter der Theke stand niemand. Er stellte sich mitten in die Gaststube und fischte aus seiner Tasche ein paar Münzen. Da tauchte hinter der Theke ein älterer Mann auf. Er starrte Gullik misstrauisch an und hob fragend die Brauen.

»Du bist wohl mit den Hühnern aufgestanden, wie?«, sagte der Alte zur Begrüßung.

»Ich möchte etwas zu essen haben. Und zu trinken.«

Der Mann nickte und verschwand. Gullik setzte sich in eine Ecke, so, dass er die Tür im Auge hatte.

Jetzt esse und trinke ich, und dann geht's durch den Wald und nichts wie weg, weit weg, dachte er.

Der Alte kam mit einem Krug Bier und einem großen Teller voller Fleisch und Kartoffeln zurück.

Gullik nickte zum Dank, aber der Alte blieb mit ausgestreckter Hand stehen.

»Du kannst genauso gut sofort bezahlen«, sagte er.

Gullik hatte immer noch seine Münzen in der Hand. Jetzt überließ er es dem Alten, sich so viel Geld zu nehmen, wie der angemessen fand. Dann leerte Gullik seinen Krug und winkte dem Alten, er möge nachschenken. Darauf begann er zu essen. Es schmeckte gut, auch wenn es nicht sonderlich appetitlich aussah.

Er bekam sein zweites Bier und trank genussvoll die Hälfte. Inzwischen war er nicht mehr so nervös. Nach dem Essen ging er hinaus zum Abtritt. Seine Unruhe und das Essen waren ihm auf den Magen geschlagen und hatten seine Verdauung in Bewegung gesetzt. Er erledigte seine Notdurft schnell und mit einem brennenden Gefühl.

Er zog seinen Rock wieder an, fühlte, ob Messer und Beil an ihren Plätzen waren und kehrte in die Wirtsstube zurück. Sie war genauso leer wie zuvor. Er bestellte ein drittes Bier, dann drehte er den Krug auf dem Tisch und nahm hin und wieder einen Schluck. Seine Nervosität hatte sich jetzt fast ganz gelegt.

Wenn er bald ging, könnte er noch vor Einbruch der Nacht den Wald durchquert haben. Er war den Weg schon früher einmal gegangen. Er war lang, und weit und breit gab es nichts als Wald, aber dann würde er den großen Fluss erreicht haben.

Gullik hatte die Tür im Auge, und als jetzt ein Mann die Gaststätte betrat, spürte er, wie sich sein Magen verkrampfte. Aber er war gewappnet. Er musterte den Neuankömmling misstrauisch: Der Mann stand bei dem Alten und ließ sich einen Krug Bier einschenken. Als sich der Mann nach Gullik umdrehte, erkannte der ehemalige Schmiedelehrling den Gast und seine Nervosität legte sich.

Dieser Mann war damals dabei gewesen! Dabei und doch nicht dabei.

Ja, das war er.

Ragnar, Reidar und Ragnvald. In Anundsjö gab es drei Knechte mit Namen auf R. Länsman Morell freute sich, dass er nicht nach solchen mit einem L suchte, denn in der Gemeinde hießen viele Lars.

Es war wie die Suche nach einer Stecknadel im Heuhaufen. Er hatte keinerlei Beweise, dass der Gesuchte, dessen Vorname mit einem R begann, auch der Richtige war. Und außerdem hatten er und Viberg sich auf Knechte beschränkt. Die beiden Ermordeten waren Knechte gewesen. Aber was hieß das schon? Mussten deshalb auch die anderen Knechte sein? Wenn es denn vier Männer waren ... Wenn es denn so war, dass sich der Mörder an vier Männern rächen wollte.

Und Frauen? Rigmor oder Runa?

Und das I. Ein Isak oder ein Isidor. Möglicherweise wussten sie bereits, wer mit I gemeint war. Israel Brolin vielleicht? Er war in Arnäs in der Nähe des Tatorts gewesen, und nun war er verschwunden. Eigentlich kam er sowohl als Täter wie als Opfer in Betracht.

Und war die Vermutung, der Täter habe die Initialen seiner vier Opfer in einen Sensenstiel und in eine Hüttenwand geritzt, nicht etwas kühn? Seltsam war auch, dass diese Kerben ausgerechnet den Buchstaben am Kreuz Christi entsprachen ...

Nein, bei diesen Mordfällen gab es viele Fragen, doch kaum Antworten. Irgendwie schien es sinnlos, über Land zu fahren und diese Knechte zu suchen.

Aber Länsman Morell tat es. Eines Morgens in der Frühe fuhren sie los, er und Johan Anundsson, der die Zügel hielt. Am Abend zuvor hatte er die Route festgelegt. Zuerst wollten sie nach Ödsbyn, Tvärlandsböle und Skalmsjö fahren. Dafür würden sie den ganzen Tag brauchen. Jetzt, Ende Juli, war es sonnig und warm. Die Wiesen waren gemäht, und alle waren schon früh auf den Beinen.

Ragnar, Reidar und Ragnvald. Und Isak und Isidor.

»Wer weiß, wohin uns das führen wird?«, sagte Morell zu Johan Anundsson.

Der schweig.

Deshalb fügte er sicherheitshalber hinzu: »Ja, nicht der Weg, sondern unser Nachforschen ...«

Gullik hatte den Burschen sofort wieder erkannt. Dieser Mann war damals vor zwei Jahren auch dabei gewesen, aber er war am Strand geblieben, als die anderen zur gegenüberliegenden Seite des Sees gegangen waren. Seither war er ihm nicht mehr begegnet.

Jetzt nickte er zum Zeichen des Wiedererkennens, und der andere kam mit seinem Krug in der Hand zu ihm und setzte sich auf die Bank, an die andere Seite des Tischs.

»Das ist schon ziemlich lange her«, sagte der Mann.

»Ich bin so gut wie nie in Anundsjö«, antwortete Gullik. »Aber jetzt war ich zu Hause.«

»Bist du irgendwohin unterwegs?«

Gullik fiel der Name des Burschen nicht ein, nur sein Spitzname. Bestimmt hatte er einen langen Weg hinter sich, von weit oben her, aus Anundsjö, vielleicht aus Skalmsjö, Myckelgensjö oder Västanbeck. Er war damals auch dabei gewesen und wohl kaum derjenige, der andere ertränkte oder mit einer Sense tötete.

»Durch den Wald«, sagte er. »Ich will durch den Wald.«

»Ich auch«, sagte der Neuankömmling. »Bis nach Härnösand. Das habe ich vor.«

Gullik musterte den Burschen genau. Er war dünn und in seinem Alter, hatte ein spitzes, kleines Gesicht voller Narben und hellblaue Augen. Daher kam auch sein Spitzname: Beilchen.

»Sollen wir uns zusammentun?«, fragte Beilchen.

Gullik antwortete nicht.

»Das ist lange her«, sagte Beilchen, »damals, als wir oben in Hädanberg wie verrückt gesoffen haben.«

Gullik wurde ganz flau im Magen.

»Ihr seid plötzlich alle verschwunden, und ich lag bis zum nächsten Tag noch völlig benebelt da oben.«

Er schaute Gullik an und nickte ihm mit seinem spitzen Gesicht zu:

»Ich frage mich, was ihr da eigentlich gemacht habt ...«

»Wir gingen vermutlich zurück«, brachte Gullik hervor. Angst packte ihn wieder. Konnte es sein, dass ...

Beilchen lachte los und sagte: »Du kannst es mir glauben, am nächsten Tag war ich noch mindestens genauso voll. Na, was meinst du, wollen wir zusammen gehen?«

Nein, weder Ragnar in Ödsbyn noch Reidar in Tvärlandsböle kannte Brüder, die Isak und Nils hießen und die tot waren. Schon möglich, dass sie ihnen irgendwann mal in der Kirche begegnet waren, denn sie kamen doch aus Anundsjö. Aber welche Männer das waren, das wussten sie nicht.

Und der Knecht oben in Skalmsjö, der Ragnvald, der war abgehauen.

»Solche gibt's«, sagte der Bauer. »Faulpelze und Lumpen. Die taugen nichts, und wenn du sie brauchst, da verschwinden sie.«

»Wann war das?«, fragte Länsman Morell.

»Ja, das war an dem Tag, als wir auf Saradan mit der Heuernte angefangen haben. Er war einfach weg. Als er gebraucht wurde, verduftete er, der Schweinehund. Ein Schuft!«

»Und du weißt nicht, wo er hin ist?«, fragte Länsman Morell.

Der Bauer spuckte auf den Wetzstein und zog die letzten Striche am Sensenblatt durch. Er schüttelte den Kopf, dann schaute er zu den Wiesen hin, als sehnte er sich danach, weitermähen zu dürfen. Ein kleiner Junge – der Sohn, dachte Morell – saß nicht weit entfernt auf der Treppe. Er hielt ein Messer in der Hand und schnitzte Rechenzinken. Er schnitzte vorsichtig und steckte das Hölzchen versuchsweise an seinen Platz. Prüfend wackelte er damit hin und her, als ob es ein lockerer Zahn wäre. Dann nickte er für sich und nahm ein neues Stöckchen zur Hand.

»Und du weißt nicht, warum er abgehauen ist? Ist irgendwas passiert?«

Der Bauer starrte wieder hinüber zur Wiese. Er probierte mit dem Daumen die Schneide und sah aus, als wollte er nicht einen Augenblick länger hier stehen bleiben.

»Weiß nicht«, sagte er. »Ist mir außerdem egal. Zu viel war er nicht zu gebrauchen. Glückwunsch dem, der ihn bekommt. Nein, der war ein Lump.«

Er steckte den Wetzstein in seine Tasche und machte eine wegwerfende Handbewegung. »Ein Lump und ein Nichtsnutz.«

Die beiden hatten nicht mehr über jenen verhängnisvollen Tag gesprochen, und Gulliks Angst war kleiner geworden. Beilchen konnte es nicht getan haben. Warum sollte er ...

Er brauchte vor Beilchen keine Angst zu haben. Der würde ihm nichts tun können. Denn er hatte sein Beil und sein Messer, und er würde mit jedem, der ihm in die Quere kam – auch Beilchen –, mühelos fertig werden.

Und bald würden sie auf der anderen Seite des Waldes sein und den Fluss erreicht haben.

Sie waren auf einem Waldweg mit tief ausgefahrenen Furchen unterwegs. Einmal war Gullik diesen Weg zeitig im Frühjahr mit dem Wagen gefahren und damals nur mühsam vorangekommen. Doch jetzt war der Weg ausgetrocknet; und er hätte das Wandern genossen, wäre da nicht diese innere Rastlosigkeit gewesen.

»Von Bauern habe ich erst mal genug«, sagte Beilchen. »Bauern und Forken und Mistgabeln und Misthaufen. Nee, ich will nach Härnösand.«

»Und was willst du da machen?«

»Vielleicht zur See fahren. Über die sieben Meere segeln. Ist nicht das Schlechteste.«

In einem Ranzen hatte Beilchen etwas zu essen dabei – er hatte sich vorbereitet. Und als die beiden jungen Männer die halbe Strecke zurückgelegt hatten, ließen sie sich am Wegrand nieder und tranken Milch und kauten auf ein paar Schweineknochen herum.

»Bevor ich weg bin, hab ich die Speisekammer leer geräumt. Der Bauer wird fuchsteufelswild, wenn er das sieht.«

Gullik hatte nichts zu essen dabei, nur noch ein paar Münzen. Daran hatte er nicht gedacht, vor lauter Angst. Aber als sie vierzig Kilometer weit gegangen waren und es später Nachmittag geworden war und Anundsjö immer weiter hinter ihnen lag, hatte Gullik auch wieder Platz für andere Gedanken. Wie sollte er nun zurechtkommen?

Kommt Zeit, kommt Rat, dachte er dann. Vielleicht sollte ich mich auch aufs Meer hinauswagen? Auf diese Weise konnte er verschwinden. Da würde ihn niemand mehr verfolgen.

Beilchen nagte nachdenklich an seinem Knochen.

»Manchmal frage ich mich, was ihr an dem Tag gemacht habt«, sagte er. »Ich weiß es ja nicht, aber manchmal denke ich da dran. Mir ist, als wär da was gewesen. Da war doch ein Nils dabei. Der war doch hinterher so ... so als wäre er kein richtiger Mensch mehr. Also da war doch was.«

Er sah Gullik mit seinen hellblauen Augen an, und wieder kroch die Angst in Gullik hoch. Die Erinnerungen, die er weggeschoben hatte. Jetzt waren sie wieder da.

»Ich bin an dem Tag so voll gewesen«, fuhr Beilchen fort, »und hab wie ohnmächtig dagelegen.«

»Ja, du warst richtig voll«, sagte Gullik.

»Aber da waren doch ein Nils und ein Isak«, sagte er, das Gesicht ganz dicht vor Gulliks. »Und der Nils und der Isak, die sind jetzt tot.«

Seine Worte schienen sich in Gullik zu bohren, als ob jemand ein schmerzhaftes Geschwür aufschneidet. Er hatte die Hand am Messer.

»Du kannst es mir doch erzählen«, sagte Beilchen. »Was ihr gemacht habt. Ich hab nicht die ganze Zeit geschlafen.«

Als Länsman Morell und sein Gehilfe den Wald ganz durchquert hatten und nach Seltjärn kamen, war es Abend geworden. Dort wohnte ein Knecht namens Isak Persson, ein alter Mann mit müden Augen und hängenden Schultern.

»Altknecht bin ich«, sagte er. »Ich lebe hier von ihren Gnaden, ungefähr als wäre ich auf dem Altenteil. Altenteiler ist besser als Armenhaus. Und ein bisschen was arbeite ich noch. Ich kümmere mich ums Werkzeug.«

Er sah Morell und Anundsson resigniert an. Doch dann glomm ein Funken Leben in seinen Augen auf. »Ich werde gebraucht! Manche Sachen kann nur ich.«

Persson streckte die rechte Hand aus und deutete mit dem linken Zeigefinger auf die Finger seiner Rechten und zählte auf: »Beschlagen, Holzkohle brennen, schmieden, Pferde beschlagen, na, das hab ich schon gesagt, und ...«

Er blickte auf seine Hand, als sei er verwundert, dass ihm nicht mehr einfiel.

»Also, noch werd ich gebraucht«, wiederholte er.

»Das will ich glauben«, entgegnete Morell freundlich.

Aber irgendwelche jüngeren Knechte, zwei Brüder und vorzeitig zu Tode gekommen, die kenne er nicht. Zum Teufel, nein. Er halte sich außerdem meistens für sich. Alles habe irgendwie seine Zeit. Und jetzt erwarte man nichts mehr vom Leben, man warte nur noch auf den Tod. Nein, er habe sie nicht gekannt. Ach so, die wurden umgebracht ... Ach so, der eine wurde im See ertränkt, und der andere wurde mit einer Sense ermordet ... Ach so, so sei das gewesen.

»Ja, sterben tun wir allesamt«, sagte er lakonisch.

Länsman Morell bekam schlechte Laune. Das Ganze hatte nicht viel gebracht. Wenn nun der Mörder nicht diesen Ragnvald im Sinn hatte – der nach Aussagen seines Bauern nicht viel taugte –, als er sein INRI geschnitzt hatte? Und wenn doch, dann war es ja auch nicht undenkbar, dass er bereits ermordet wurde. Vielleicht ertränkt, oder auf andere Weise getötet.

»Was glaubst du?«, fragte Morell seinen Gehilfen.

Da saßen sie schon wieder im Wagen und fuhren Richtung Kubbe und zu dem letzten Knecht, nach dem sie suchten.

»Das wird dieser Ragnvald sein«, sagte Johan.

Und worauf ist der Mörder aus?, überlegte Morell für sich. Warum überhaupt diese vier? Was hatten sie getan, dass dieser Mann von einem solch mörderischen Zorn besessen war? Von diesem Durst nach Rache? Was hatten diese Männer getan?

Jetzt stand nur noch ein Besuch aus.

»Da ist es«, sagte Morell und deutete auf eine von Birken gesäumte Auffahrt.

Spät am Abend kamen die beiden Burschen zum breiten Fluss. An beiden Ufern zogen sich Wiesen mit vollen Heureutern hin. Wie ein Wachturm erhob sich die Kirche auf einer Landzunge im Fluss.

Über jenen Tag vor zwei Jahren war kein Wort mehr gefallen. Gullik hatte nichts erzählt, und Beilchen hatte nicht weitergefragt. Aber leicht beunruhigt war Gullik weiterhin. Nicht, dass er vor Beilchen Angst hatte. Aber ihm schien, als käme alles zurück; die Erinnerung, alles, was er zu vergessen versucht hatte, drängte sich an die Oberfläche. Nun waren sie am Fluss und weit weg von Anundsjö, und er würde sich so schnell wie möglich von Beilchen trennen und allein durchschlagen.

Sie wanderten hinunter zu der Anlegestelle. Dort mussten sie auf das Ruderboot warten, das gerade vom anderen Flussufer abgelegt hatte. Vier Männer ruderten das Boot, und am Anleger warteten nur Beilchen und Gullik.

Einer der Ruderer sprang an Land und zog das Boot ans Ufer.

»Wann fahrt ihr wieder rüber?«, fragte Beilchen.

»In einem Augenblick«, antwortete der Ruderer.

Er setzte sich aufs Vorschiff, die Füße im Sand. Die drei anderen hatten ihre Ruder für die kurze Rast niedergelegt. Gullik und Beilchen stiegen ins Boot und kauerten sich auf die Bank achtern. Der Mann am Bug stand auf, stieß das Boot ab und nahm seinen Platz ein. Sofort tauchten die Männer ihre Ruderblätter in den Strom, und das Boot wendete.

Beilchen kam mit seinem spitzen Gesicht nahe an Gullik heran.

»Stell dir vor, die sind tot. Manchmal denk ich, ob ich nicht zum Länsman gehen und ihm erzählen soll, dass ich mal mit denen zusammen war. Als wir gesoffen haben.«

Seine Nase bohrte sich förmlich in Gulliks Wange.

»Die und du und ich und der Dickwanst. Dass ihr verschwunden seid. Ich könnte mir vorstellen, dass ihn interessieren würde, davon zu erfahren. Oder was glaubst du?«

Es war wie ein Geschwür, und es war, als hätte Beilchen es aufgeschnitten, denn Gullik packte ihn, schlug ihm mit einer Hand gegen die Kehle, presste ihn nach unten und hielt ihn über die Reling.

Den Mund an Beilchens Ohr zischte er: »Wenn du auch nur ein Wort von diesem Tag sagst, bring ich dich um.«

Er ließ ihn los. Und Beilchen fiel wie eine Strohpuppe auf die Ruderbank neben ihm. Nach Luft japsend, stammelte Beilchen: »Ich hab's nicht so gemeint. Du bist ja so hitzig ...«

Die Männer ließen ihre Ruder sinken und starrten die

Burschen an. Sie schienen zu überlegen, ob sie weiterrudern sollten.

»Jetzt ist's wieder gut«, sagte Beilchen und versuchte zu lachen. »Das war nur ein kleiner Scherz.«

Gullik atmete keuchend, er drehte sich um und schaute zu dem Ufer zurück, das sie eben hinter sich gelassen hatten. Bald würde er auf der anderen Seite sein.

Er machte an einer Ecke der Hütte der Ruderer eine Bewegung aus und zuckte zusammen. Da war jemand. Er hatte für einen Moment ein Gesicht gesehen, das Gesicht eines erwachsenen Mannes. Er rieb sich die Augen und schaute noch einmal hin. Nein, jetzt war niemand mehr zu sehen, aber wie ein in seinen Bauch gerammter Spieß brannte die Angst in seinem Körper.

Isidor Barsk. Das muss der Sohn eines Bootsmanns sein, dachte Morell.

Er reckte sich, er war steif und müde.

»Der letzte Versuch«, sagte er. Dann sah er seinen Gehilfen an und ergänzte: »Der Letzte, den wir besuchen.« Er zog einen Zettel aus der Tasche und blickte darauf. »Der Bauer heißt Lars Jönsson«, sagte er.

Inzwischen war es spät geworden, und die Arbeit auf dem Hof ruhte. Morell stieg die Treppe zum Windfang hinauf und öffnete die Tür. Sie betraten eine große Küche. Um den Tisch saßen die Hofleute beim Abendessen, sie schauten auf.

Der Polizeiamtmann nahm seine Mütze ab und nannte sein Anliegen. Und der Bauer stand auf und trat auf sie zu. Er hatte einen großen schwarzen Schnurrbart, obwohl seine Haare ergraut waren. Ein kleines Mädchen rutschte von seinem Stuhl, stellte sich neben seinen Vater und betrachtete neugierig die blitzenden Uniformknöpfe des Länsmans.

»Isidor Barsk«, sagte der Bauer. »Er ist nicht mehr hier, das ist schon lange her, seit er weggezogen ist.«

Habe ich das im Katechismusregister nachgeprüft?, dachte Morell. Hätte ich es getan, hätte ich mir den Besuch sparen können.

»Isidor Barsk«, wiederholte der Bauer. »Er zog vor zwei Jahren weg, ja, im Sommer vor zwei Jahren. Soviel ich weiß, hat er den Bezirk verlassen und ist nach Jämtland gezogen. Seht beim Pfarrer nach.«

Das habe ich getan, dachte Morell. Aber nur flüchtig.

»Wir bedanken uns für die Hilfe«, sagte er.

»Doch ja, er zog weg«, fuhr der Bauer fort. »Und zwar so eilig, als hätte er Feuer unterm Hintern. Er hatte hier auch ein Mädchen, aber er ist einfach weggezogen. Als gälte es das Leben. So eilig hatte er's.«

Das kleine Mädchen hatte sich ein Herz gefasst und seine Hand ausgestreckt und schnell einen der Uniformknöpfe berührt. Der Länsman lächelte es verlegen an.

»Eilig?«, sagte Johan Anundsson, »er hatte es eilig?«

Der Bauer schaute ihn verwundert an, dann nickte er kurz, saugte irgendetwas aus einem seiner Zähne und kehrte zum Tisch zurück. Das Mädchen ging rückwärts, es hielt dabei die ganze Zeit unverwandt den Blick auf Morells Uniform gerichtet.

»Danke für die Hilfe«, sagte Morell noch einmal, und er und Johan gingen.

»Im Sommer fünfundvierzig hatten es ein paar Leute verdammt eilig, aus Anundsjö wegzukommen«, sagte Johan, als die beiden auf dem Hof standen.

»Ja, wahrhaftig«, sagte Morell. »Was mag das zu bedeuten haben?«

Er rieb einen seiner Uniformknöpfe, als wollte er ihn polieren.

22

Noch bin ich frei und kann tun, was ich tun muss. Noch kann ich mich ungehindert bewegen und nach den Männern suchen, die unter dem Schwert der Rache fallen sollen. Und kein Länsman dieser Welt kann mich aufhalten. Doch eines Tages sollen sie es erfahren. Eines Tages wird ihnen alles offenbart werden. Niemand wird mich davon abhalten, diese Rabenseelen – allesamt Nachkommen Satans, des gestürzten Engels – ihrer gerechten Strafe zuzuführen.

Und wenn ich dann wie ein rächender Engel vor ihnen stehe, soll das Entsetzen in ihren Augen flackern. Wie ein Schatten bewege ich mich durch Dörfer und Wälder, denn ich weiß, was ich zu tun habe. Noch ist es nicht vollbracht. Aber bald sind die Meinen gerächt; ich werde zu ihr gehen; und ich werde ihr gegenübersitzen; und ich werde ihr berichten, was ich getan habe; und sie wird mir zuhören und verstehen, dass es geschehen musste ... Und an ihrem Grab werde ich dem Stein zuflüstern, dass es nun getan ist. Dass ich getan habe, was rechtens ist. Noch habe ich es nicht getan. Aber bald.

Er war ihm gefolgt, er hatte die roten Haare gesehen, er hatte dem eiligen Schritt des Verfolgten durch den Wald hin nach Bredbyn gelauscht und war ihm auf den Fersen geblieben. Er hatte gesehen, wie der Bursche in die Wirtschaft ging und war in der Nähe geblieben. Inzwischen war er sehr geschickt darin, immer in der Nähe zu bleiben und trotzdem unsichtbar zu sein. Und er hatte gedacht, dass es bald passieren müsse. Auf welche Weise, das hatte er noch nicht entschieden, aber das würde kein Problem werden. Nicht wie ein Dieb in der Nacht würde er sich anschleichen, nein, der Bursche sollte wissen, warum er büßen musste.

Wenn er es nicht schon wusste. Zumindest schien ihm klar zu sein, dass ihm Unheil drohte. Das merkte man an seinem Benehmen. Aber was ihm drohte, das wusste er nicht.

Er hatte beobachtet, wie sein Opfer die Gastwirtschaft in Gesellschaft eines Gleichaltrigen verlassen hatte. Doch Milde walten lassen, das würde er nicht. Die Burschen durften trotz ihrer Jugend nicht geschont werden. Nein! Denn sie hatten die Seinigen auch nicht geschont, sie hatten kein Mitleid gehabt. Auge um Auge, Zahn um Zahn, so sollte es sein. So spricht der Herr.

»Denk dran!«, flüsterte er. »Kein Mitleid.«

Trotzdem war er enttäuscht, weil der Verfolgte nicht mehr allein war, denn er wollte seine Kraft nicht an Unschuldige vergeuden. Nein, nicht noch einmal. Nur die Sünder sollte es treffen, die Verdammten, die glaubten, sie könnten ungestraft davonkommen. Aber nicht die Unschuldigen.

Er war etwas enttäuscht, und er blieb eine Weile beim Abtritt zurück, als er sah, wie die beiden Burschen durch den Ort gingen, zur Kirche und weiter. Er fragte sich, ob sie nach Örnsköldsvik wollten. Er folgte ihnen; und als sie die Kirche hinter sich gelassen hatten und die Straße den Berg hinauf nahmen, sah er, dass sie gar nicht vorhatten, nach Örnsköldsvik zu gehen, sondern durch den großen Wald.

Schade, dass er nicht allein war – aber zur rechten Zeit würde ihm dafür schon eine Lösung einfallen.

Vielleicht musste er sie beide töten. Falls nötig, würde er nicht zögern. Es wäre aber besser, wenn sie sich trennten.

Doch noch marschierten sie zusammen. Durch den Wald und den Fluss entlang, bis zur Fähre. Er hatte sich hinter der Hütte der Ruderer versteckt und beobachtet, wie sie sich ins Boot setzten. Ganz kurz erwog er, ebenfalls zum Boot hinunterzugehen und um eine Überfahrt zu bitten.

Würde ihn der Rothaarige dann wieder erkennen? Er wusste es nicht.

Aber beim Gedanken, dass er dem Burschen bald gegenüberstehen würde, umspielte ein zufriedenes Lächeln seine Lippen.

Die beiden wollten nach Nybystrand, der Rothaarige und der andere, der zwar unschuldig war, aber vielleicht trotzdem sterben musste.

Er lehnte sich gegen die Hütte und schloss die Augen.

Da sah er die beiden vor sich, und eine große Müdigkeit überkam ihn. Sofort ballte er die Hände vor Zorn. Dieser heilige Zorn musste ihm noch einmal Kraft geben.

Jetzt wusste er auch, wie er vorgehen wollte.

Ja, so will ich es tun. Genau so, dachte er. Wie ein Racheengel des Herrn.

23

Isidor Barsk war nicht nach Jämtland gezogen, sondern nach Ytterlännäs. Den Bezirk hatte er also nicht verlassen. So stand es im Register. Isidor Barsk, geboren im Jahr 1826 in der Kate eines Bootsmanns – Eltern inzwischen verstorben – und im August 1845 nach Nybystrand in Ytterlännäs verzogen.

Warum habe ich nicht in der Spalte *Verzogen* geschaut?, dachte Länsman Morell. Flüchtig, über alle Maßen flüchtig.

Er setzte sich an seinen Schreibtisch und schrieb einen Brief an den Länsman von Ytterlännäs, eine mühselige Prozedur mit vielen Änderungen und Streichungen, aber schließlich war er zufrieden.

An den Länsman von Ytterlännäs.

Es ist zu unserer Kenntnis gelangt, dass ein gewisser Isidor Barsk, ehemals wohnhaft in diesem Sprengel, im Jahre 1845 in Euren Sprengel gezogen ist. Wir sind in hohem Maße daran interessiert, mit ihm in Kontakt zu treten, nicht, weil er etwas Unrechtmäßiges getan hat, sondern weil wir Anlass zu der Vermutung haben, er könne in Gefahr an Leib und Leben sein, insofern da zwei Brüder, beide Knechte, auf brutale Weise ermordet wurden, der eine im hiesigen Sprengel Anundsjö, der andere im Sprengel Arnäs, und das aus Gründen, über die ich mich hier nicht auslassen will. Doch es ist wahrscheinlich, dass der genannte Isidor Barsk ein zukünftiges Opfer sein könnte.

Mit vorzüglicher Hochachtung
unterzeichne ich,
Länsman Harald Larrson Morell
Anundsjö, im Juli des Jahres 1847

Er las seinen Brief noch einmal, ehe er ihn versiegelte und nach Johan Anundsson rief.

Etwas Konkretes zu tun, das tat ihm gut, das belebte ihn. Die Fahrt durch Anundsjö war nicht ganz umsonst gewesen. Es konnte kein Zufall sein, dass zwei Knechte aus Anundsjö im Sommer 1845 überstürzt den Sprengel verlassen hatten, der ermordete Isak Andersson Lundström und Isidor Barsk.

Jetzt galt es, den Mann zu finden, dessen Vorname mit R begann und der vielleicht Ragnvald hieß und aus Skalmsjö kam. Wenn nicht Länsman Viberg Neues erfahren hatte.

Olof Viberg glaubte nicht an diese Geschichte mit den Namen; seiner Meinung nach wäre es merkwürdig, wenn jemand, der Menschen umbrachte, das auf eine solche Weise kundtun würde, wie Länsman Morell annahm. Trotz seiner Bedenken ging er so vor, wie Morell vorgeschlagen hatte. Er setzte sich mit seinem dürren Gehilfen in den Wagen, und sie fuhren alle Orte in Arnäs ab. Sechs Namen hatten sie gefunden, sechs Knechte hatten Vornamen, deren Initialen passten.

»Ich glaube nicht daran«, sagte er zu Lars Didriksson, als sie sich im Wagen zurechtgesetzt hatten. »Genauso wenig wie ich glaube, dass es etwas mit dem Kreuz des Herrn zu tun hat.«

»Was denn?«, fragte Lars. »Was für ein Kreuz?«

»INRI stand auch am Kreuz Christi. Das ist Lateinisch«, sagte Olof Viberg.

»Wirklich?«, sagte Lars.

»Jaja«, entgegnete Viberg. »Und es bedeutet Jesus von Nazareth, König der Juden.«

»Wirklich?«, wiederholte Lars überrascht.

»Etwas Latein hat man schließlich gelernt«, entgegnete Viberg.

Zuerst fuhren sie nach Högland.

Das Haus, vor dem sie hielten, war nicht groß, hatte aber einen schönen Blick auf den See. Niemand war zu Hause, bis auf eine junge Magd, die gerade in der Küche Essen in zwei Körbe auf dem Tisch packte.

»Die sind allesamt beim Heueinbringen«, sagte sie sofort und deutete aus dem Fenster auf die große Wiese oberhalb des Hauses, vorm Wald.

Ist es schon so weit?, dachte Viberg und starrte aus dem Fenster. Lauter volle und halb volle Trockengestelle – die schon halb abgeräumten – sahen wie ihrer Würde beraubt aus. Und neben dem Haus stand ein leerer, knochiger Heureuter, der wie ein Skelett aussah. Zwei kräftige Pferde warteten auf die neue Ladung und die Heimfahrt. Zwei Leiterwagen standen bei den Heureutern. Auf dem einen verteilte ein kleiner Junge mit der Heugabel das Heu. Aber nur zwei Männer beluden den Wagen. Und eine Frau.

»Gibt es hier einen Knecht, der Ingvar Augustsson heißt?«, fragte Viberg.

Die Magd zeigte aus dem Fenster.

»Da, das ist er, der Jüngere«, sagte sie.

Das ist mal ein kleiner Hof, dachte Viberg. Mann und Frau, ein Knecht und eine Magd.

Der Knecht war groß und hatte blondes Haar. Jetzt hatte er die Heugabel neben sich in die Erde gerammt und strich sich das Heu aus den Haaren. Ein Wagen war beladen und der Ältere – der Bauer –, dachte Viberg, schnürte die Heulast mit einem Seil fest. Der Junge, vermutlich der Sohn, sprang vom Wagen herunter und ging, um eines der Pferde zu holen.

»Ich möchte gern mit Augustsson sprechen«, sagte Viberg und ging zur Tür. Lars Didriksson folgte ihm.

»Was meinst du?«, sagte Viberg, als sie über den Hof gingen.

Lars zuckte nur mit den Schultern.

»Das hier ist reine Zeitverschwendung«, sagte Viberg.

Als Olof Viberg das abgemähte Feld betrachtete, erinnerte er sich an seine Kindheit in Västerbotten, wo er mit seinem Vater die Heureuter abgeräumt hatte. An die Hitze erinnerte er sich, an die Spreu in den Haaren und auf dem Rücken. Und wie er selbst oben auf dem Heuwagen stand, während die anderen kraftvoll aufluden.

»Du hast doch wohl auch Heu eingebracht?«, fragte er Lars.

Doch, das hatte er.

Der Junge fuhr den Wagen. Mit den Zügeln in der Hand saß er jetzt ganz vorn auf dem Fuder. Und die anderen waren wartend stehen geblieben, sie hatten den Länsman und seinen Gehilfen entdeckt.

Olof Viberg wischte sich über den kahlen Schädel und streckte sich.

Sie standen in einer Reihe, der Bauer, seine Frau und der Knecht, als warteten sie darauf, fotografiert zu werden.

»Schönes Wetter«, begann Viberg. »Ein guter Tag zum Heueinfahren. Es wird wohl trocken bleiben.«

Niemand antwortete ihm, aber der Bauer nickte kurz.

Er stützte sich auf die Gabel, seine Hände waren so groß, dass der Griff völlig darin verschwand. Er war ein alter Mann, der die Gelegenheit nutzte, sich etwas auszuruhen.

»Wir suchen einen Ingvar Augustsson«, sagte Lars Didriksson. »Er soll hier Knecht sein.«

Der Bauer hob die Gabel und deutete damit auf den blonden jungen Mann.

Und genau in diesem Moment kam Leben in die ländliche Idylle mit dem Bauern, seiner Ehefrau, seinem Sohn, seinem Knecht und den beiden Vertretern des Gesetzes, dem kleinen Länsman aus Arnäs und seinem schwächlichen Gehilfen.

Ingvar Augustsson war es, der Leben hineinbrachte.

Er packte seine Heugabel und hielt sie, als wollte er jemanden damit aufspießen. Plötzlich war sie zu einer Waffe geworden. Er ging ein paar Schritte auf die Besucher zu. Der Länsman wich zurück, stolperte und fiel rücklings hin. Lars Didriksson sprang zur Seite. Der Knecht mit seiner Waffe stand über den Länsman gebeugt, scheinbar bereit, zuzustechen. Viberg versuchte, sich zu schützen und scharrte halb liegend mit den Füßen auf der Erde. Der Knecht zielte. Der Bauer schrie. Er ließ seine Heugabel fallen und bewegte sich erstaunlich schnell auf seinen Knecht zu, packte dessen Arm und entwand ihm die Heugabel.

Ingvar Augustsson schüttelte sich, er starrte wild um sich, glotzte auf das verwunderte Gesicht seines Bauern, starrte auf den halb liegenden Viberg und hinüber zu Lars Didriksson, der ein paar Meter entfernt dastand und zitterte, und zu der Bauersfrau, die hinter einem Heureuter Schutz gesucht hatte, aber jetzt hervorspähte.

Der Bauer wollte etwas sagen, aber der Knecht machte kehrt und lief mit langen Schritten über die Wiese, zum Wald hinüber und war bald verschwunden.

Länsman Olof Viberg fühlte sich erniedrigt. Immer wieder sah er sich zappelnd vor Angst auf der Erde liegen. Er schämte sich vor seinem Gehilfen. Er schämte sich, weil er unvorbereitet gewesen war und keine Waffe dabei gehabt hatte. Aber am meisten schämte er sich, weil er zu Tode erschrocken auf der Erde gelegen hatte. Vor dem Bauern schämte er sich und vor dessen Frau.

Dass Länsman Morell nicht Zeuge seiner Erniedrigung

gewesen war, empfand er als einzigen Lichtblick in diesem Geschehen. Andererseits hätte sein Kollege den Knecht wohl ohne Mühe entwaffnen können.

Warum war Ingvar Augustsson geflohen?

Viberg und Lars setzten ihre Fahrt zu den anderen Höfen in der Gegend nicht fort. Sie saßen mit dem Bauern in der Küche, weil sie Antworten auf ein paar Fragen haben wollten.

Und sie erfuhren eine ganze Menge.

Ingvar Augustsson sei in Faresta geboren, als jüngster Sohn einer großen Familie, und diene auf diesem Hof seit vier Jahren als Knecht. Er sei geschickt, arbeitsam und selten krank. Sie hätten bisher keine Probleme mit ihm gehabt. Der Bauer war über Ingvars Reaktion genauso erstaunt wie alle anderen.

Er nannte ihn Ingvar, so als gehörte der Knecht zur Familie.

»Seit vier Jahren«, sagte der Bauer. »Als er kam, war er fünfzehn, jetzt ist er gerade neunzehn Jahre alt geworden.«

Im Gesicht hatte er noch immer diesen verblüfften Ausdruck, als hätte er das alles nicht recht begriffen.

»Ich habe zu danken«, sagte Länsman Olof Viberg.

Die Scham überkam ihn wieder; sie war stärker als die ausgestandene Angst.

»Ich bedanke mich, dass ihr nicht untätig dabeigestanden habt.«

Der Bauer starrte weiterhin nachdenklich vor sich hin.

»Warum wir ihn gesucht haben?«, fiel Didriksson ein. »Wir wollten ihn doch nur fragen, ob er ein paar Knechte kennt. Einen hier aus dem Sprengel Arnäs, aus Klingre. Einen Isak Andersson.«

»Der umgebracht wurde?«, fragte der Bauer.

»Wusstet ihr, wer das war?«, entgegnete Viberg.

»Das kann ich nicht sagen.«

Er starrte weiter vor sich hin, aber plötzlich machte er eine Bewegung, als wäre ihm ein Gedanke gekommen. »Ihr glaubt doch wohl nicht, dass Ingvar etwas damit zu tun hat?«, fragte er und bedeckte sein Gesicht mit seinen großen Händen.

Dann seufzte er und fuhr fort: »Obwohl, man weiß ja nichts. Niemals hätte ich geglaubt, dass der Ingvar ... mit der Heugabel ...«

Viberg räusperte sich und sagte: »Wir wollen ihn fassen, das ist alles.«

»Ich hoffe, dass er zurückkommt. Der Ingvar ist ein guter Knecht«, sagte der Bauer.

An diesem Tag sprachen die beiden nicht mehr mit anderen Knechten, und sie suchten auch nicht nach Ingvar Augustsson. Sie fuhren nach Hause.

Viberg schämte sich noch immer, aber in seinem Kopf war auch noch Platz für ein paar andere Gedanken. Sie hatten nach jemandem gesucht, der vielleicht in Lebensgefahr schwebte, sie waren nicht darauf aus gewesen, einen Mörder festzunehmen. Dieser Ingvar Augustsson war wohl kaum der Gesuchte. Da passte gar nichts zusammen. Und an derartige Zufälle konnte er nicht glauben.

»Wir nehmen uns die anderen Knechte später vor«, sagte Viberg zu Lars.

Sie waren schon fast zu Hause, da rieb Viberg seine Wangen, als ob er die vermeintliche Schamesröte aus seinem Gesicht wegwischen wollte.

Er sah Lars an und sagte zu seinem Gehilfen: »Wäre ich nur nicht gestolpert. Wenn ich nur nicht hingefallen wäre ...«

24

Isidor Barsk war nach Ramsele umgezogen.

Der Brief des Länsmans von Ytterlännäs war kurz.

Die Stiefel halb ausgezogen, saß Morell auf dem Stuhl in der Diele. Er hielt das kurze Schreiben in der Hand. Nichts weiter stand da. Nur das. Verzogen. Nicht einmal ein Datum, wann das war.

Ausgerechnet diesen Brief hatte er mit so viel gespannter Unruhe erwartet. Dieser Brief hatte ihm Antworten auf eine Reihe Fragen geben sollen. Nicht zuletzt auf die wichtigste: ob Isidor noch lebte.

Jetzt hatte er zwar eine Antwort bekommen, aber schlauer war er nicht.

Er setzte sich an seinen Schreibtisch, nahm einen Bogen Papier, tauchte seine Feder in die Tinte und schrieb einen neuen Brief, dieses Mal an den Länsman in Ramsele.

Er versuchte sich zu erinnern, was er im vorigen Brief geschrieben hatte, und so dauerte es nicht lange, den neuen zu formulieren.

Dann bat er Johan, dafür zu sorgen, dass der Brief weiterbefördert wurde. Als er wieder in die Diele ging und an der Treppe stand, dachte er an Helena. Seit jener Nacht hatte er nie wieder ihre Türklinke probiert, wenn sie schon zu Bett gegangen war. Deshalb wusste er nicht, ob sie nachts noch immer abschloss, und das wollte er auch nicht wissen. Aber jetzt war heller Tag, und ihm kam der Gedanke, zu ihr zu gehen und etwas mit ihr zu reden, wie an jenem Abend, als sie die Idee gehabt hatte, die Buchstaben müssten sich nicht notwendigerweise auf die Inschrift am Kreuz Jesu beziehen.

Jetzt war Tag, und da stand ihre Tür offen. Einen Fuß hatte Morell bereits auf die erste Stufe gesetzt, aber er zögerte. Und dann setzte er sich wieder auf den Stuhl in der Diele. Es gab allerlei zu bedenken. Er würde noch früh genug mit ihr sprechen. Er erinnerte sich an den Eifer, den sie bei seinem Bericht an den Tag gelegt hatte. Vorsichtig und in aller Ruhe würde er sich ihr nähern, und mit der Zeit würde ihre Tür auch nachts wieder weit offen stehen.

Er stellte seine Füße auf den Schemel und wandte sich einem anderen Problem zu.

Isidor Barsk war im Sommer 1845 aus Anundsjö weggezogen; ungefähr zur selben Zeit hatte sich Isak Andersson Lundström in Arnäs bei einem Bauern verdingt. Doch inzwischen war Barsk nach Ramsele gezogen.

1845 musste etwas Schwerwiegendes passiert sein, das die Männer veranlasst hatte, schnell zu verschwinden.

Aber was war geschehen? Morell versuchte, sich an die Fälle zu erinnern, die in jenem Jahr verhandelt worden waren. Eines wusste er mit Sicherheit: Keiner der Ermordeten hatte vor Gericht gestanden, jedenfalls nicht im nördlichen Ångermanland. Auch nicht Isidor Barsk. Morell konnte sich gut an Namen erinnern. Doch möglicherweise gab es einen Fall aus diesem Jahr, der Licht auf die Angelegenheit werfen konnte.

Morell holte die Abschriften der Gerichtsprotokolle aus dem abgeschlossenen Schrank in seinem Dienstzimmer. Er legte sie auf den kleinen Tisch neben seinem Sessel, klingelte einem der Dienstmädchen und bat um Kaffee und etwas Zwieback.

Dann begann er zu lesen.

Es war später Abend. Gullik war jetzt in Nybystrand. Hier gab es einen Hafen, und er konnte an Bord eines Schiffes gehen und fliehen – so weit wie möglich vor diesem rachsüchtigen Mörder fliehen.

Um diese Zeit herrschte Ruhe im Hafen. Ein paar Männer zogen ein Fischernetz aus einem kleineren Boot und hängten es zum Trocknen auf. Zwei große Boote waren dort ebenfalls verankert, aber sie lagen ganz ruhig – die Arbeit schien erledigt zu sein – und schaukelten sachte auf den Wellen.

Beilchen schien ihn zu meiden. In seinem Gesicht zuckte es; oft fuhr er sich mit der Hand über die Wangen. Die beiden saßen am Fluss in der Nähe des Hafens. Auf einem der größeren Boote stand ein Mann an der Reling und starrte aufs Wasser. Beilchen holte seinen letzten Kanten Brot heraus und reichte ihn zögernd Gullik.

Er nahm das Brot und brach ein Stück davon ab, kaute darauf herum.

Bevor sie nach Nybystrand gekommen waren, hatte Gullik große Heureuter auf den ausgedehnten Wiesen am Fluss gesehen und auch ein großes Bauernhaus. Dort kann ich es ja mal versuchen, hatte er gedacht. Vielleicht braucht der Bauer bei der Heuernte noch einen Knecht.

Er wollte nicht länger mit Beilchen zusammen sein, und sein Gefährte machte den Eindruck, als wollte er ebenfalls lieber eigene Wege gehen. Beilchens Wangen und sein Gesicht zuckten.

Er hatte nicht die ganze Zeit geschlafen, wie behauptet ... Wie viel wusste er?

Gullik sah ihn von der Seite an und sagte: »Die zwei sind tot, wie du selbst sagst, aber was hab ich damit zu schaffen ... Und du? Was hat das damit zu tun, dass wir in Hädanberg gesoffen haben ...«

»N-nichts«, stotterte Beilchen. »Ich hab ja sowieso bis zum nächsten Tag geschlafen«, antwortete er und zuckte nervös mit dem Kopf.

»Dann mal mit der Ruhe«, sagte Gullik.

Er deutete zu einem am Ufer liegenden Ruderboot, nicht weit von ihnen entfernt, das umgedreht leicht auf der Seite lag.

»Da legen wir uns schlafen, und morgen sehen wir weiter. Ich für meinen Teil will mir eine Stelle als Knecht suchen. Das ist vermutlich das einzig Mögliche.«

Beilchen schüttelte den Kopf. »Ein Sch-schiff«, stotterte er. »Ich will mit einem Schiff fahren.«

Gullik schwieg.

Dann sah Beilchen Gullik an und fuhr fort: »Ich meinte nicht, was ich gesagt hab, als wir über den Fluss gefahren sind. Ich hab an dem Tag geschlafen, das ist die Wahrheit. Und du darfst mir glauben ...«

Hätte ich doch auch geschlafen, dachte Gullik. Hätte

ich doch auch solche Mengen getrunken, dass ich ebenso voll wie Beilchen gewesen wäre. Dann müsste ich jetzt nicht mit leerem Magen hier rumlaufen; dann würde ich weiter auf den Amboss hauen, und manchmal hätte ich mich bei Mutter und Vater in Risbäck ausruhen können.

Aber er hatte nicht geschlafen, er war mitgegangen. Je länger er darüber nachdachte, umso klarer wurden die Bilder in der Erinnerung.

Er, Isak und Nils und dieser Dickwanst, dem er nie vorher begegnet war. Und Beilchen. Und sie hatten den ganzen Tag am See verbracht, hatten gebadet und gesoffen. Es war ein heißer Tag gewesen. Dort hatte auch eine Hütte gestanden, und sie hatten viel zu trinken gehabt. Denn die Heuernte war vorbei gewesen.

Die Mädchen auf der anderen Seite, die hatte der Isak entdeckt. Und er hatte gewusst, wohin die beiden unterwegs waren. Er war losgegangen, er hatte etwas gehinkt. Und die anderen waren ihm gefolgt, waren taumelnd vorwärts gestolpert. Beilchen war zurückgeblieben. Er hatte geschlafen und sich nicht wachrütteln lassen ...

Isak hatte ihnen gesagt, was sie tun sollten.

Doch, nun erinnert er sich. Nun fällt es ihm wieder ein.

Wie viel weiß Beilchen?

Vielleicht musste er ihn töten.

Gullik lauschte auf Beilchens Atemzüge. Sie hatten sich unter dem Boot zum Schlafen verkrochen. Es war zwar Nacht, aber nicht richtig dunkel, draußen herrschte schwaches Dämmerlicht.

Er befühlte seine Oberarme, drückte sie, um die Kraft

zu spüren, er ballte die Fäuste, er öffnete und schloss sie wieder. Nun würde er zurechtkommen. Auf jeden Fall war er in Nybystrand. Beilchen lag nicht weit entfernt. Er schien eingeschlafen zu sein. Vielleicht musste er doch nicht ... Vielleicht wusste er ja tatsächlich nichts.

Über jenen verhängnisvollen Tag. Über die anderen und über ihn, und was sie getan hatten.

Schon zwei Tote, aber er selbst würde zurechtkommen. Gullik überlegte, wo sich der Dicke aufhalten mochte. Ob der das auch so erlebte, als ob alles wiederkäme, weil es im Kopf auftauchte, als wäre es gestern geschehen. Und ob der auch vorbereitet war, so wie er? Er umklammerte sein Messer fester, neben ihm lag das kleine Beil.

Er lachte auf, eigentlich gibt's hier zwei Beile. Beilchen war ja auch noch da.

Vielleicht wusste Beilchen ja tatsächlich nichts.

Das musste er herausfinden. Er musste in Erfahrung bringen, wie viel Beilchen wusste. Vielleicht war er dann gezwungen, ihn zu töten.

Er sah die beiden Mädchen wieder vor sich, sah ihre ängstlichen Gesichter und er erinnerte sich an seine eigene Kraft. Als wäre er derjenige, der bestimmte, der Macht besaß. Doch, er und die drei anderen. Sie waren zu viert gewesen und die Mädchen nur zu zweit.

Plötzlich überkam ihn ein großes Unbehagen, er räusperte sich, aber im Hals entstand ein brennendes Gefühl.

Nybystrand ... weit weg ... und Beilchen ... aber vielleicht doch nicht ... und er würde es schaffen, natürlich würde er ...

Dann schlief er ein. Er musste geschlafen haben, denn

als er aufwachte, war Beilchen weg. Verwirrt schüttelte er sich, starrte zum Fluss, auf die Boote.

Beilchen war verschwunden.

Und er war wieder allein.

25

Nein, die Durchsicht der Gerichtsprotokolle vom Jahre 1845 hatte nichts ergeben, weder im Frühjahr noch im Herbst war ein Aufsehen erregender Fall verhandelt worden. Nicht wie in dem Jahr, das ihm so lebendig in Erinnerung geblieben war, jenem Jahr, in dem Sven Svensson wegen Ermordung fast seiner gesamten Familie zum Tode verurteilt worden war.

1845 war ein ruhiges Jahr gewesen, hauptsächlich Diebstähle hatte es gegeben, von welchen der ungewöhnlichste der dieses Knechts gewesen war. Ein Einbruch in die Kirche war das gewesen. Der Dieb hatte einen Teil des Kirchensilbers gestohlen. Das Seltsamste an dem Fall war, dass der Einbrecher es bei helllichtem Tag und während des Gottesdienstes getan hatte. Erboste Kirchgänger hatten ihn bereits auf dem Kirchhof gefasst. Morell erinnerte sich an den Täter, einen Jungen, schmächtig, mit unstetem Blick und Piepsstimme.

Aber sonst hatte es nur die üblichen Delikte gegeben, ein paar Schafdiebstähle, ausgeräumte Vorratshäuser. Eben das Übliche.

Und dann ein Verstoß gegen das sechste Gebot; die

Anklage hatte auf einfache wie doppelte Hurerei gelautet.

Kurz wurde die beschämende Erinnerung in ihm wach, wie er selbst in Versuchung geraten war, mit der Frau eines anderen zu schlafen. Doch er hatte der Versuchung widerstanden.

Ein Junge und ein Mädchen waren des ungesetzlichen Beischlafs Unverheirateter angeklagt gewesen und auch dafür bestraft worden. Doch Länsman Morell wusste, dass die beiden jungen Leute heute noch zusammen waren, sie hatten im Jahr darauf geheiratet und waren in der Gegend geblieben.

Sonst hatte sich nichts ereignet, laut Akten.

Morell hatte gehofft, in den Protokollen auf irgendein begangenes Unrecht zu stoßen, auf eine falsche Anschuldigung. Eine Verleumdung. Etwas, das der Grund für eine derartige Rache sein könnte. Er erinnerte sich an sein erstes Jahr hier, als ein Junge der Sodomie mit einem Hund angeklagt gewesen war. Zwei gleichaltrige Burschen hatten Zeugnis gegen ihn abgelegt, sie hätten ihn bei diesem Vergehen beobachtet, nicht nur einmal, sondern mehrere Male. Aber die beiden Burschen – Morell glaubte sich zu erinnern, dass sie aus Solberg stammten – hatten als Zeugen unsicher gewirkt und einen unzusammenhängenden Bericht über das Geschehene abgegeben, und sie hatten sich in Widersprüche verwickelt und bei verschiedenen Gelegenheiten unterschiedliche Tathergänge geschildert.

Also hatte das Gericht mehr dem Jungen geglaubt, der behauptete unschuldig zu sein. Und stattdessen waren die beiden Burschen bestraft worden.

Morell erinnerte sich an die Freude des Jungen über seinen Freispruch.

Nach Verleumdungen wegen Diebstahls oder Hurerei, nach so etwas hatte er gesucht. Dergleichen war schon vorgekommen und konnte ein Anlass für Rache sein. Aber für das Jahr 1845 stand in den Protokollen nichts Derartiges.

Morell wusste weder, wer der Mörder war noch welches sein Motiv sein könnte.

Ihm blieb einzig und allein eine vage Vermutung, dass der Mörder es auf vier Männer abgesehen hatte. Das konnte nichts anderes als Rache bedeuten. Dieser Begriff tauchte in Morells Gedanken am häufigsten auf. Aber wie groß muss ein Unrecht sein, das jemanden dazu bringt, zu töten? Er hatte Isak Lundströms Leichnam nicht gesehen, aber er hatte Viberg berichten gehört. Dem Rächer war es bereits gelungen, zwei Menschen zu töten. Ein dritter konnte unter Umständen dieser Ragnvald aus Skalmsjö sein. Ein vierter mochte Isidor Barsk sein, der in Ramsele lebte. Oder Israel Brolin, dessen Aufenthaltsort niemandem bekannt war.

Morell war nicht noch einmal zum Haus des Tattaren gegangen, er hatte Johan Anundsson geschickt. Auch sein Gehilfe war mit einem negativen Bescheid zurückgekehrt; und der Länsman hatte ihn prüfend angeschaut, als wollte er herausfinden, ob Brolins Frau auch Johan betört hatte.

Beim Gedanken an dieses schöne Weib und jenen Abend auf der Waldlichtung durchflutete ihn erneut die Scham. Nein, sehr weit war er mit seinen Ermittlungen nicht gekommen.

Also wartete er auf Viberg. Vielleicht würden sie gemeinsam neue Ideen entwickeln.

Und er wartete auf den Brief aus Ramsele mit einer Nachricht über Isidor Barsk.

Wenn wir doch mehrere wären!, dachte Länsman Viberg.

Der Sprengel war groß, und sie waren nur zu zweit.

Die Fahrten, die sie jetzt unternahmen, geschahen aus zweierlei Gründen: Erstens wollten sie Ingvar Augustsson finden, und zweitens die übrigen Knechte, deren Vorname vielleicht ein Indiz dafür war, dass sie in Gefahr schwebten.

Sie waren in Faresta gewesen und hatten Augustssons Elternhaus aufgesucht, aber dort war er nicht. Dort gab es stattdessen acht Geschwister, alle jünger als er, und die Jungen mit demselben blonden Haar wie Augustsson, einen Vater mit krummem Rücken und hängenden Armen und eine abgearbeitete Mutter, die einmal schön gewesen war. Aber diese Frau hat ihre Schönheit nach den Geburten nicht bewahren können wie Antonetta Brolin, dachte Olof Viberg.

Sie hatten auch alle Knechte, deren Vornamen mit I und R anfingen, befragt, einen Ivar, einen Ragnar, doch keiner von ihnen hatte die beiden ermordeten Brüder gekannt.

Nein, es war nichts bei ihrer Suche herausgekommen.

Viberg bereitete sich auf seine Fahrt nach Anundsjö vor.

Vielleicht gab es dort Antworten auf die Fragen – auch wenn der Gesuchte nicht Ingvar Augustsson war.

Ingvar Augustsson kam just an dem Morgen, als sich Olof Viberg gerade auf den Weg nach Anundsjö machen wollte. Der Gig stand bereits vor der Tür, das Pferd war angeschirrt. Er wollte allein fahren. Lars sollte in Arnäs bleiben.

Da kam er.

Viberg erkannte ihn sofort. Er stapfte den Weg zum Länsmanshof herauf. Zwar hatte er keine Heugabel in der Hand, aber Viberg packte sofort die Angst. Er rief nach Didriksson und seinem Fuhrknecht, und als Ingvar Augustsson näher kam, standen alle drei bereit und erwarteten ihn.

Er blieb vor dem Länsman, dessen Gehilfen und dem Fuhrknecht stehen. Er fuhr sich mit der Hand über das blonde Haar. Lang war er und schlaksig, und man konnte an seinen Augen ablesen, dass ihn etwas quälte.

Er machte noch ein paar Schritte vorwärts und streckte die Hände aus. Viberg trat automatisch einen Schritt zurück.

»Jetzt könnt ihr mich festnehmen, ich war das, ich hab aus dem Jöns Persson seinem Wagenschuppen geklaut.«

Viberg begriff nichts, er ging noch ein paar Schritte rückwärts, stellte sich auf die Zehenspitzen und sah fragend seinen Gehilfen an.

»Er hat geklaut«, sagte Lars. »Er hat irgendwas aus einem Wagenschuppen gestohlen, der Jöns Persson gehört.«

»Es war 'ne Axt und 'ne Säge«, sagte Ingvar Augustsson.

26

Nun wusste er, wo sich der Rothaarige aufhielt und dass er allein war. Er hatte sich gedulden müssen, aber bald war es so weit. Bald würde er kommen. Nicht heimlich und leise. Nein, der Übeltäter sollte wissen, wer das Todesurteil über ihn gesprochen hatte. Bald war es so weit.

Dann war nur noch einer übrig, und er hatte sein Werk vollendet. Dann würde er seine Tochter besuchen und ihr berichten, was er vollbracht hatte. Und er sah sie vor seinem geistigen Auge, wie sie eine stille Freude ausstrahlte – und Genugtuung. Und dann durfte es alle Welt erfahren, denn er würde sie gerächt und gleichzeitig von aller Schuld befreit haben.

Er sah die sieben Engel am Tag des Jüngsten Gerichts vor sich, sah ihre kraftvollen Flügel, ihre blitzenden Schwerter und alle die Menschen, die wie Gras von der Sense niedergemäht werden. Eine Ernte aus Blut und Tod.

Was man sät, das erntet man, dachte er. Er selbst säte nicht, er erntete nur. Er mähte mit der scharfen Schneide seines rächenden Zorns – und nichts und niemand konnte ihm widerstehen.

Bald war es so weit und dann ...

Ja, er würde seinen Plan ausführen. Und dieses Mal würde er noch deutlichere Spuren hinterlassen, damit seine Häscher verständen, warum er so handeln musste. Aber sie würden ihn nicht finden, ehe er sein Werk vollbracht hatte. Dann würde er mit ihr sprechen, und danach würde nichts mehr von Bedeutung sein.

Worte waren damals bedeutungslos geworden. Dieses Schweigen. Er erinnerte sich an ihr Verstummen. An beider Schweigen – seins und ihres. Ein Schweigen, das er ihr auferlegt hatte. Nicht ein Wort durfte verraten werden. Denn wenn die Zeit gekommen war, würden nicht Worte, sondern Taten zählen. Was hätte er gewonnen, hätte er damals geredet? Nichts. Also Schweigen. Trotz der erdrückenden Beweise.

Ungeduld ergriff ihn, der Drang, es hinter sich zu bringen und damit aus der Welt zu schaffen.

Der Rothaarige wiegte sich in Sicherheit, das sah er ihm an, so wie er die Straße entlang auf das große Bauernhaus am Fluss zuschritt. Allein. Er strahlte Zuversicht aus. Doch der Bursche sollte sich noch sicherer fühlen, und dann ...

Ich muss es tun, es gibt kein Zurück.

Warum ist mir diese Bürde auferlegt worden?, dachte er manchmal. Warum muss ich das tun? Aber diese Gedanken waren flüchtig.

Jetzt richtete er sich auf, atmete heftig und spürte, wie die Flügel aus seinem Rücken wuchsen, und er schwang sich in die Lüfte, die Sichel in der Hand – bereit zur Ernte. Sonst gab es niemanden. Nur ihn.

Er hatte sich zu den Ruderern gesellt und half mit, Menschen und Tiere über den Strom zu transportieren. Sie ruderten zu viert, und zwischen den Flussüberquerungen saßen sie in der Hütte, aßen und tranken oder ruhten sich eine Weile aus.

Er brauchte Geld, und wenn er am Fluss blieb, konnte er den Rothaarigen bequem im Auge behalten und auf eine günstige Gelegenheit warten. Das Haus war nicht weit vom Fähranleger entfernt. Vom gegenüberliegenden Ufer konnte er es und die großen Wiesen sehen, die Heureuter, die abgeräumt wurden. Viele Männer waren bei der Arbeit, und er zählte fünf Pferde. Jeden Tag verschwanden mehr Heureuter, einer nach dem anderen, und nur die Gerüste blieben stehen, wie Denkmäler. Er übernachtete auch auf der Nordseite, nicht nur dann, wenn er selbst ruderte, sondern auch, wenn er frei hatte. Seine Kameraden hatten das akzeptiert. Es sei halt so, sagten sie, dass ihnen Leute fehlten, zumindest noch ein paar Tage, bis alles Heu eingebracht war. Und deshalb hatte er seine Ruhe und konnte in der Hütte schlafen. Wenn sie dort saßen und sich ausruhten oder aßen, wurde er oft geweckt, aber das machte ihm nichts aus.

Manchmal ruderte er nachts über den Fluss und ging über die Wiesen zum Wohnhaus und versuchte, bis zur Unterkunft der Knechte zu gelangen. Denn er konnte ja nicht einfach ins Haus stürmen; er musste warten, bis der Rothaarige sich so sicher fühlte, dass er es wagte, sich frei zu bewegen. Abends am Fluss sah er Knechte mit Angelruten. Einen von ihnen beobachtete er mehrere Abende hintereinander mit einem Mädchen. Die beiden saßen am

Ufer und redeten, und der Knecht hatte seinen Arm um das junge Mädchen gelegt. Sie mochte kaum älter als fünfzehn sein. An drei Abenden spähte er sie aus. Und am vierten ging sie mit dem Knecht zum Fluss. Da wusste er, dass die beiden ein Versteck suchten. Kurz überlegte er, dem Paar zu folgen, tat es dann doch nicht, denn das Mädchen war ja freiwillig mitgegangen. Also war es, wie es sein sollte, und nicht wie damals, vor zwei Jahren ...

Seine Ungeduld wuchs: Nun musste es bald geschehen. Dann noch der vierte, und dann war alles vorbei und er konnte die schweren Flügel, die Flügel der Rache, die jedes Mal wieder aus seinem Körper wuchsen, ablegen. Nie wieder würde er sie brauchen. Vor lauter Ungeduld ging er nun näher an das Bauernhaus heran, auch wenn er damit riskierte, entdeckt zu werden. Doch seine rastlose Ungeduld trieb ihn dazu.

Und er ruderte. Mindestens eine Fahrt pro Stunde zwölf Stunden lang, dann Ruhe und Überwachen, auch zwölf Stunden. Dauernd gab es Leute, die über den breiten Fluss zur Südseite wollten und vermutlich bis nach Nybystrand reisten oder noch weiter, dem Fluss folgend. Seine Arme wurden vom Rudern stärker. Er spürte, wie sich seine Brustmuskeln kräftigten, und manchmal ruderte er sogar länger als zwölf Stunden. Und er wartete – ungeduldig, rastlos. Es musste bald geschehen.

Dann, an einem Samstagabend, da gingen sie den Hügel herunter auf den Fähranleger zu, drei Knechte und drei Mägde. Er erkannte das Paar vom Ufer wieder – und ihn. Das rote Haar des Burschen leuchtete, und er schritt im Rhythmus selbstzufriedener Sicherheit aus.

Doch er, er spürte den gerechten Zorn in sich aufsteigen. So wie die Flut steigt, durchdrang der Zorn unaufhaltsam seinen ganzen Körper.

War jetzt endlich die Stunde gekommen?

Sie ruderten zu viert. Noch saß er auf seinem Platz, abwartend. Er hatte das Gefühl, als würden seine Ruder beben.

Die drei Paare stiegen lachend ein. Samstagabend. Sicher war irgendwo Tanz auf der anderen Seite des Flusses, vielleicht in Lo oder Dämsta.

Er hielt seine Ruder, sie bebten in seinen Händen, mit kurzen Schlägen berührten sie zitternd das Wasser, und er stieg ein, der mit den roten Haaren.

Ihre Blicke begegneten sich kurz, nur einen Lidschlag lang. Der Todgeweihte war ahnungslos. Er wandte sich dem Mädchen an seiner Seite zu. Sie war blutjung.

Wie auf ein verabredetes Zeichen wendeten die Ruderer das Boot und tauchten ihre Blätter ins Wasser.

Er spürte die Kraft in seinen Armen, so als wären sie Teil der Ruderblätter.

Auf der anderen Seite des Flusses hatte er eine Waffe versteckt.

Vielleicht war jetzt die Stunde nah, ganz nah.

Auf der Seite des Flusses, da war das Reich der Toten.

27

Sie waren ein ungleiches Paar, die beiden Gesetzeshüter Harald Morell und Olof Viberg.

Aber jetzt arbeiteten sie zusammen. Sie saßen um den großen Tisch im Dienstzimmer des Länsmanshofs von Anundsjö. Johan Anundsson war ebenfalls da. Die drei gingen alle Fakten durch: das bisher Geschehene und die Aufzeichnungen über die Ermittlungen. Johan las aus seinen Notizen vor. Er hatte einige Papiere vor sich liegen, in denen er manchmal blätterte.

Auf einem gesonderten Blatt hatte er ein paar Namen aufgeschrieben: Ragnvald Mattson, Isidor Barsk und Israel Brolin, die Namen möglicher Opfer.

Viberg hatte in seiner kleinen Handschrift »Ingvar Augustsson« dazugesetzt und dann durchgestrichen.

»Ein Dieb«, erklärte er. »Er dachte, wir wären hinter einem kleinen Dieb her. Deshalb hat er Angst bekommen. Aber nichts lässt darauf schließen, dass er sich vor einem rachsüchtigen Mordgesellen zu fürchten braucht oder dass er in irgendeiner Gefahr schwebt.«

Voller Reue und weinend hatte Ingvar Augustsson alles gestanden. Er wäre fast vor Olof Viberg auf die Knie gefallen und hätte ihn um Verzeihung gebeten, weil er ihn mit seiner Heugabel bedroht hatte. Davon, wie er selbst vor Angst bebend davongekrochen war, erzählte Viberg nichts.

»Der ist also gestrichen.«

»Und Brolin ist noch immer nicht zurückgekommen«, sagte Johan Anundsson.

Er berichtete von seinem Besuch dort. Von dem baufälligen Haus, von der Kinderschar und von Brolins Frau oder Liebchen.

»Ich bin ins Haus gegangen«, erzählte Johan. »Da gibt es nur ein Zimmer, und an den Wänden steht ein Bett neben dem anderen, dazu ein kleiner Herd, ein Tisch und ein paar Stühle. Und noch eine kleine Kammer gibt es.«

Und sie hatte überrascht ausgesehen, als er hereinkam. Das sei das erste Mal, hatte sie gesagt, dass ein *Buro* oder ein *Låcko* das Haus betrete.

»Buro, Låcko«, sagte Johan, »was soll das sein?«

Viberg schüttelte den Kopf.

»Mit diesem Verbrechen hat Brolin nichts zu tun, das glaube ich auf keinen Fall«, sagte Morell. »Daran, dass er nicht auffindbar ist, ist nichts Merkwürdiges, das kommt öfter vor.«

»Das hat sie auch gesagt, seine Frau«, sagte Johan.

»Aber er war an dem Tag in Arnäs«, sagte Viberg.

»Hier geht es um Rache«, sagte Morell.

»Aber was könnte diesem Mann angetan worden sein? Denn der Täter ist doch wohl ein Mann?«, fragte Viberg.

»Und so lange kann das ja auch nicht her sein, denn niemand kann die Erinnerung an ein erlittenes Unrecht ewig lange frisch halten«, sagte Anundsson.

Morell überlegte, ob dieses Unrecht wirklich erst kürzlich passiert sein musste.

Dann berichtete er von seiner Durchsicht der Protokolle aus dem Jahr 1845, und dass er sie sich deshalb vorgenommen habe, weil in dem Sommer zwei Knechte überstürzt die Gegend verlassen hatten und einer von ihnen – so viel sie wussten – in Arnäs mit einer Sense umgebracht worden war.

»Und die späteren Protokolle, die vom letzten Jahr?«, fragte Viberg.

Die habe er nicht gelesen, erklärte Morell, werde es aber tun. An den Verhandlungen im Frühjahr habe er nicht teilgenommen, und die vom Herbst lägen noch nicht so lange zurück, deshalb könne er sich noch gut an sie erinnern. Und etwas Besonderes falle ihm nicht an ihnen auf.

»Rache«, sagte er noch einmal. »Aber was oder wen rächen?«

Johan Anundsson stand auf. Er streckte seine langen Glieder, ging zum Fenster und schaute hinaus. Mit gerunzelter Stirn kam er zurück.

»Woran denkst du?«, fragte Morell.

Johan kratzte sich am Kopf.

»Ihr sprecht von Rache«, sagte er. »Es ließe sich doch denken, das muss doch nicht ... selbst erlittenes ... Unrecht sein ... es könnte doch auch ...« Er verstummte und zuckte mit den Achseln, ehe er fortfuhr: »Das kann doch jemand sein, der einem nahe steht, den man rächt.«

»Eine Ehefrau«, fiel Viberg sofort ein.

»Ein Kind«, sagte Morell. »Meinst du das?«

»Einen Bruder«, sagte Johan. »Man rächt einen Bruder.«

Er hatte keinen, nur zwei Schwestern.

»Oder eine Schwester«, ergänzte er.

»Gut überlegt«, sagte Morell. »Man rächt einen anderen. Einen Verwandten? Angenommen ...«

»Was denn?«, sagte Viberg.

»Angenommen«, sagte Morell, »wenn nun diese vier vielleicht jemanden getötet haben, bei einer Schlägerei oder vorsätzlich. Und wenn der Getötete einen Bruder hat ...«

»Oder eine Schwester«, sagte Johan.

»Nicht in diesem Fall«, sagte Viberg.

»Und sein Bruder«, fuhr Morell fort, »beschließt, sie alle umzubringen.«

»Aber was ist mit den Buchstaben?«, fragte Viberg.

»Ein Zeichen, entweder für ihn selbst oder um jemandem etwas mitzuteilen«, sagte Morell. »Uns? Das könnte auch mit dem Kreuz zu tun haben ...«

Er spürte eine bebende Unruhe in der Luft, ihm war, als könnten sie nun endlich eine Antwort finden.

»Was ist das Schlimmste, das einem Menschen passieren kann?«, fragte Morell.

»Dass jemand den eigenen Kindern Schaden zufügt«, sagte Viberg ohne Zögern.

Morell zuckte zusammen, so als hätte Viberg an eine empfindliche, schmerzhafte Stelle gerührt. Und das hatte er ja auch. Wie viele Kinder hat Viberg?, fragte sich Morell. Er wusste es nicht, aber ihm kam es so vor, als begegnete er jeden Tag Menschen mit vielen Kindern. Israel Brolin hatte viele, und Sven Svensson hatte neun gehabt. Seine eigenen toten Kinder kamen ihm für einen Moment wieder in den Sinn, und er schüttelte den Kopf, als wollte er den Gedanken verscheuchen.

»Ja, wenn das eigene Kind getötet wird«, sagte er. »Das ist das Schlimmste.«

»Man braucht es nicht zu töten«, sagte Viberg.

»Man kann ihm Gewalt antun«, sagte Johan.

»Ein Mädchen«, sagte Morell. »Eine Schwester. Ein Bruder.«

So hätte es sein können. Einem Kind war Schaden zugefügt worden oder es war getötet worden. Ein Mädchen war vergewaltigt worden! Aber in den Protokollen von 1845 hatte nichts von einer Vergewaltigung gestanden. Und er konnte sich nicht erinnern, dass ein solches Delikt in den letzten vier Jahren verhandelt worden war. In seinem ersten Jahr, da hatte es einen solchen Fall gegeben, ein Junge war angeklagt gewesen, ein Mädchen vergewaltigt zu haben, in Sörflärke war das wohl passiert – aber er war freigesprochen worden. Die Beweise hatten nicht gereicht.

Aber nicht jede Vergewaltigung wurde vor Gericht verhandelt.

»Vergewaltigung«, sagte Viberg, als wäre er Morells Gedankengang gefolgt.

»Ein Bruder, der sich rächt«, sagte Johan.

»Ein Ehemann, ein Vater«, sagte Morell.

Und plötzlich kam ihm ein Gedanke. Oder eine Erinnerung? Etwas, das er gehört hatte? Wozu kann eine Vergewaltigung führen?, überlegte er. Genau, zu einem Kind. Ein Kind kann entstehen. Es kann tot geboren werden, aber es kann genauso gut leben. Und manch einer bekommt viele, andere bringen ihre Kinder um, aber eine Vergewaltigung, aus der ein Kind entsteht, kann zu einem Verbrechen führen.

»Ein Ehemann, ein Vater«, wiederholte er. »Ein Vater, ein Vater. Ein Mädchen wird schwanger …«

»Was willst du damit sagen?«, fragte Viberg.

»Warte«, sagte der Länsman, »ich bin gleich wieder da.«

Sie standen alle drei um den Tisch, und Länsman Morell blätterte in einem dicken Stoß Akten. Es waren Abschriften der Frühjahrsverhandlungen aus dem Jahr 1846. Er hatte nicht gesagt, warum er ausgerechnet diese Protokolle geholt hatte.

Die Handschrift war weit auseinander gezogen, und in jeder Reihe standen nur wenige Wörter, als wäre derjenige, der sie geschrieben hatte, pro Seite bezahlt worden und hätte deshalb so geschrieben. Länsman Morell blätterte darin und las.

»Wonach suchen wir?«, fragte Länsman Viberg.

Morell antwortete nicht. Mit entschlossenem Gesichtsausdruck folgte er dem Text mit dem Zeigefinger. Zwischendurch bewegten sich seine Lippen, und hin und wieder las er ein Wort laut. Wenn er ein Blatt gelesen hatte, reichte er es Johan.

»Es scheint vor allem um Diebstähle zu gehen«, sagte er und las konzentriert weiter. Er hielt ein Blatt dicht vor sein Gesicht. Dann nahm er noch eins und holte tief Luft.

»Hier haben wir etwas«, sagte er.

Sie hieß Margareta Jonsdotter und kam aus Myckelgensjö. Im April 1846 wurde sie der Kindstötung angeklagt. Eine Nachbarin bezeugte, gesehen zu haben, Margareta Jonsdotter sei gegen Ende des Winters immer fülliger geworden. Als man Margareta Jonsdotter dazu befragte, hatte sie nur gesagt, wegen der Kälte habe sie sich in der letzten Zeit doppelt dick angezogen, manchmal dreifach dick. Das sei der Grund gewesen, warum sie, wie die Nachbarin fand, fülliger geworden sei. Die Nachbarin hatte diesen Worten jedoch nicht geglaubt, sondern Margareta, sobald sich eine Gelegenheit bot, weiterhin beobachtet. Diese waren allerdings selten, weil Margareta, ihr Vater und die jüngere Schwester immer für sich blieben. Am 21. April habe sie, als sie nahe am Hof vorbeiging, Margareta am Brunnen gesehen. Dort habe sie mit einer langen Stange versucht, ein Loch ins Eis zu hacken, das sich auf der Wasseroberfläche gebildet hatte. Da sei ihr aufgefallen, dass diese Fülligkeit, die sie zuvor meinte festgestellt zu haben, ganz verschwunden war. Die Nachbarin hatte darauf Kontakt mit der Hebamme aufgenommen, denn ihr war klar geworden, dass Margareta Jonsdotter, trotz ihres Leugnens, ein Kind ausgetragen hatte.

Ein umherwandernder Bürstenverkäufer war ebenfalls als Zeuge geladen worden. Er sei im Februar desselben Jahres am Haus der Familie vorbeigekommen und habe geklopft. Da niemand antwortete, habe er die Haustür geöffnet und in der Küche Margareta Jonsdotter allein am Herd vorgefunden. Er habe sofort gedacht, sie sei schwanger und sie auch darauf angesprochen. Er habe keine Antwort erhalten. Doch in diesem Moment sei der Vater gekommen, Jon Ambjörnsson, er sei in die Küche gestürzt und habe den Händler aus dem Haus gejagt, wobei er ihn angeschrien habe, sie brauchten nichts.

Die Hebamme war am Morgen des 22. April auf den Hof gekommen und anfangs nicht eingelassen worden. Sie habe jedoch gedroht, wenn sie keinen Zutritt zum Haus erhalte, werde sie den Polizeiamtmann benachrichtigen. Darauf habe der Vater sie hereingelassen. Dann habe sie Margareta Jonsdotter gefragt, ob sie kürzlich ein Kind zur Welt gebracht habe, was das Mädchen beharrlich leugnete. Als die Hebamme daraufhin Margareta bat, ihre Kleider abzulegen, habe sie sich geweigert. Die Hebamme habe den Vater aufgefordert, das Zimmer zu verlassen, was er widerwillig getan habe. Auf dem Küchensofa habe ein jüngeres Mädchen gelegen, aber als die Hebamme festgestellt habe, dass das Mädchen krank war, habe sie es dort liegen lassen. Margareta Jonsdotter habe sich weiterhin geweigert, ihre Kleider auszuziehen, aber nach langem Zureden der Hebamme gestattet, ihre Brust zu untersuchen. Dabei habe sich herausgestellt, dass in der Brust Milch gewesen sei.

Der Vater, Jon Ambjörnsson, war ebenfalls als Zeuge einbestellt. Er leugnete, dass seine Tochter schwanger gewesen sei und ein Kind geboren habe. Sonst sagte er nichts. Desgleichen leugnete die Tochter, insgeheim ein Kind geboren zu haben. Das jüngere Mädchen wurde nicht als Zeugin vorgeladen, da es viel zu schwach war, um vor Gericht zu erscheinen.

Trotz ihres Leugnens und obwohl kein totes Kind gefunden wurde, war Margareta Jonsdotter am 14. Mai 1846 wegen vorsätzlicher Kindstötung zu lebenslanger Strafarbeit verurteilt worden.

»Und was hat das mit unserem Mord zu tun?«, fragte Viberg.

Länsman Morell hatte wieder Platz genommen. Lange saß er am Tisch, schwieg und hielt dabei das Protokoll in der Hand. Er hatte ja nur eine Ahnung gehabt, und vielleicht täuschte er sich.

Das war jetzt mehr als ein Jahr her. Nach ungefähr neun Monaten, da hatten Isak Andersson Lundström und Isidor Barsk die Gegend verlassen. Und Nils Andersson Wikström sich einen neuen Bauern gesucht ...

Morell hatte mit jenem Prozess nichts zu tun gehabt, nur davon gehört; Länsman Hedäus aus Sidensjö hatte die Anklage vertreten. Im Frühling letzten Jahres hatte Morell vier Monate krank im Bett gelegen und nicht mehr gehofft, je wieder gesund zu werden. Aber im Sommer hatte er – zwar noch geschwächt – seine so lange zwangsweise vernachlässigte Arbeit wieder aufnehmen können.

Während seiner fünf Amtsjahre hatte Morell drei Prozesse verfolgt, in denen Frauen wegen Kindstötung angeklagt gewesen waren. Sie waren alle einfacher gewesen. Die jungen Frauen hatten gestanden, und die Leichen der Kinder waren gefunden worden, einmal in einem Abtritt; im Wald vergraben bei einem zweiten Fall und bei einem dritten war im Keller eine verweste Leiche gefunden worden. Eines der Mädchen war zum Tode verurteilt worden, während in den beiden anderen Fällen das Gericht mildernde Umstände anerkannt und die Angeklagten nur zu

Körperstrafen und Strafarbeit verurteilt hatte. Auch Margareta Jonsdotter war nicht zum Tode verurteilt worden. Morell vermutete, weil das Kind nicht gefunden worden war und weil sie die Tat bestritten hatte.

Das vermutete Verbrechen war im Frühling 1846 begangen worden, weniger als ein Jahr, nachdem ein paar Knechte eiligst den Ort verlassen hatten.

Und war Rache nicht ein Gefühl, das lange schwelen konnte? Morell hatte nichts als eine vage Ahnung. Doch seine beiden Mitarbeiter, Länsman Viberg und sein Gehilfe, wollten eine Antwort darauf haben, warum dieses Gerichtsprotokoll mit ihrem Fall zu tun haben könnte.

Morell stand auf.

»Angenommen«, sagte er, »dass sich ein Mann – und im vorliegenden Fall mehrere Männer – an einem Mädchen vergangen haben. Aus irgendeinem Grund erfahren wir nichts davon. Angenommen ferner, das Mädchen wird schwanger. Es verheimlicht seine Schwangerschaft und bringt sein Kind ebenso heimlich zur Welt. Vielleicht wird es tot geboren ...« Er zögerte einen Moment und fuhr dann fort: »Oder die junge Frau tötet ihr Kind ...«

»Und ihr Vater weiß davon. Er ist es, der ...«, fiel Viberg ein.

»Aber nach so langer Zeit?«, wandte Johan ein.

»Vielleicht hat sie einen Bruder?«, fragte Viberg.

Der Länsman schwenkte die Papiere. »Davon steht hier nichts.«

»Es gab doch noch ein Mädchen«, sagte Viberg.

»Das krank war«, ergänzte Johan.

»Nehmt Platz«, sagte Morell.

Er nahm die Papiere des Protokolls und breitete sie vor sich aus. Die Unterlagen mit den Anmerkungen zu Margareta Jonsdotter legte er separat auf den Tisch.

»Ich fahre nach Härnösand. Vielleicht wurde Margareta Jonsdotter ins Spinnhaus nach Stockholm verlegt, aber sie könnte noch in Härnösand ihre Strafe verbüßen. Ich muss dahin fahren. Und ihr fahrt nach Myckelgensjö. Nehmt Landgendarm Persson mit. Wir müssen mit Jon Ambjörnsson, dem Vater, sprechen – der in der Gerichtsverhandlung nichts aussagen wollte. Und mit seiner kranken Tochter.«

Viberg schien Zweifel an Morells Argumenten zu hegen.

»Das tun wir morgen früh, als Allerer stes«, sagte Morell bekräftigend.

Es wurde an die Tür geklopft.

»Herein!«, rief der Länsman.

Anna, das jüngere Dienstmädchen, trat ins Zimmer, knickste und sagte: »Da ist jemand, der den Herrn Harald sucht.«

»So spät?«, entgegnete der Länsman. »Wer ist es?«

»Er heißt Ragnvald Matsson und ist aus Skalmsjö.«

Länsman Morell sah seine Mitstreiter an. Johan Anundsson blinzelte mit seinen wässerigen Augen.

»Wer ist das?«, fragte Länsman Viberg.

28

Noch immer schmerzte Brolin der Kopf. Vielleicht, dachte er manchmal, vielleicht werde ich nie wieder ein richtiger Mensch. Die Schmerzen quälten ihn nicht mehr so oft, aber sie traten unvermutet auf, nicht selten früh am Morgen.

Trotzdem fühlte er sich besser. Anfangs hatte er fast ständig geschlafen und war sich kaum bewusst gewesen, wie knapp er dem Tode entronnen war. Dem Wirt in Nordmaling war er sehr dankbar, denn der Mann hatte sich um ihn gekümmert und ihm ein eigenes Zimmer überlassen. Dort lag er nun schon seit Wochen und wurde langsam wieder gesund. Anfangs hatte er fantasiert, als seien böse Geister in seinen Kopf eingedrungen, die schrieen und ihn quälten, hatte der Wirt berichtet. Zwanzig Tage hatte er fest gelegen und war jeweils nur für kurze Zeit wach gewesen, wenn eine Magd kam und ihm etwas zu essen und zu trinken brachte. Am Morgen des einundzwanzigsten Tages war er zum ersten Mal wieder richtig aufgestanden, da hatte der Kopfschmerz endlich nachgelassen gehabt. Auf wackeligen Beinen hatte er im Zimmer gestanden und war dann hinunter in die Wirtsstube gegangen.

Der Wirt hinter seiner Theke hatte ihn angelächelt.

»Da ist man also wieder auf den Beinen?«, sagte er.

»Wie viel bin ich schuldig?«, fragte Brolin.

Er war betreut worden. Jemand hatte für ihn gesorgt, obwohl er ein Tattar und ein Henkersknecht war. Er fragte sich, warum. Eine solche Fürsorge hatte er noch nie erlebt, und jetzt war es an der Zeit, dass er sich dafür erkenntlich zeigte.

»Es ist wohl eine ganze Menge«, sagte Brolin.

Der Wirt kratzte sich am Bart, gähnte und rülpste.

»Das wird sich schon finden«, sagte er schließlich.

Doch Brolin hatte sich nur noch einen Tag länger Ruhe gegönnt, dann war er hinaus durch die Gemeinde gezogen, das zu tun, was sein Metier war, um Geld herbeizuschaffen und den freundlichen Gastwirt zu bezahlen. Er tat, was er konnte, nämlich Pferde beschneiden. Er hielt die Hoden eine Weile in der offenen Hand und sprach seinen Spruch, dann ließ er sie in die dafür vorbereitete Grube fallen. Auf dem Zaunpfahl lag die Bezahlung. Er schlachtete alte Pferde, und er schlachtete junge Pferde, die nicht den Erwartungen ihrer Besitzer entsprachen, die sich als Krippenbeißer erwiesen oder als zu schreckhaft für die Deichsel. Er ging durch die Gemeinde und bot seine Dienste an, und die Leute empfingen ihn. Nicht so, dass sie ihn ins Haus ließen. Schließlich war er der Abdecker, der sich nicht im selben Raum wie ehrbare Männer aufhalten durfte. Aber der Gastwirt hatte es ihm gestattet. Er hatte ihm ein eigenes Zimmer gegeben, hatte ihn versorgt. Er war gepflegt worden. Man hatte ihm Fürsorge angedeihen lassen. Dieses Wort ließ er sich auf der Zunge zergehen: Fürsorge.

Seine Börse füllte sich; das Geld lag auf dem Zaunpfahl oder neben dem Zaun auf der Erde; und er stopfte es in seine Tasche. Er dachte, so sollte er es vielleicht überhaupt machen, sich über größere Entfernungen bewegen, andere Gemeinden aufsuchen, denn Arbeit genug gab es für ihn, für einen Mann, der Pferde beschnitt und Pferde schlachtete. Nach ein paar Wochen hatte sich seine Geldbörse so gefüllt, dass er zum Wirtshaus zurückkehren und das, was er schuldig war, bezahlen konnte. Und trotzdem blieb noch etwas übrig für sie und die Kinder, wenn er nach Hause kam.

Es war Abend und das Wirtshaus voller grölender, trinkender Männer. Brolin setzte sich in eine Ecke und winkte ihn zu sich, den Wirt selbst, nicht eine der Mägde. Er bestellte ein Bier, und als der Wirt damit zurückkam, fragte er ihn, wie viel er ihm schuldig sei.

Nachdem sich der Wirt lange den Bart gezaust hatte, nannte er ihm schließlich eine Summe. Brolin legte ein Extratrinkgeld obenauf und hatte trotzdem noch Geld übrig.

»Ich möchte fragen«, sagte er, »warum ich nach dem Unglück versorgt worden bin. Das bin ich nicht gewöhnt.«

Der Wirt zerrte an seinem Bart, beugte sich vor und flüsterte Brolin zu: »Das Unglück«, sagte er, »das war kein Unglück ...«

Er beugte sich weiter vor. »Ich bin keiner von den Bauern, ich gehör eigentlich zu euch.«

Dann zwinkerte er Brolin zu und kehrte hinter seine Theke zurück.

Brolin leerte seinen Krug und bat, dass man ihm nachschenke. Deshalb also. Ich hätte es wissen müssen, dachte er.

Schon fast zwei Monate war er jetzt hier. Er erinnerte sich an jenen Abend, da war es im Wirtshaus genauso voll gewesen. Und er erinnerte sich an den Mann, der sich ihm gegenüber gesetzt hatte, das war derselbe, den er in Arnäs mit einer Sense gesehen hatte.

Und als der Mann vom Abtritt zurückgekommen war, hatte Brolin ihm gesagt, dass er ihn in Arnäs gesehen habe. Das war alles, was er gesagt hatte. Sonst nichts. Dann hatten sie weiter getrunken, einen Krug nach dem anderen. Spät am Abend war er zum Pinkeln um die Ecke getaumelt. Und dann konnte er sich an nichts mehr erinnern.

Der Gastwirt hatte ihm erzählt, dass er – Brolin – niedergeschlagen worden sei. Seine Geldbörse hatte nicht gefehlt, deshalb hatten weder Brolin noch der Wirt verstanden, warum ihm jemand auf den Kopf geschlagen hatte. Dieser jemand musste jener Mann gewesen sein, mit dem er getrunken hatte. Vielleicht wollte er mich umbringen?, dachte Brolin. Wenn es so war, hat der Mann Pech gehabt und ich Glück. Aber warum sollte er ...

Er leerte seinen dritten Krug, dann brach er auf, in Richtung Yttersel, nach Hause.

Auf seinem langen Marsch von Nordmaling zu seiner Familie schmerzte Brolin der Kopf nur noch manchmal. Als er die Hügel von Arnäs hinunterwanderte, wuchs seine Sehnsucht, nach Hause zurückzukehren. Meine Antonetta, dachte er, bald bin ich da.

Trotzdem nahm er sich noch die Zeit, auf ein Bier im Wirtshaus einzukehren. Dort saß er zufällig mit einem Mann zusammen, der ihm alle möglichen Neuigkeiten erzählte.

»Wir haben einen Mörder unter uns«, sagte der Mann.

Sein Bart war strähnig, und sein Haar hing lang herab und wenn er sprach, klang es, als hätte er den Mund voller Kieselsteine.

Brolin fragte sich, ob er richtig gehört habe.

»Einen Mörder?«, wiederholte er.

»Ja, einen hat er ertränkt, und einen anderen hat er mit einer Sense umgebracht.«

»Mit einer Sense?«, echote Brolin.

Hatte er richtig gehört? Es klang, als mahlte der Mann beim Sprechen wirklich Kieselsteine.

»Ja, hier in Arnäs«, sagte der Mann, hob seinen Krug und stieß mit Brolin an.

Sie tranken schweigend. Schaum setzte sich im Bart des Mannes ab, er wischte ihn mit der Hand weg und dann sagte er noch einmal, genauso nuschelnd: »Eine Sense.«

Brolin leerte seinen Krug und stand auf. Er hob zum Abschied die Hand und drängte sich durch die lärmende Menge. Er ging nach draußen, auf den Hof. Inzwischen war es dunkel geworden, schließlich war schon August. Er hatte einen großen Teil des Sommers in Nordmaling verbracht. Nun endlich kam er nach Hause. Sein Kopf begann wieder zu pochen. Es war, als würden ihm nun seine Gedanken Schmerzen bereiten. Ein Mann mit einer Sense im Sprengel Arnäs. Der Schlag auf seinen Kopf.

War er dem Mörder begegnet? War er deshalb niedergeschlagen worden? Und wenn das stimmt, dachte er, während ihm der kalte Schweiß über die Stirn lief, dann hätte ich dort bei dem Stall des Wirtshauses in Nordmaling wohl sterben sollen?

Und der Selbstmörder im Sprengel Anundsjö? Der diese dünne blaue Markierung am Handgelenk gehabt hatte? Einer sei ertränkt worden, hatte der Mann gesagt. Aber wo war das geschehen?

Ich muss wohl doch dem Länsman von Anundsjö einen Besuch abstatten, dachte Brolin. Er kannte ihn ja.

Doch, ich muss da hin, dachte er, aber erst muss ich nach Hause, zu Antonetta.

Als er auf die Lichtung trat, lag sein Haus im Dunkeln, aber in einem Fenster konnte er ein schwaches Licht erahnen. Seine Kopfschmerzen waren jetzt verschwunden, er hatte alle Gedanken verdrängt, bis auf einen: den an das bevorstehende Wiedersehen mit ihr.

Es war spät, aber sie war wach, sie saß am Tisch. In der Stube waren die Atemgeräusche der schlafenden Kinder zu hören. Als er in die Stube trat, stand Antonetta auf und ging ihm entgegen. Sie sagte nichts, aber sie berührte zärtlich seinen Bart und sah ihm in die Augen und blinzelte, als könnte sie ihn im Halbdunkel nicht richtig erkennen. Er keuchte vor Sehnsucht nach ihr.

Schließlich sprach sie doch.

»Du bist wieder da«, flüsterte sie. »Ich hatte solche Sehnsucht. Deine Gaja hat gewartet und ist bereit.«

Sie hob ihr Kleid über den Kopf, und er zitterte, als er

ihren Körper spürte, der sich gegen seinen presste. Sie nahm seine Hand und führte ihn aus dem Haus. Leise folgte er ihr. Auf einem Gestell hinter dem Haus hing ein Flickenteppich. Sie riss ihn herunter und breitete ihn auf der Erde aus, und dann zog sie ihm sein Hemd über den Kopf und öffnete seinen Gürtel. Sie zog ihn nackt aus und führte seine Hand zu ihrem Schoß.

»Du warst doch wohl nirgendwo sonst«, flüsterte sie, »deine Gaja hat gewartet, mein Süßer, meine Freude.«

Verwirrt schüttelte er den Kopf, dann zog sie ihn zu sich und führte ihn in sich ein.

»Meine Gaja«, flüsterte er, »wie hab ich mich nach dir gesehnt.«

Sie nahm ihn auf, sie hatte sich weit geöffnet, sie flüsterte, sie liebkoste ihn, bis er aufschrie, ein kurzer erstickter Schrei.

»Ja, mein Israel, du hast gewartet«, flüsterte sie.

Er beugte sich über sie, und sie umfasste sein Geschlecht und streichelte es schnell wieder stark. Jetzt wartete sie, jetzt drang er in sie ein und sie hielt ihn, sie flüsterte ihm Zärtlichkeiten ins Ohr. Und er war wieder seiner Gaja nahe und alles andere, alle seine Gedanken an Sensen und die Obrigkeit, waren vergessen und er spürte, dass er hierher gehörte, zu ihr.

29

Beilchen war durch den Wald gelaufen. Noch war Nacht, und er war gerannt, um weit, weit wegzukommen. Er wollte zurück nach Nordanskula, nach Anundsjö. Das war eine große Entfernung, und er ging nicht immer auf der Straße. Als fürchtete er, jemand könnte ihm auflauern. Er stolperte quer durchs Unterholz, er folgte Wasserläufen, manchmal lief er auf der Straße, lief in den tief ausgefahrenen Furchen. Zwischendurch blieb er keuchend stehen, um wieder zu Atem zu kommen, um zu lauschen, ob ihn jemand verfolgte.

Geschlafen hatte er nicht, sondern mit klopfendem Herzen darauf gewartet, dass Gullik einschlief. Als es endlich so weit war, konnte er schon den Morgen ahnen. Da war er leise unter dem Boot hervorgekrochen und hatte sich auf den Heimweg gemacht.

Er hatte gespürt, ja er hatte es Gullik angesehen, dass er selbst nun in Gefahr schwebte. Dort, in Hädanberg, war an jenem Tag am See etwas geschehen. Er hatte es Gullik angesehen, als der ihm an die Gurgel gegangen war, da hatte er gespürt, dass Gullik kurz vor dem Zusammenbruch war.

Etwas war geschehen. Doch nie hätte er gedacht, dass etwas Verbotenes geschehen sein könnte. Deshalb hatte er sich ja so freimütig geäußert. Aber da war etwas gewesen, womit sicher auch der Tod der Brüder zu tun hatte. Und deshalb war Gullik so vorsichtig, deshalb war er durch den Wald gegangen, er wollte sich vor jemandem verstecken. Diese Erkenntnis hatte Beilchen wie ein Keulenschlag getroffen. Seither war er auf der Hut und zur Flucht bereit gewesen.

Und das hatte er nun getan, er war die vielen Kilometer nach Anundsjö durch den Wald gelaufen. Nur manchmal war er stehen geblieben, um Luft zu schöpfen.

Aber er war nicht zum Polizeiamtmann gegangen. Und nicht zum Bauern in Skalmsjö. Sondern heim, nach Ödsbyn zu seiner Mutter, die ganz allein lebte. Sie hatte ihm angesehen, dass etwas nicht stimmte, und nach einer Woche hatte er es ihr schließlich erzählt. Da hatte sie ihn gezwungen, nach Bredbyn zu Länsman Morell zu gehen.

Und wieder lief er, als wäre er auf der Flucht.

Und jetzt stand Ragnvald Matsson, genannt »Beilchen«, der faule Knecht aus Skalmsjö, vor dem Länsman.

Harald Morell fiel plötzlich ein, dass es Samstagabend war. Nicht einmal die Glocken hatte er läuten gehört, deshalb sah er auf die Uhr im Dienstzimmer und entdeckte, dass sie den größten Teil des Tages hier zusammen gesessen hatten. Helena war kurz heruntergekommen und hatte Länsman Viberg begrüßt und er hatte für die Einladung neulich gedankt, aber dann war sie in die obere Etage zurückgekehrt und allein geblieben. Greta hatte ihnen während der Besprechung zwei Mahlzeiten aufgetischt.

Und jetzt stand Ragnvald Matsson vor ihnen.

Auf ihn hatte Morell gewartet. Einen Lumpen und einen Faulpelz hatte sein Bauer ihn genannt. Er war klein und mager, und es dauerte, ehe er den Mund aufmachte. Er war kreidebleich und wischte sich unablässig mit seinem Taschentuch das Gesicht ab.

Er könnte gut und gerne ein Handtuch gebrauchen, dachte Morell. Denn der Schweiß lief förmlich an dem Knecht herunter.

Sie saßen in dem großen Dienstzimmer. Der Länsman hatte vier Stühle herangezogen, und so saßen mitten im Zimmer in einer Reihe Johan Anundsson, Olof Viberg und Harald Morell und ihnen gegenüber Ragnvald, der sich ständig das Gesicht abwischte.

»Na«, sagte Länsman Morell, »du weißt ja wohl, dass wir dich gesucht haben.«

Ragnvalds Hemd war schweißgetränkt, und er wischte sich ein letztes Mal mit dem Taschentuch übers Gesicht.

»Mich?«, sagte er. »Warum denn?«

Morell zuckte mit den Achseln. »Erzähl uns jetzt, warum du gekommen bist«, sagte er.

Und da schilderte Ragnvald Matsson, was im Juli vor zwei Jahren geschehen war. Sie seien zu fünft gewesen: er, Gullik Efraimsson, die Brüder Andersson und ein Vierter. Drei habe er gekannt, aber einer sei dabei gewesen, den er früher noch nie gesehen habe.

Sie seien in Hädanberg gewesen und hatten gesoffen; es war nach der Heuernte, also müsse es Ende Juli gewesen sein. Er selbst habe geschlafen und auch noch den nächsten Tag gebraucht, ehe er in der Lage gewesen sei, Richtung Heimat aufzubrechen. Da seien die anderen bereits weg gewesen. Und er wisse nicht, was sie gemacht hätten. Aber nun seien doch die beiden Brüder Andersson umgebracht worden, und er habe gedacht, da könne es einen Zusammenhang geben, weil diese vier und er sich damals getroffen hatten ...

»War es nur das?«, fragte Viberg.

In Ragnvalds Gesicht zuckte es, und dann hustete er, lange, als würde es ihm die Brust zerreißen. Es dauerte, ehe er wieder sprechen konnte. Als er endlich so weit war, wischte er sich mit dem Handrücken übers Gesicht.

»Ich bin dem Gullik begegnet«, sagte er. »Wir haben zusammen den Wald durchquert, bis zum Strom sind wir gegangen und nach Nybystrand. Mit dem stimmt was nicht. Er rastete völlig aus, als ich ihn nach diesem Tag damals ausfragte. Er ging mir an die Gurgel. Wir wollten unter einem Boot schlafen, aber ich bin weggelaufen. Nachdem er mich angegriffen hat, hab ich gedacht, ich will nichts wie weg. Aber ich fand, ich müsste mit dem Länsman reden. Und hier bin ich. Obwohl, zuerst war ich noch zu Hause.«

»Und dieser Gullik«, sagte der Länsman, »wo ist der?«

»Er wollte sich eine Stelle als Knecht suchen. Dort am Fluss ist ein großer Hof. Ich glaub, da wollte er hin.«

»Und du?«, fragte Johan, »warum bist du aus Skalmsjö abgehauen?«

»Ich hatte genug vom Bauern«, sagte Ragnvald.

Lump, dachte Morell. Was war das hier? Ragnvald war

also einmal vor zwei Jahren mit den Brüdern Andersson zusammen gewesen, aber was hatte das mit den Morden zu tun? Der Bauer hatte sich sehr aufgeregt, als er hörte, Ragnvald Matsson werde gesucht. Sein Name stand trotz allem auf der Liste der möglichen Opfer.

»Er ist aus Risbäck«, sagte Ragnvald, »der Gullik.«

»Ja«, sagte Morell, »hab Dank, dass du gekommen bist. Aber dass das, was du erzählst, mit dem Ganzen zu tun haben soll, kann ich schwerlich glauben.«

»Dieser Vierte«, fragte Viberg, »den du nicht gekannt hast, wie heißt der?«

Ragnvald benutzte jetzt sein Hemd, um sich abzutrocknen.

»Ich kenn ihn nicht, und ich weiß nicht, wie er heißt, aber die anderen haben ihn Isterbock genannt.« Er lachte auf. »Und fett war er wie nur einer.«

Morell zuckte zusammen. »Isterbock?«, wiederholte er.

Ein Bild tauchte vor seinem geistigen Auge auf. Fett wie nur einer. Anselm Mårtenssons Knecht. Aber da war noch etwas ...

»Kennst du den Knecht von Anselm Mårtensson?«

Ragnvald streckte den Kopf vor, wie um besser hören zu können.

»Anselm Mårtensson?«

»Ja, hier aus Bredbyn«, sagte Länsman Morell.

»Ich bin aus Ödsbyn und war Knecht in Skalmsjö«, sagte Ragnvald und schüttelte den Kopf.

»Der, den du Isterbock nennst, heißt nicht zufällig Isidor Barsk oder Israel Brolin?«, fragte Länsman Morell.

Ragnvald schüttelte den Kopf.

»Weiß ich nicht. Ich hab immer nur Isterbock gehört.«

»Gullik Efraimsson«, sagte Länsman Viberg, »also der kommt aus Risbäck?«

»Ja, aber er war Schmiedelehrling in Örnsköldsvik«, sagte Ragnvald.

Das ist der Name, dachte Morell. Er hatte sich nur auf Vornamen mit den Anfangsbuchstaben I oder R konzentriert. Das war Helenas Idee gewesen, und der war er gefolgt. Als wäre er von diesen Namen so besessen gewesen, dass er andere Möglichkeiten nicht mehr in Betracht gezogen hatte. Plötzlich kam ihm der Gedanke, dass ihrem Vorschlag zu folgen, für ihn vielleicht eine Möglichkeit gewesen war, ihr näher zu kommen. Aber der sich jetzt in Nybystrand aufhielt, hieß Gullik. Gullik Efraimsson. Und der andere Mann wurde Isterbock genannt ...

»Wie alt ist dieser Gullik?«, fragte er.

»Zwanzig, vielleicht fünfundzwanzig«, antwortete Ragnvald.

»Und du hast dich vor ihm gefürchtet?«

Ragnvald nickte. »Er ist wirklich stark, er ist Schmied. Und rothaarig. Hat ganz rote Haare.«

»Rothaarig?«, wiederholte Johan.

»Er wird auch Rotfuchs genannt«, sagte Ragnvald.

30

Sie waren zu sechst, drei Knechte und drei Mägde, und der Rothaarige war einer von ihnen. Seine Tochter hatte nicht alle Namen gekannt. Nur die der zwei Brüder, aber die der beiden anderen Burschen? Von denen hatte er nur die Spitznamen erfahren; trotzdem hatte er sie gefunden. Und den hier konnte man leicht wieder erkennen. Den Rotfuchs.

Als sie das Ufer erreichten und die anderen drei Ruderer zur Hütte gingen, um sich eine Weile auszuruhen, verdrückte er sich. Er sagte seinen Kameraden nichts, aber seine Zeit als Ruderer über den Ångermanstrom hatte nun vielleicht ein Ende. Hinter dem Schuppen lag die Waffe, die er brauchte. Er befestigte sie am Gürtel und deckte seinen langen Mantel darüber. Er folgte den drei Pärchen. In gehörigem Abstand, wie üblich und so unsichtbar wie möglich. Er war nichts weiter als ein Mann unter vielen, der sich ebenfalls auf dem Tanzboden vergnügen wollte. Den jungen Leuten konnte man die frohe Erwartung anmerken. Doch, sie wollten alle zum Tanzboden, und dorthin würde der Rothaarige wohl auch gehen.

Er erinnerte sich, dass er im Neuen Testament von den beiden Ernteengeln gelesen hatte: von der fröhlichen Getreideernte und der schrecklichen Weinlese. Von dem Engel, der mit seiner Sense über die Erde schreitet, bis die Ernte eingebracht ist. Und von dem anderen Engel, der mit seiner scharfen Sichel über die Weinberge zieht und die Trauben schneidet und in die große Kelter des Zorns Gottes wirft. Und aus der Weinkelter läuft das Blut und steigt empor bis zum Zaumzeug der Pferde.

Die Zeit der Ernte war nun gekommen, seiner Ernte. Jetzt war er bereit, jetzt spürte er die Kraft in Schultern und Armen. Vor ihm gingen sie nebeneinander, über die gesamte Breite des Wegs. Sie hatten den Mädchen die Arme um die Taillen gelegt; und sein rotes Haar leuchtete wie ein Leitstern.

Die Straße lief neben dem Fluss her; und aus den Häusern schlossen sich immer mehr Menschen an; junge Männer und Frauen, Knechte und Mägde, sodass alle bald eine lange Kette bildeten, unterwegs zum Tanzboden. Er war älter, er gehörte nicht zu diesen jungen Menschen. Und er bewegte sich nicht wie sie. Er hüpfte und sprang nicht wie sie, voller Lebenslust und froher Erwartung. Und unter allen diesen Menschen, die irgendwohin zum Tanz unterwegs waren, wurde er noch unsichtbarer.

Und vor ihm leuchtete das rote Haar.

Länsman Morell traf eine schnelle Entscheidung.

Er würde durch den Wald nach Nybystrand reiten. Das würde ihn ziemlich viel Zeit kosten, aber er hatte das Gefühl, mit diesem jungen Mann sprechen zu müssen, der einmal mit den beiden Brüdern getrunken hatte und der unter dem Namen Rotfuchs bekannt war.

Viberg sollte der anderen Spur folgen. Er sollte sich eilends Unterstützung beschaffen, vielleicht den Landgendarm aufsuchen und sich dann auf den Weg nach Myckelgensjö machen, zu Jon Ambjörnsson.

Und Johan erhielt den Auftrag, noch einmal den Bauern Lars Jönsson in Kubbe aufzusuchen, der einen Knecht namens Isidor Barsk gehabt hatte, um zu fragen, ob dieser Knecht möglicherweise auf den Namen Isterbock gehört hatte. Außerdem sollte er Anselm Mårtensson und seinen fetten Knecht aufsuchen.

Ragnvald Matsson hatten sie wieder nach Hause geschickt, nachdem sie ihm für sein Kommen gedankt hatten. Morell hatte alle Papiere zusammengepackt und wieder in dem Schrank eingeschlossen.

Es war Samstagabend. Bald würden die Glocken den Sonntag einläuten.

Und nun standen sie alle drei mitten im Raum. Morells Entschlossenheit hatte sich auf seine beiden Mitstreiter übertragen.

»Ihr nehmt die Wagen«, sagte er. »Seht zu, dass die Fuhrknechte bereit sind. Ich werde reiten. Hoffentlich sehen wir uns morgen hier.«

Er eilte auf den Hof. Dort standen die Chaise und der Gig, doch die Pferde waren noch im Stall. Einer der Knechte kümmerte sich um sie. Als der Länsman kam, riss er sich die Mütze vom Kopf.

»Heute Abend wird gefahren!«, rief Morell. »Sag den anderen, sie sollen anspannen. Ich nehme Abed-Nego.«

Morell ging in den Stall und führte seine Stute auf den Hof. Trotz ihres Geschlechts trug sie einen männlichen Namen, nach einem der Knechte Gottes, der unversehrt aus dem Feuer tritt, wie der Prophet Daniel im Alten Testament berichtet.

»Hat sie gefressen und auch Wasser bekommen?«, fragte Morell.

Der Knecht nickte.

»Halt sie!«, befahl Morell.

Er ging ins Haus zurück und die Treppe hinauf. Seine Frau saß am Fenster und schaute zur Kirche hinüber.

Er trat zu ihr und strich ihr übers Haar.

»Ich reite nach Sönnaskogs«, sagte er. »Morgen bin ich wieder da.«

Helena sah ihren Mann fragend an.

»Ich erkläre es dir dann«, sagte Harald.

»Sei vorsichtig«, sagte Helena. »Geht es um die Sache mit dem Zeichen?«

Harald nickte.

»Du hast wahrscheinlich Recht mit deiner Hypothese«, sagte er.

Er streichelte über ihre Arme und ging dann wieder auf den Hof.

Als er sein Pferd bestieg, hörte er die Kirchenglocken den Sonntag einläuten.

Vor den jungen Leuten lag der See. Bis dahin waren sie ziemlich lange unterwegs gewesen. Jetzt, am See, machten sie Halt. Dort stand die Tenne, nicht in der Nähe eines Hofs, sondern wie verloren in der Landschaft kam sie ihm vor, so direkt am See. Die Sonne schien vom anderen Ufer herüber. Auf der Treppe vor der Tenne standen Männer links und rechts in zwei Reihen. Die sechs, die mit dem Boot übergesetzt hatten, blieben nicht draußen, sondern gingen sofort hinein. Aber er, der ihnen gefolgt war, blieb vor der Tür und stellte sich in eine Reihe. Er rückte seine Sichel am Gürtel zurecht und hoffte, dass niemand sie sah.

Er hörte die Violine, er hörte das Stampfen im Takt, er hörte das Lachen der Tanzenden und ihr Johlen, aber er blieb draußen in einer der beiden Reihen stehen, die nur aus Männern bestand, wartenden Männern, die leise miteinander redeten und eine Flasche kreisen ließen.

Eine Hand berührte seine Schulter.

»Willstn Schluck?«

Ein Mann mit stark gerötetem Gesicht und stinkendem Bart hielt ihm die Flasche hin, aber er schüttelte den Kopf. Nein, er wollte nicht trinken.

Der Tanz wurde unterbrochen, und die Tänzerinnen und Tänzer schwärmten aus über die Wiese, Mädchen und Jungen, Männer und Frauen, und die Sonne schien vom anderen Ufer herüber.

Er sah das rote Haar, und er sah den Arm, der um der Taille des Mädchens lag.

Er löste sich aus der Reihe und schlenderte in die Nähe des Pärchens. Das Mädchen lachte, etwas grell, und der Rotfuchs lachte ebenfalls. Und er hörte die Stimme, und er hörte sein Bitten, ob sie nicht einen Ausflug in den Wald machen könnten. Und als er so nahe herangekommen war, dass er die Stimme hörte, da wuchs sein Zorn, er fuhr durch seinen Körper, hinauf bis in seine Schultern und Arme, dorthin, wo ihm Flügel gewachsen waren.

Harald Morell ritt schnell durch den Wald, er wollte so weit wie möglich kommen, ehe es dunkel wurde. Jetzt, im August, wurde es nicht jäh dunkel, nein, die Nacht kam langsam, fast verstohlen. Aber bis es so weit war, wollte er schon eine große Wegstrecke zurückgelegt haben. Als er die Straße erreicht hatte, trieb er Abed-Nego weiter an.

Und er überlegte, ob auch diese Reise keine Ergebnisse bringen würde. Isak, Nils, Rotfuchs, Isterbock. Waren das die gesuchten Namen mit den gleichen Anfangsbuchstaben, wie bei der lateinischen Inschrift am Kreuz Christi? Und die der Mörder auf eine Sense und unter ein Fenster geritzt hatte?

Die Bezeichnung Isterbock kam ihm vage bekannt vor. Er hatte sie schon einmal gehört, das war sicher. Aber handelte es sich um einen Namen, einen Spitznamen? Hörte etwas Anselm Mårtenssons Knecht, der mit dem wabbelnden Fett, auf diesen Namen? Doch der Bursche war nie besonders auffällig gewesen. Und falls er derjenige war, dann musste er doch wissen, dass zwei Brüder in den Sprengeln Anundsjö und Arnäs umgebracht worden waren.

Nein, es musste sich um jemand anderen handeln.

Und Isidor Barsk? Der so eilig geflohen war, erst nach Ytterlännäs und dann nach Ramsele?

Morell war jetzt unterwegs nach Ytterlännäs, nach Nybystrand.

Und an Margareta Jonsdotter musste er denken, die wegen Kindstötung verurteilt worden war, obwohl sie vielleicht unschuldig war ...

Inzwischen hatte es zu dämmern begonnen, aber er trabte auf der Straße schnell dahin.

In Gålsjö wechselt er das Pferd, damit sich Abed-Nego ausruhen konnte.

Da hatte er schon fast sein Ziel erreicht.

»Nimm sie mit in den Wald«, hatte er vor sich hin geflüstert. »Tu das, komm aus der Tenne. Trenn dich von den anderen dort. Nimm sie mit; mach mit ihr, was du schon einmal gemacht hast; und mein Zorn wird noch leichter töten können. Der Zorn des Racheengels, der die Trauben der Erde schneidet und sie in die große Kelter wirft, wo sie zu Blut werden ...«

Aber die beiden gingen nicht in den Wald, sie kehrten in die Tenne zurück, und er nahm wieder seinen Platz auf der Treppe davor ein, dieses Mal auf der anderen Seite.

Da stand er, voller innerer Anspannung. Daran war er gewöhnt, denn er hatte lange gewartet. Die Rache lebte seit jenem Tag in ihm, an dem er alles erfahren hatte, aber er hatte sie in sich eingeschlossen, unterdrückt. Wie ein Schmerz war sie ständig da gewesen, wie eine offene Wunde. Handgreiflicher geworden war sie nur selten, doch dann ...

Wieder muss er an sie denken, an Elsa, seine Tochter. Er sieht sie vor sich: Und wie lebendig sie ist! Sie ist so gegenwärtig, dass er seine Hand ausstreckt, um sie zu berühren. Sie ist hier, sie ist hierher, an diesen See nicht weit vom großen Fluss gekommen. Da steht sie, neben ihm.

Er flüstert ihren Namen, er tritt ein paar Schritte vor, als stünde sie auf der anderen Seite, hier vor der Tenne. Aber dann sieht er, dass dort nur Männer stehen; und sie mustern ihn schon argwöhnisch, misstrauisch. Und der mit dem roten Gesicht, der jetzt auf der anderen Seite steht, stolpert zu ihm hin und streckt ihm noch einmal die Flasche entgegen; und diesmal nimmt er sie, er lässt ein paar Tropfen der brennenden Flüssigkeit durch seine Kehle rinnen.

Dann geht er zurück an den Platz, wo er gestanden hat, und wartet weiter. Er hört die Violine, er hört die Schritte, er spürt beinahe, wie die Tenne bebt, im Takt bebt sie. Und er sieht sie nicht mehr, sie ist fort für immer; und aus diesem Grund ist er hier, deshalb steht er hier vor der Tenne und wartet.

Die schluchzende Melodie der Violine klettert höher und höher, der Bogen des Musikers bewegt sich schneller und schneller. Das Stampfen im Takt, die bebende Tenne und die Violine – jetzt ist die Melodie am höchsten Punkt angelangt, jetzt schwebt sie –, und dann herrscht Stille. Nichts bebt mehr, niemand tanzt mehr, stattdessen sind andere Geräusche zu hören: Schlurfen, Scharren, Trippeln. Und nun gehen sie wieder nach draußen, denn der Musiker macht eine Pause.

Und langsam wird es dunkel.

Doch im August kommt die Dunkelheit nur langsam, verstohlen. Also bleibt Zeit genug.

Und dieses Mal folgt sie ihm, dieses Mal geht sie mit ihm. Wieder legt er seinen Arm um ihre Taille, und sie geht mit in den Wald. Und er ist ebenfalls da, in gehörigem Abstand. Er hört, wie andere Paare in dieselbe Richtung gehen, er hört ihr Lachen, er hört die flüsternden Stimmen. Aber das rote Haar weist ihm den Weg; und es würde ihm sogar bei Dunkelheit den Weg weisen. Manchmal hört er ihr helles Lachen und dann seines; und er weiß, dass ihm die Flügel gewachsen sind. Er hat seine Sichel aus dem Hosenbund gezogen, als wollte er sie benutzen, um sich einen Weg durch das Birkendickicht zu bahnen.

Der Rotfuchs scheint seine Freundin in den Wald zu führen.

Ja, tu das nur, denkt der Rächer.

Und sie lacht, sie fürchtet sich nicht, sie geht freiwillig mit, und sie weiß vielleicht, worauf er aus ist, denn der Rotfuchs sieht jetzt ziemlich entschlossen aus, er packt sie fester um die Taille, doch plötzlich bleibt er stehen. Da presst er sie gegen eine Birke, jetzt hat er lange genug gewartet, er reißt ihr die Kleider vom Leib, er drückt sie gegen den Stamm, als wollte er ihn umstürzen. Jetzt flüstert er nicht mehr. Jetzt ist er weit genug von der Tenne entfernt; und er weiß, was er will; und er will, dass es sofort geschieht. Sie wehrt sich, sie versucht, sich zu befreien. Und sie lacht nicht mehr.

Aber er, der nur zehn Meter entfernt steht, er weiß nicht, was sie eigentlich will. Das, was er sieht, weckt andere Erinnerungen in ihm. Und jetzt wird er die Schalen seines Zorns ausleeren.

Und er hebt seine Sichel. Das rote Haar leuchtet ihm entgegen. Der erste Streich fetzt dem Burschen fast seinen roten Skalp vom Schädel. Mit einem Aufschrei dreht sich das Opfer um. Und das Mädchen, das jetzt aufgehört hat zu lachen, rafft seine Kleider zusammen und läuft in Panik davon.

Nun stehen sie sich gegenüber.

Und es sieht so aus, als verstünde Gullik Efraimsson, was geschehen wird. Dass dies sein Ende ist.

Er hält seine Hand an seinen blutenden Kopf und will fliehen.

Aber schon ist die Sichel zur Stelle. Der Schnitter hat schon einmal eine Sichel benutzt.

Und ein einziger Streich genügt, gerade so, als wäre der Rächer Scharfrichter von Beruf.

Als Länsman Morell schließlich den Ångermanstrom und den Fähranleger erreichte, war es bereits dunkel.

Er musste lange auf die Überfahrt warten.

Als das Boot endlich kam, erklärte einer der Ruderer: »Einer, der bei uns mitgerudert hat, ist abgehauen. Deshalb sind wir so spät dran. Außerdem haben wir eine Leiche mitgebracht, da ist der Kopf fast ab.«

31

Das Haus, vielmehr die Kate war unbewohnt.

Das hatten sie gleich gemerkt, als sie auf den Hof kamen, denn die Wiese war nicht gemäht. Das Gras stand hoch. Hier hatte niemand das Heu geerntet. Das kleine Haus stand am Rand des Dorfs. Pferd und Wagen hatten Viberg und Persson bei einer kümmerlichen Schenke stehen lassen und waren auf dem schmalen Pfad, der zum Hof am Waldrand führte, das letzte Stück zu Fuß gegangen.

Alles war leer.

»Hier ist schon lange niemand mehr gewesen«, sagte Landgendarm Persson, wie immer mit seiner lauten Stimme. »Das sieht ganz und gar unbewohnt aus.«

Sie standen in der kleinen Küche. Der Herd war blitzblank und die Mauern weiß gekalkt; und über dem Abwaschtisch hingen sauber geschrubbte kupferne Töpfe. Neben der Tür standen zwei leere Wassereimer. Der Tisch war abgeräumt, die Stühle waren ordentlich darunter geschoben. Als Länsman Viberg die Speisekammer öffnete, schlug ihm ein säuerlicher Geruch entgegen. In einem Krug war Milch geronnen. Aber das war auch alles. Das ganze Anwesen machte den Eindruck, als wäre es von seinen Bewohnern verlassen worden, in sauberem und aufgeräumtem Zustand.

Die Strohmatratze und die beiden Kissen des Küchensofas waren nicht bezogen. Viberg betrat die Kammer. Dort gab es nichts weiter als einen kleinen Tisch, einen Stuhl, ein Bett und einen Schrank. Er öffnete ihn und entdeckte ordentlich zusammengelegte Laken.

Der Landgendarm war an der offenen Tür stehen geblieben.

»Er ist den ganzen Sommer über nicht hier gewesen«, sagte Persson.

Viberg trat wieder in die Küche, zog sich einen Stuhl heran und setzte sich. Ein Flickenteppich bedeckte ganz den Boden des kleinen Raums.

Alles war sauber und ordentlich. Hier war lange niemand gewesen. Er fuhr mit der Hand über den Tisch und betrachtete seine staubigen Finger.

Er stand auf, und die beiden überquerten den Hof und gingen zu dem winzigen Kuhstall. Die Tür war niedrig, am Tor hingen Zaumzeug und Halfter für ein Pferd, und dann gab es noch zwei Kisten, die eine war mit Laub gefüllt, die andere mit Erbsenkraut. Auf dem Boden lag ein Büschel Gerstenstroh. Links befand sich eine Öffnung zur Tenne. Viberg schaute genauer hin und sah, dass der Boden von allem, das man als Heu bezeichnen konnte, sauber gekratzt war.

Da hörten sie plötzlich das Muhen.

Viberg sah den Landgendarm erschrocken an, beide erstarrten. Vorsichtig öffnet Viberg die Tür. Dahinter gab es zwei Verschläge. Der näher bei der Tür gelegene war leer, aber Viberg war gleich klar, dass hier das Pferd gestanden hatte. In dem anderen stand eine Kuh; sie wandte ihre sanften Augen den beiden Männern zu und muhte.

Der Landgendarm ging zu ihr. Die Futterkrippe war leer. Er befühlte ihr Euter.

»Diese Kuh wird gemolken. Jemand sieht zu, dass sie gemolken wird.«

Er ging und holte etwas Stroh und Erbsenkraut und legte beides in die Krippe.

»Jemand melkt und versorgt sie«, wiederholte der Landgendarm Persson.

Beim Klang von Perssons Stimme zuckte Viberg zusammen. Er trat zu ihm, packte seinen Arm und zog ihn zur Tür und hinaus hinter den Kuhstall.

»Das macht vielleicht er«, flüsterte der Länsman, »der Mörder.«

Persson schien etwas sagen zu wollen, aber Viberg legte seinen Zeigefinger Schweigen gebietend auf den Mund.

»Jon Ambjörnsson, ob er hier ist?«, versuchte der Landgendarm zu flüstern, obwohl seine Stimme im ganzen Dorf zu hören sein musste.

»Wir warten hier«, sagte Viberg leise, »bis morgen früh. Dann sehen wir schon, wer das Melken besorgt.«

Wir sind ja zu zweit, dachte er. Wenn das also Jon Ambjörnsson sein sollte ...

Auf dem Rücken trug er einen Tornister, darin lagen fellgefütterte Fuß- und Handfesseln. Den Knüppel, den er dabeihatte, legte er neben sich. Und dann warteten sie, nahe am Wald, ein gutes Stück vom Misthaufen entfernt.

Der Landgendarm legte sich auf die Erde und schloss die Augen.

Viberg war etwas beunruhigt.

Das hier war Morells Idee gewesen, die Fahrt zu Jon Ambjörnssons Haus und der Verdacht, dass ihr Fall mit Kindstötung zu tun haben könnte. Aber Viberg musste zugeben, das alles hier machte schon einen recht merkwürdigen Eindruck. Warum war die Kate unbewohnt? Und warum stand dann trotzdem eine Kuh im Stall?

Es konnte durchaus sein, dass Jon Ambjörnsson auftauchte, und vielleicht war er ja der Mann, der zwei Menschen getötet hatte.

Er streckte sein Bein aus und stieß Landgendarm Persson an. Der machte die Augen auf.

»Du schläfst doch wohl nicht etwa?«, flüsterte Viberg.

Es wurde eine lange Nacht, beide schliefen oder dösten abwechselnd. Zwischendurch ging Viberg zur Vorderseite des Kuhstalls. Von dort aus konnte er die Kate und den Pfad bis zur Straße hin überblicken.

Sie kam im Morgengrauen.

Länsman Viberg sah sie kommen. In einer Hand trug sie einen Melkeimer. Sie war alt, und das Gehen fiel ihr schwer. Bei jedem Schritt knickte ihr rechter Fuß weg.

Viberg weckte Persson und legte wieder seinen Zeigefinger an den Mund. Dann gingen sie zum Tor und warteten dort auf die alte Frau. Als sie die beiden Männer entdeckte, blieb sie kurz stehen, kam dann aber näher, bis sie schließlich vor ihnen stand. Da stellte sie den Melkeimer hin und knickste vor den Männern.

»Wir suchen Jon Ambjörnsson«, sagte Länsman Viberg und blickte zum Haus hinüber.

Die Lippen der Alten waren vollständig eingefallen, weil sie keine Zähne mehr hatte. Viberg verstand nicht alles, was sie sagte, dafür aber Persson, der Landgendarm, der sein ganzes Leben in Anundsjö verbracht hatte. Und sie redete drauflos, als hätte sie lange Zeit geschwiegen und müsste nun alles aufholen.

Er, der Jon Ambjörnsson, sei irgendwann im Juni weggegangen, sagte sie, aber er habe sie gebeten, die Kuh zu melken und sie zu versorgen. Die Milch dürfe sie behalten. Und da sie selbst nicht so viel habe, kam ihr das gelegen. Wann er zurückkommen würde, das wisse sie nicht. Sie glaube, er habe zur Tochter wollen, die sei in Härnösand eingesperrt, weil behauptet wurde, sie habe ihr Kind getötet. Weil die Kuh ziemlich viel Milch gebe, mache es ihr keine Mühe, sich darum zu kümmern. Und außerdem wolle sie dem Jon Ambjörnsson auch helfen, weil es ihn so schrecklich schwer getroffen habe.

»Schrecklich schwer?«, hakte Landgendarm Persson nach.

Die Alte verlagerte ihr Gewicht auf das gesunde Bein und holte tief Luft: »Na ja, das war doch so«, sagte sie, »also der Jon hat eine Tochter, die hat lebenslänglich bekommen. Und dann seine Frau, die ist im Frühjahr fünfundvierzig gestorben. Und da hatte er doch nur noch seine beiden Mädchen, und eine davon sitzt jetzt in Härnösand und die andere, die Kleine, die ist ja gestorben.«

»Was sagt sie?«, fragte Viberg.

»Jon Ambjörnssons Frau ist im Frühjahr achtzehnhundertfünfundvierzig gestorben, und die eine Tochter, von der im Protokoll die Rede ist, das Morell vorgelesen hat, die sitzt in Härnösand ein.«

»Ja, aber sie hat doch was von einer jüngeren Tochter gesagt«, hakte Länsman Viberg nach.

»Ja, die ist auch tot«, sagte Landgendarm Anund Persson.

Dann fragte er die alte Frau: »Wann ist sie gestorben?«

»Das war im Oktober, im letzten Jahr«, sagte die Alte.

»Letztes Jahr im Oktober«, wiederholte Anund Persson.

32

In den Boden gerammte Fackeln beleuchteten den Toten. Der Provinzarzt von Nybystrand beugte sich über ihn und nahm die klaffende Wunde in Augenschein. Gullik Efraimsson blutete nun nicht mehr. Über den unteren Teil seines Körpers hatte jemand eine Decke gebreitet. Die Leute vom Hof standen schweigend im Kreis.

Länsman Morell hatte ohne Schwierigkeiten den richtigen Hof gefunden. Das Licht hatte ihm den Weg gewiesen. Außerdem gab es nicht viele große Höfe hier in der Nähe des Flusses und des Fähranlegers.

Er war zu spät gekommen.

Er trat auf den Arzt zu und wies sich aus. Der Arzt nickte einem Mann an seiner Seite zu, der sich als Polizeiamtmann von Ytterlännäs vorstellte.

»Ich schrieb ...«, setzte Morell an, aber dann unterbrach er sich.

Das war wegen Isidor Barsk gewesen. Aber der Tote musste Efraimsson sein, auch als Rotfuchs bekannt.

Der Arzt drehte den Toten auf die Seite, und jetzt sah Morell, dass der Täter ihm den Schädel skalpiert hatte.

»Er wurde sozusagen geköpft«, sagte der Arzt.

Er drehte die Leiche wieder auf den Rücken, wobei der lose hängende Kopf fast vom Rumpf getrennt worden wäre. Dann hob er die Decke vorsichtig hoch, damit der Länsman auch das Übrige sehen konnte.

Der Mörder hatte den Rotfuchs kastriert. Der Penis war noch da, aber die Hoden fehlten. Aus seiner Jackentasche zog der Arzt ein kleines Bündel und zeigte es dem Länsman.

»Lag direkt neben dem Toten, im Wald hinter dem Festplatz«, sagte er.

Wie zwei vertrocknete Trauben, dachte Morell. Jetzt will er uns auf noch mehr aufmerksam machen. Jetzt will er uns wohl zeigen, dass Gullik Efraimsson keine Hoden mehr haben darf. Nicht einmal im Tod.

»Die Mordwaffe?«, fragte Morell.

»Eine Sichel«, sagte der Länsman von Ytterlännäs.

Sie hatte auf der Erde neben dem Toten gelegen, er bückte sich und reichte sie Morell, der näher an eine der Fackeln herantrat.

Morell hob sie hoch und nahm sie in Augenschein. Als er auf dem Handgriff die eingekerbten Buchstaben INRI entdeckte, wunderte ihn das nicht.

Er war zu spät gekommen. Aber eines wusste er nun auf jeden Fall: Der Mord hatte mit den Geschehnissen in Hädanberg vor zwei Jahren zu tun – als sich fünf Männer zum Trinken zusammengetan hatten. Einer von ihnen hieß Ragnvald und war Knecht in Skalmsjö gewesen, doch die anderen vier waren diejenigen, auf die sich die Buchstaben INRI bezogen. Dass diese Inschrift daraus entstanden war, hatte nichts mit dem Kreuz Christi zu tun, die Übereinstimmung war Zufall.

Isak Andersson Lundström, Nils Andersson Wikström, Gullik Efraimsson, oder Rotfuchs. Und jetzt noch der Vierte, dessen Namen niemand kannte, ein Mann, der Isterbock genannt wurde, Dickwanst. Er sollte das vierte Opfer sein. So war es. Etwas wusste er nun immerhin, der Länsman Harald Morell.

Gustav Vigäus hieß der Länsman von Ytterlännäs, er war noch nicht alt, nur Bart und Haar waren vorzeitig ergraut. Sie saßen in einem Zimmer des großen Hauses, es war mitten in der Nacht, und Harald Morell berichtete, was er wusste, was nördlich des Waldes passiert war, erzählte von den vier Männern und von den Buchstaben, die auch auf diese Sichel eingekerbt worden waren.

»In Arnäs hat er eine Sense benutzt«, sagte Morell.

»Er erntet«, sagte Vigäus.

»Es geht um Rache«, sagte Morell. »Und INRI ist dabei eine Inschrift der Rache.«

»Ein Zeichen«, sagte Vigäus.

Anfangs schien sein Kollege zu zweifeln, aber am Schluss hatte ihn Morell von der Wahrscheinlichkeit dessen, was er sagte, überzeugt.

»Das hat mit euch hier nichts zu tun«, sagte Morell. »Der Mord ist hier geschehen, weil der Tote hierher geflohen ist, um der Rache zu entgehen. Er wusste davon, er hat es geahnt und er versuchte zu entkommen. Deshalb hat er Anundsjö verlassen.«

»Er hat es nicht geschafft«, sagte Länsman Vigäus. »Morgen muss ich wohl mit dem Bauer hier reden, mit den Knechten und den Mägden.«

»Und den Leuten, die auf dem Tanzboden waren«, sagte Morell.

»Das kann dauern«, sagte Vigäus.

»Ich muss zurückreiten«, sagte Morell.

Sie traten auf den Hof, die Fackeln waren verschwunden, und auch der Tote war nicht mehr da. Schon konnte man die Morgendämmerung ahnen.

»Es kann sein, dass ich wiederkomme«, sagte Morell. »Du schreibst mir, was du herausfindest?«

Länsman Vigäus nickte.

Morell nahm den Futtersack mit Hafer vom Hals des Pferds und ließ es erst noch saufen, ehe er den langen Ritt nach Hause antrat.

Während Morell ritt, ging die Sonne auf. In Gålsjö tauschte er das Pferd wieder gegen Abed-Nego aus. Die Stute zu reiten war vertrauter, sie war ausgeruht und ließ sich willig antreiben. Der Länsman verspürte eine geradezu betäubende Müdigkeit. Enttäuscht war er und müde. Dieses Mal war er so nahe dran gewesen. Seine Überlegungen hatten sich als richtig erwiesen, und Ragnvalds Beobachtungen hatten gestimmt.

Eine Chance hatte er noch. Jetzt ging es um den Isterbock.

Zu Hause würde er herausfinden, ob Anselm Mårtenssons Knecht der Gesuchte war – oder dieser Isidor Barsk.

Er würde auch Neues über Jon Ambjörnsson erfahren. Vielleicht hatte sein Kollege diesen Jon bereits in Gewahrsam genommen. Wenigstens mussten sie etwas in Erfahrung gebracht haben, Viberg und Persson.

Isterbock.

Der Name kam Morell bekannt vor. Er forschte in seinem Gedächtnis. Wenn ich nur nicht so müde wäre, dachte er. Wenn ich ausgeruht wäre und klar denken könnte.

In irgendeinem Zusammenhang hatte er diesen Namen gelesen oder gehört. Und das hatte nichts mit Anselm Mårtenssons Knecht zu tun. Er müsste doch darauf kommen! Dicke Männer gab es in der Gemeinde nicht viele. Nein, abgearbeitet und mager sind sie, wenn nicht gar ausgehungert, dachte Morell. Brolin fiel ihm ein und seine bettelnden Kinder. Und Brolins Frau. War Brolin zurückgekommen? Hatte er mit dem Fall hier etwas zu tun?

Auf halbem Weg tauchte eine alte Erinnerung in ihm auf. Das Geschehen lag drei oder vier Jahre zurück. Ein junger Mann auf der Anklagebank. Er sitzt da, breitbeinig, seine fetten Schenkel quellen förmlich auseinander. Die Antwort müsste in irgendeinem Protokoll zu finden sein. War das nicht in dem Jahr, als Sven Svensson verurteilt wurde? War das nicht in seinem ersten oder zweiten Jahr hier?

Er trieb seine Stute zu einer schnelleren Gangart an.

Am frühen Vormittag war Morell wieder zu Hause. Er brachte seine Stute in den Stall, rieb sie ab, fütterte und tränkte sie. Dann ging er mit raschen Schritten über den Hof. Auf der Treppe stand Johan und begrüßte ihn.

Er begleitete ihn zum Erdgeschoss.

Dort befanden sich außer der Arrestzelle noch zwei

weitere Räume, ein kleines Büro und ein etwas größeres Zimmer, in dem Viberg übernachtete. Olof Viberg und Anund Persson saßen jeder auf einem Stuhl in diesem Schlafzimmer. Man sah ihnen an, dass beide nicht geschlafen hatten. Man sah, dass sie auf Morell gewartet hatten.

Er nickte ihnen zu, blieb aber in der Tür stehen und berichtete kurz von der Ermordung des Rotfuchs'.

»Den Rest machen wir dann«, sagte er. »Den sie Isterbock nennen, der ist jetzt wichtig. Er wird in irgendeinem Protokoll zu finden sein. Ihr müsst noch eine Weile warten.«

Länsman Viberg schien etwas sagen zu wollen, aber Länsman Morell winkte ab.

»Jetzt geht es um den Isterbock. Ihr wartet hier.«

Er ging in seine Wohnung. An der Treppe blieb er stehen und lauschte, ob er Helena hörte, aber alles war still. Er nahm sich das Protokoll vom Herbst 1843 vor und begann zu lesen.

Im umfangreichsten Bündel ging es um einen Mord in Fanbyn im August 1843. Diese Dokumente hatte er alle gelesen und nicht nur einmal. Er blätterte darüber hinweg und überflog eine Seite, wo es um den Diebstahl von Kleidung aus einer Truhe ging. Lisa Andersdotter war zu zehn Paar Ruten verurteilt worden, drei Schlag das Paar. Der Länsman erinnerte sich an sie und überlegte kurz, was wohl aus ihr geworden war. War sie hier geblieben? Er konnte sich nicht erinnern.

Er blätterte weiter. Ganz unten auf einer Seite entdeckte er den Namen Erik Helmersson, und seine Erinnerung wurde gleich deutlicher, trotz seiner Kopfschmerzen und dem manchmal auftretenden Flimmern vor den Augen.

Erik Helmersson war zu fünfzehn Paar Ruten verurteilt worden, drei Schlag das Paar, weil er einem Bauern in Västersel eine Stute und ein Fohlen gestohlen hatte. Morell blätterte zurück und las das Protokoll von Anfang an.

Es war die Zeit der Heuernte gewesen. Der Bauer in Västersel hatte seine Pferde auf einer gemähten Wiese stehen, nicht weit vom Fluss entfernt. Eines Morgens stellte er fest, dass Stute und Fohlen verschwunden waren. Er hatte im ganzen Dorf gesucht und war mit seinen Knechten durch den Wald gezogen, hatte sie aber nirgends finden können. Dann hatte er den Länsman aufgesucht und den Diebstahl angezeigt.

Jetzt erinnerte sich Morell.

Zwei Tage später war das Dienstmädchen Anna Persdotter beim Bauern erschienen und hatte gesagt, sie wisse, wer die Pferde gestohlen habe. Erik Helmersson. Er habe ihr die Ehe versprochen, sei dann aber aus der Gegend verschwunden. Er stamme aus Härnösand.

Aber er sei es gewesen, hatte sie gesagt.

»Dieser Isterbock!«, hatte sie noch hinzugefügt.

Da war das Wort!

Morell blätterte weiter zum Urteil. Tatsächlich, der Dieb stammte aus Härnösand. Dort stand es klar und deutlich. Er hieß Erik Helmersson, Schuhmachergeselle, geboren 1824.

Morell hatte den Isterbock gefunden. Der Druck in seinem Kopf hatte etwas nachgelassen, er stand auf und ging zu den anderen. Viberg saß auf seinem ungemachten Bett.

Anund stand am Fenster und schaute hinaus. Johan war auf einem Stuhl zusammengesunken.

»Wir treffen uns oben, in dem großen Zimmer«, sagte Morell.

Sie hatten Bericht erstattet.

Johan hatte wenig zu berichten, aber es war klar, dass Isidor Bark unmöglich den Spitznamen Isterbock haben konnte.

»Sein Bauer sagt, er wär wie ein Darm«, sagte Johan.

»Er ist mager«, erklärte Anund.

Und Anselm Mårtenssons Knecht hatte mit den Brüdern Andersson nie etwas zu tun gehabt.

Während Länsman Viberg von seinem und Johan Perssons Besuch in Myckelgensjö berichtete, stand Morell neben dem Tisch und schwankte fast vor Müdigkeit. Dann streckte er sich und richtete seine Kleidung.

»Ihr müsst das Haus in Myckelgensjö bewachen«, sagte er. »Auch wenn das nur eine Idee von mir ist. Trotzdem ist es schon etwas merkwürdig, dass er nicht da ist. Ich meinerseits fahre nach Härnösand. Dort spreche ich mit Jon Ambjörnssons Tochter – wenn sie da ist. Und ich versuche dort, etwas über den Isterbock zu erfahren.«

»Wohnt er da?«, fragte Länsman Viberg. »Woher weißt du das?«

Länsman Morell berichtete.

»Jetzt, wo du das erzählst, erinnere ich mich an ihn«, sagte der Landgendarm. »Ja, der die Pferde gestohlen hatte, der war fett. Das ist der schlimmste Diebstahl überhaupt ...«

»Ihr müsst nun allein zurechtkommen«, sagte Morell. »Ich muss mich nur etwas ausruhen, dann fahre ich. Ruht euch auch aus. Geht nach Hause.«

Greta kam herein und wollte wissen, ob sie etwas zu essen bringen sollte.

Der Länsman sah seine Mitarbeiter an und schüttelte dann den Kopf.

»Wir brechen auf«, sagte er. »Wo ist Helena?«

»Sie ruht«, antwortete das Mädchen.

Hoffentlich ist sie nicht krank, dachte er.

Morell winkte den anderen zum Abschied und stieg die Treppe hinauf. Die Tür war nicht abgeschlossen. Er öffnete sie vorsichtig und trat an Helenas Bett. Sie schlief, ihr Haar war gebürstet, es glänzte und lag ausgebreitet auf dem Kissen.

Er streichelte ihre Wange und flüsterte ihren Namen. Sie bewegte sich träge. Plötzlich schlug sie die Augen auf und blinzelte.

»Du bist zu Hause«, sagte sie.

»Du bist doch hoffentlich nicht krank?«, sagte er besorgt.

Sie schüttelte den Kopf.

»Du hattest Recht«, sagte er. »Mit den Buchstaben. Es war so, wie du vermutet hast.«

»Bist du müde?«, sagte sie. »Willst du ein bisschen ruhen ...«

Sie rutschte ein Stück zur Seite, und Morell zog die Schuhe aus, legte Hemd und Hose ab. Ich müsste mich waschen, dachte er, aber das Bett sah so einladend aus und er war so unbeschreiblich müde. Trotz seiner Müdigkeit kam wie in Wellen die Lust, und er kroch vorsichtig an ihre Seite, um sich zu verstecken. Jetzt lag er zum ersten Mal seit langem neben seiner Frau, aber nicht dicht daneben. In seinem Körper pochte es, seine Müdigkeit war wie verflogen. Er streckte seine Hand aus und nahm ihre.

»Du hattest Recht«, sagte er noch einmal. »Ich bin so müde, es ist so viel passiert. Ich bin geritten, und ich habe einen abgeschnittenen Kopf gesehen. Und ich muss schlafen. Ich habe viel zu tun.«

Er fand, er lallte nur noch, aber neben ihm lag Helena und die Lust durchflutete seinen Körper in Wellen.

Sie wandte sich ihm zu, ihr Gesicht war nahe bei seinem und sie strich ihm über die Stirn.

»Du Ärmster«, sagte sie.

Plötzlich begann sie zu weinen, sie schluchzte leise und gedämpft.

»Verzeih mir«, flüsterte sie, »verzeih mir.«

Seine Hände umfassten ihr Gesicht, und er rutschte etwas näher, er spürte die Wärme ihres Körpers. Sie war ganz nahe.

»Mach es wie Onan«, flüsterte sie, »verschwende deinen Samen ...«

Und jetzt war sie ihm so nahe. Ein Schluchzen entschlüpfte ihm, er drückte sie an sich, sie klammerte sich an ihn, aber als er ihren Schoß berührte, erstarrte sie. Er flüsterte zärtliche Worte, dann öffnete er sie wie eine widerstrebende Auster und drang in sie ein, aber er war müde und so erfüllt von seiner Sehnsucht nach ihr, dass es ihm nicht gelang, sich wie Onan zu verhalten.

Danach strich sie mit der Hand über das Laken, um

nachzufühlen, und als sie begriff, schluchzte sie wieder auf. Aber er hielt sie und flüsterte Worte der Liebe und des Trostes.

Und als sie sich schließlich aus seiner Umarmung löste, sagte sie: »Möge Gottes Wille geschehen. Ich fürchte mich nicht mehr.«

Und Harald Morell bohrte seinen Kopf zwischen ihre Brüste, als wollte er für immer in sie hineinkriechen.

33

Morell schlief wie ein Kind an Helenas Seite, sehr tief und traumlos. Und als er aufwachte, streckte er seine Hand aus, um seine Frau zu berühren – was er schon so lange nicht mehr hatte tun dürfen. Aber sie war nicht mehr da. Er stieg aus dem Bett, wusch sich und kleidete sich an und ging hinunter in das große Zimmer. Sie stand am Fenster. Er ging zu ihr und umarmte sie wieder und flüsterte leise, sie möge sich doch keine Sorgen machen.

Sie schüttelte den Kopf.

»Ich mache mir keine Sorgen«, sagte sie. »Nicht mehr. Wenn ein Kind entstehen soll, dann entsteht es. Ich kann mich nicht ständig fürchten.«

»Wenn«, sagte er, »wenn ein Kind entstanden ist, dann wird es dieses Mal leben und wachsen.«

»Ein Junge«, seufzte sie. »Oder ein Mädchen.«

Wenn ein Kind entstanden ist, dachte er.

Was geschehen soll, das geschieht. Hatte er diese Worte nicht geschrieben? Als er in den Evangelien nach der Inschrift am Kreuz Christi gesucht hatte?

Helena deutete zum Tisch. Er war für ihn gedeckt. Morell schaute auf die Uhr. Drei Stunden hatte er geschlafen. Es war bald an der Zeit, wieder aufzubrechen.

»Du musst erst etwas essen«, sagte sie.

Der Länsman nickte. Dann lächelte er seine Frau an, und es war, als würde sich sein kantiges Gesicht öffnen – da lächelte auch sie.

Sie fuhren mit dem Gig, und der Fuhrknecht hielt die Zügel.

Harald Morell schloss die Augen und ließ sich vom Traben des Pferds und dem weichen Gefährt wiegen. Er hatte eine lange Reise vor sich.

Er fühlte sich wohl, er war ruhig und zuversichtlich. Die Dinge würden ihren Lauf nehmen. Bald würde er wieder in ihr Zimmer einziehen, und alles würde werden wie früher. Und bald würden sie über den Hof tapsen, alle ihre Kinder.

Und er verfolgte die richtige Spur.

Das konnte kein Zufall sein. Margareta Jonsdotter hatte ihr Kind getötet. Ihre Schwester war im Oktober letzten Jahres gestorben. Danach war Jon aktiv geworden. Als Ersten hatte er Nils Andersson Wikström ertränkt. Ihn hatte der Mörder vielleicht gekannt. Die Brüder Andersson hatten beide in Anundsjö gewohnt, auch wenn sie eigentlich aus Styrnäs stammten. Diese beiden hatte Jon gekannt, aber er hatte nicht gewusst, wie die anderen hießen.

Dass er den Isterbock nicht gekannt hatte, war nicht verwunderlich. Denn der stammte aus Härnösand. Aber Gullik – warum hatte er diesen Namen nicht gewusst? Gullik stammte doch aus Risbäck ...

Ich hätte mein Schreibzeug mitnehmen sollen, dachte Morell. Es gab einiges zu notieren. Wann war Gullik nach Örnsköldsvik gezogen?

Bald, dachte er, bald bekomme ich Antworten auf alle meine Fragen.

Morell öffnete die Augen, das Pferd trabte im gleichmäßigen Rhythmus dahin und die Sonne schien warm. Inzwischen waren sie auf der großen Straße und folgten dem Flusslauf ein Stück weit. Dann kamen die Hügel. Diese mächtige Landschaft, dachte Morell. Keine Ebenen. Höhen und Senken lösten sich ab, lange anstrengende Fahrten bergauf, dann ging es wieder ins Tal hinunter, und die Berge im Hintergrund schienen über ihre Fahrt zu wachen. Er hielt Ausschau nach dem Skuleskogen, dem Hinrichtungsplatz im Wald, und mit einem Mal entdeckte er den mächtigen Berg an seiner Seite, gar nicht weit vom Meer entfernt. So nahe an der Straße ragte er in den Himmel, dass es Morell schien, als beuge sich der Berg über ihn.

»Es ist schön hier«, sagte er zu seinem Knecht.

Der Fuhrknecht schaute sich verwirrt um, runzelte die Stirn, als könnte er etwas entdecken, das er noch nie gesehen hatte, etwas Außergewöhnliches.

»Ja«, sagte Morell anstelle seines sprachlosen Knechts und schloss wieder die Augen, »es ist wirklich schön hier.«

Margareta Jonsdotter saß Länsman Morell gegenüber. Blass war sie. Die junge Frau trug ein graues, sackartiges Kleid, das bis zum Hals hinaufreichte und so lange Ärmel hatte, dass sie beinahe ihre Hände bedeckten. Morell wurde an eine Nonne erinnert. Eine junge Nonne, fast noch ein Kind.

Zusammengesunken saß sie vor ihm, die Augen groß und fragend auf ihn gerichtet. Ihre Schläfen waren von einer leichten Röte überzogen und weiches, flaumiges Haar klebte an ihrer Stirn. Sie fuhr sich mit der Hand über das feuchte Haar.

Sie sei zu schwach, um zu arbeiten, hatte er erfahren. Sie sei krank gewesen.

Und sie sah nicht gesund aus. Länsman Morell kam es vor, als könnte er sie wie ein kleines Kind hochheben und auf seinen Schoß setzen.

Er räusperte sich.

»Du bist Margareta Jonsdotter aus Myckelgensjö«, sagte er.

Sie nickte, kaum merklich.

»Du weißt, wofür du die Strafe bekommen hast?«

Sie nickte ebenso zaghaft.

»Du hast dein Kind getötet«, sagte Morell.

Jetzt nickte sie nicht, sondern sah ihn nur aus großen Augen an.

»Du hattest eine Schwester«, sagte Morell.

»Ja«, flüsterte Margareta leise.

»Aber sie ist im letzten Herbst gestorben«, sagte der Länsman.

»Ja«, flüsterte Margareta.

»Deine Mutter ist auch tot.«

»Ja«, flüsterte sie.

»Und dein Vater heißt Jon.«

Wieder nickte sie zaghaft.

»Du hast dein Kind getötet«, sagte der Länsman.

Ganz ruhig, ohne eine Regung, saß sie vor ihm.

»Dein Vater ist nicht zu Hause in Myckelgensjö. Weißt du, wo er ist?«

Ganz kurz spiegelte sich etwas wie Erstaunen in ihren Augen, aber sie rührte sich nicht.

»Ich glaube, es war so«, sagte der Länsman. »Vier Männer haben dich vergewaltigt. Das waren Isak und Nils Andersson, Gullik Efraimsson, der Rotfuchs, und ein vierter Mann, ein fetter Mann mit dem Spitznamen Isterbock.«

Sie bewegte sich noch immer nicht, aber sie redete. Jetzt sprach sie lauter. Klar und deutlich konnte Morell ihre Worte verstehen.

»Isak, Nils, Rotfuchs und Isterbock, Isak, Nils, Rotfuchs und Isterbock, Isak, Nils, Rotfuchs und Isterbock ...«

Länsman Morell unterbrach sie. »Ja«, sagte er. »So hießen sie.«

Es hatte wie ein auswendig gelernter Vers geklungen.

»Und du bist schwanger geworden«, fuhr Morell fort. »Und ihr habt das Kind sterben lassen, du oder dein Vater, und dann ...«

»Ich darf nichts sagen«, sagte Margarete auf einmal. »Du wirst stillschweigen. Nichts. Du wirst nichts sagen. Wir werden nichts sagen. Zur rechten Zeit wird gesprochen werden. Das Wort wird Tat werden ...«

Ebenso plötzlich, wie Margareta zu sprechen begonnen hatte, verstummte sie.

»Es ist nicht so unverständlich, dass ihr das Kind habt sterben lassen. Oder wurde es vielleicht tot geboren? Und du wusstest nicht, wer der Vater des Kindes war. Und es ist unter Gewalt gezeugt worden. Aber du hättest reden müssen.«

Wenn sie doch geredet hätte, wenn Vater und Tochter etwas gesagt hätten, dachte Morell. Nur ein einziges Wort; und wahrscheinlich würde nicht sie jetzt hier sein, sondern die vier Männer müssten hier sitzen. Warum haben die beiden bloß nicht geredet ...

Margareta war wieder in Schweigen versunken. Er hatte den Eindruck, als wäre sie noch kleiner geworden.

»Du musst sprechen«, sagte Morell. »Es geht um deinen Vater ...«

Aber sie rührte sich nicht.

»Isak Andersson ist tot. Mit einer Sense umgebracht. Nils ist tot. Er wurde ertränkt. Rotfuchs ist tot. Mit einer Sichel ermordet. Das sind Tatsachen. Jetzt kannst du sprechen.«

Wieder blitzte Erstaunen in Margaretas Augen auf, und ihr bleiches Gesicht bekam etwas Farbe.

Morell zögerte.

»Dein Vater war das«, sagte er nach langem Schweigen. »Er hat sie alle umgebracht. Du musst reden, damit wir ihn fassen können.«

Doch Margareta antwortete nicht, sondern sah Morell nur ernst aus großen Augen an.

»Ich weiß alles«, fuhr er fort. »Und ich verstehe es. Aber du musst es mir erzählen.«

Sie beugte sich vor, blinzelte und sagte dann leise: »Ein Fremdling. Ich hab's nicht ausgesetzt, aber es schreit nach mir, vom Misthaufen schreit's nach mir, doch ich war's nicht, und es schreit. Tag und Nacht schreit's, aber meistens nachts.«

Morell beugte sich zu ihr hinüber und berührte ihre schweißfeuchte Stirn.

»So so«, sagte er, »so so. Nun erzähl mir alles.«

Margareta blinzelte, Tränen liefen über ihre Wangen, sie schüttelte den Kopf und trocknete sie. Und dann begann sie zu zittern. Morell ging zur anderen Seite des Tischs und nahm sie in die Arme. Er sprach beruhigend wie zu einem Kind auf sie ein.

Und da endlich erzählte sie.

34

Das Haus des Landgendarms Anund Persson lag nicht weit vom Fluss entfernt. Der Hof war nicht sehr groß, nur ein paar Morgen Land, das Haus selbst war klein. Ein Kuhstall mit drei Kühen gehörte noch dazu. Einen Knecht gab es nicht, nur ein junges Mädchen. Also irgendwie kein Wunder, fand Anund, dass sich Johan, sein Sohn, nicht so sehr für die Landwirtschaft interessierte, sondern stattdessen lieber Gehilfe des Polizeiamtmanns geworden war. Er war selbst Landgendarm, was nicht besonders viel Arbeit bedeutete. Erst seit kurzem war er gezwungen gewesen, für sein Amt mehr Zeit aufzuwenden. Aber das würde wohl bald vorbei sein.

Nach der durchwachten Nacht schliefen sie ein paar Stunden, er und sein Sohn, und als sie am helllichten Tag mühsam wieder hochkamen, hatte ihnen die Frau das Essen bereitgestellt.

Jetzt bleibt mir wohl nichts anderes übrig, als mich noch einmal auf den Weg nach Myckelgensjö zu machen, dachte Anund Persson, mit Viberg oder vielleicht mit einem der Knechte des Länsmans. Und dann mussten sie sich um Jon Ambjörnsson kümmern. Bald würde er wieder an Wichtigeres denken können, nicht zuletzt an die Getreideernte. Er kannte Jon nur flüchtig, aber er erinnerte sich daran, ihn auf dem Herbstmarkt vor gar nicht so langer Zeit gesehen zu haben. Jon hatte dort Körbe aus Birkenrinde verkauft. Und Anund hatte einen gekauft.

Er holte den Korb aus der Vorratskammer.

»Den hier, den hat Jon Ambjörnsson gemacht«, sagte Anund und stellte ihn auf den Tisch.

»Jon Ambjörnsson?«, wiederholte Brita, seine Frau.

Die Arme vor der Brust verschränkt, stand sie gebieterisch mitten in der Küche. Anund Persson erzählte ihr, dass sie diesen Jon für den Mörder hielten.

»Und er ist aus Myckelgensjö«, sagte Johan, sein Sohn, und fuhr dann fort: »Und den, den er bisher nicht erwischt hat, den nennen sie Isterbock, ein fetter Schuhmachergeselle, der in Härnösand leben soll.«

»Ein fetter Schuhmachergeselle?«, wiederholte Brita. »Muss man fett sein, um Schuhmacher zu werden?«

Was mochte sie damit meinen?

Nun ja, neulich sei sie in Örnsköldsvik gewesen.

»Vielleicht ist das zwei Wochen her. So viele wohnen da nicht«, sagte sie. »Wirklich nicht. Aber einen Schuhmacher gibt es und einen Schmied und ein paar Händler und außerdem ...«

Jedenfalls habe dieser Schuhmacher auch einen Gesellen, und der sei natürlich fett, so fett, dass er einen extrabreiten Stuhl zum Sitzen brauche. Sie habe ein Paar Stiefel zur Reparatur abgegeben, die noch dort seien.

»Wir haben doch hier in Anundsjö auch einen Schuhmacher«, sagte Anund ärgerlich. »Für so etwas muss man doch nicht nach Örnsköldsvik fahren!«

»Mit dem kann ich nicht«, sagte Brita und presste ihre Arme noch fester gegen ihren Busen.

»Wie alt ist dieser Schustergeselle in Örnsköldsvik?«, fragte Johan.

»Ziemlich jung«, sagte sie. »Nicht älter als fünfundzwanzig.«

»Aber er heißt doch wohl nicht etwa Erik Helmersson?«, fragte Anund.

»Keine Ahnung, wie er heißt«, sagte sie. »Aber er war neu. Das weiß ich. Als ich im Juni da war, hab ich ihn noch nicht gesehen.«

»Du scheinst ja oft nach Örnsköldsvik zu fahren«, sagte Anund vorwurfsvoll zu seiner Frau.

»Die Stiefel sind jetzt dort?«, hakte Johan nach.

»Ja, aber sie sind fertig.«

»Sollen wir sie abholen?«, fragte Johan und schaute seinen Vater an. Der Landgendarm zwinkerte seinem Sohn zu, er habe verstanden, und stand auf.

»Ja, jedenfalls lieber dahin fahren als nach Myckelgensjö. Das kann Viberg mit einem seiner Knechte machen.«

»Stell dir vor, wenn er das ist«, meinte Johan.

»Es wird doch in Ångermanland mehr dicke Schuhmachergesellen geben«, entgegnete Anund.

»Aber der in Örnsköldsvik war reineweg unmenschlich fett«, sagte Brita und ließ endlich die Arme sinken.

Landgendarm Persson nannte den Fjord noch immer Lungångersfjord. Doch vor ein paar Jahren war an einer der Buchten dort ein Marktflecken entstanden, den man nach dem Landeshauptmann Örnsköld benannt hatte. Noch sieht es hier ziemlich trostlos aus, dachte Anund Persson, als er von der Landstraße in den Ort, der sich Marktflecken nannte, abgebogen war.

Im Hafen lagen ein Raddampfer und zwei Segelschiffe vor Anker; und weiter oben öffnete sich rondellartig ein kleiner Platz, der von einem großen weißen Haus und einigen Gehöften begrenzt wurde. Auf dem Anger weideten Ziegen, und in der Nähe eines Leiterwagens, dessen Deichsel auf der Erde lag, graste ein Pferd. Ein Mann in schwarzem Rock ging quer über den Platz und betrat das große Haus. Aus einem kleineren Haus war das eifrige Hämmern des Schmieds zu hören. Eine halb fertige Straße wand sich den Hügel hinauf, zu beiden Seiten standen ebenfalls einige kleine Häuser.

»Ich glaube, wir müssen in eins von denen«, sagte Anund zu seinem Sohn.

Heute war der Landgendarm bewaffnet. An seinem Gürtel hing ein Knüppel. Die beiden ließen Pferd und Wagen auf dem Platz zurück und stiegen den Hügel hinauf. Die Straße war zwar zur Hälfte mit Steinen gepflastert, aber mit Pferd und Wagen war sie noch nicht richtig befahrbar. Die kleinen Häuser wirkten einfach, aber alle waren neu. Johan schaute sich um, er blickte zu den Schiffen im Hafen und auf das große weiße Haus. Er zählte die Höfe und kam auf siebzehn.

»Groß ist das hier nicht«, meinte er.

»Und das wird auch nicht größer werden«, sagte Anund.

Auf der Treppe des einen Hauses stand ein Mann und blickte hinunter zum Fjord. Anund blieb stehen und wischte sich den Schweiß von der Stirn.

»Gibt es hier einen Schuhmacher?«, fragte er mit seiner kräftigen Stimme.

»Ihr könntet nicht stattdessen einen Buchbinder gebrauchen?«, fragte der Mann.

Er war lang und dünn und mit einem zerlumpten Rock bekleidet, der an den Handgelenken ausgefranst war. Direkt über dem Herzen breitete sich ein großer bräunlicher Fleck aus.

»Fett wird man vom Buchbinden hier nicht«, sagte er. »Ich glaube nicht, dass die Leute in dieser Gegend wissen, was Bücher sind. Ich komme aus Stockholm und lebe in diesem Ort, seit er Marktflecken wurde. Aber ich werde wohl in die Hauptstadt zurückkehren. Hier wird man nicht fett.«

»Schuhmacher?«, wiederholte Anund, »gibt es einen Schuhmacher hier?«

»Der ging vor einer Weile Pleite. Er war der Erste hier und hat sich auch als Erster ein Haus gebaut.«

»Dann gibt es also keinen?«, fragte der Landgendarm.

»Doch, doch.« Der Mann deutete nach schräg gegenüber zu einem Häuschen am Hang. »Da haben wir einen. Aber fett wird er hier auch nicht.«

Anund und Johan nickten zum Dank, überquerten die Straße und gingen auf das kleine Haus zu, das ihnen der Mann gezeigt hatte. Die Längsseite war zur Straße ausgerichtet. Das Haus ist aber klein, dachte Anund, höchstens zwanzig Ellen lang. Eine Treppe führte von beiden Seiten hinauf zu einer schmalen Tür. Der Landgendarm blickte durchs Fenster ins Haus, dann öffnete er die Tür. Neben einer Werkbank direkt am Fenster saß ein alter Mann auf einem Stuhl. Er hielt einen Stiefel in der Hand und nähte etwas daran fest. Blinzelnd blickte er zu den Ankömmlingen auf, fuhr aber mit seiner Arbeit fort.

»Ich soll ein Paar Stiefel abholen«, sagte Anund.

In der Werkstatt standen nicht sehr viele Schuhe und Stiefel. Doch der Alte deutete auf ein Paar, nicht weit von ihm entfernt. Der Landgendarm erkannte die Schuhe als die seiner Frau sofort wieder. Er zog seinen Geldbeutel hervor, erfuhr, was die Reparatur kostete, und bezahlte. Der Schuhmacher hatte eine Zange hervorgeholt und schlug damit auf das Leder des Schuhs, den er gerade in Arbeit hatte.

»Bestimmt habt ihr einen Gesellen«, sagte Johan, »aber er ist wohl gerade nicht da?«

»Hierher kommen nur knickrige Bauern«, entgegnete der Schuster. »Ich musste mich von ihm trennen. Das reicht nicht für zwei.«

Er deutete mit der Zange auf die wenigen Paar Schuhe, die dort zum Flicken standen. Dann stand er mühsam auf und öffnete die Tür zu einem Kabuff voller Schuhe und Stiefel. Neu und glänzend. Er nahm einen Schaftstiefel und gab ihn Anund.

»Fühl«, sagte er. »Weich wie Seide, fühl nur! Ja, ich mache Schuhe, Stiefel, was ihr wollt, aber keiner will sie kaufen. Die knickrigen Bauern lassen so lange flicken, bis ihnen die Schuhe von den Füßen fallen. Und dann gehen sie barfuß.«

»Ihr habt keinen Gesellen?«, fragte Johan beharrlich zum zweiten Mal.

»Ich hatte einen, drei Wochen lang hatte ich einen, aber was hat der für Platz gebraucht!«

Er lachte und setzte sich wieder.

»Wie hieß der?«, fragte Anund.

»Er hieß Erik Helmersson, aber der Dickwanst wurde auch Isterbock genannt. Zurecht.«

Anund sah seinen Sohn an, und plötzlich packte ihn eine ungeduldige Erregung. Also war Erik Helmersson doch in Örnsköldsvik gewesen! Aber vielleicht jetzt nicht mehr ...

»Ist er noch hier?«, fragte Anund schnell.

Der Schuster blickte aus dem Fenster, zur anderen Straßenseite hin.

»Da drüben hat er ein Zimmer, soviel ich weiß. Ein paar Leute haben nach ihm gefragt. Ist an ihm etwas Besonderes? Wollt ihr ihn öffentlich ausstellen? Er ist richtig fett. Aber es geht sicher nur darum, dass er nach mir weitermachen soll. Mit mir geht es zu Ende.«

»Ein paar Leute?«, hakte Anund nach.

»Ja, einer war gerade vor kurzem hier und wollte wissen, wo er sich aufhalte«, sagte der Schuster abschließend und schlug gegen den Schuh, wie um zu zeigen, dass das Gespräch nun beendet sei.

Anund sah, dass Johan blass geworden war. Das hier muss ich allein erledigen, dachte er und gab seinem Sohn die Stiefel.

»Du wartest hier«, flüsterte er.

Er löste seinen Knüppel vom Gürtel und lief hinaus

und über die Straße und die Treppe des anderen Hauses hinauf. Die Tür war nicht abgeschlossen, allerdings gab es dahinter eine Diele mit drei Türen. Er wusste nicht, für welche er sich entscheiden sollte, doch dann hörte er ein lautes Gepolter und einen Schrei aus einem der Zimmer und stieß hastig diese Tür auf.

Obwohl es in dem Zimmer dunkel war, konnte er bei dem verhängten Fenster einen unförmigen Mann halb auf einem Stuhl liegen sehen. Vor allem aber sah er die Hand mit der erhobenen Sichel; und dann hörte er – dünn wie von einem Kind – das Schreien des sich mit beiden Händen wehrenden Fettwanstes.

»Hier ist der Landgendarm!«, brüllte Anund. »Lass die Waffe fallen!«

Der Fettwanst rutschte vom Stuhl.

Der Landgendarm konnte den Sichelmann nur undeutlich erkennen, aber bei dem Gebrüll hatte sich der Angreifer umgedreht. Eine hastige Bewegung, schon ließ er von seinem Opfer ab. Anund stürzte mit erhobenem Knüppel vorwärts und wäre beinahe über den Fettwanst gestolpert, der jetzt auf dem Fußboden lag. Um sein Gleichgewicht wiederzufinden, ruderte er mit den Armen, jetzt zwischen dem Fettwanst und dem Mann mit der Sichel.

Der hatte sich in eine Ecke zurückgezogen, und Anund ahnte mehr, wo er war, als dass er ihn sah. Erik Helmersson schrie nicht mehr, er weinte und stöhnte – also lebte er. Der Mann mit der Sichel atmete schwer. War das Jon Ambjörnsson? Im Dunkeln konnte der Landgendarm kaum etwas sehen.

Anund stand mit klopfendem Herzen neben dem Fettwanst, zu allem entschlossen, den Knüppel in der Hand. Ein Zischen ließ ihn zurückweichen. Sofort war ihm klar – das Geräusch kam von der Sichel, die der Angreifer schwang. Zur Verteidigung hob der Landgendarm den Knüppel, aber der Schritt zurück hatte gereicht.

Er bekam einen kräftigen Stoß und fiel rücklings über den Dickwanst, wobei er seinen Knüppel verlor. Er rappelte sich hoch und kletterte über den Fetten. Ein Tritt gegen sein Kinn beförderte ihn wieder zu Boden. Doch er schaffte es, sich in dem Moment aufzurichten, als der Sichelmann die Tür öffnete und blitzschnell verschwand.

Als Anund wieder auf den Beinen war, stürzte er nach draußen. Auf der Treppe stand sein leichenblasser Sohn und weiter oben auf der Straße sah Landgendarm Persson den Sichelmann hinter dem letzen Haus um die Ecke verschwinden.

Und weg war er.

35

Im Frühjahr des Jahres 1845 starb Margaretas Mutter, da waren nur noch der Vater und Elsa und sie übrig. Dann wurde es Sommer, und sie hatten nicht viel zu essen und nur eine Kuh, die Milch gab. Das Pferd hatten sie verkaufen müssen. Mit Johannes Ejvindsson in Näs hatte der Vater abgemacht, dass sie und ihre Schwester sich als Sennerinnen bei ihm verdingen würden. Dem Bauern gehörten zwei Sennhütten, eine weit vom Dorf entfernt und die andere in Hädanberg.

Es geschah nach der Heuernte, als die Kühe zum zweiten Mal hinauf zur Sennhütte getrieben worden waren. Ejvindssons Knechte – er hatte viele – hatten das Vieh nach oben gebracht, sechs Kühe. Margareta und ihre Schwester sollten an einem Samstag allein dorthin wandern. Sobald sie dort wären, sollten sich die Knechte auf den Heimweg machen, denn nun würden ja die beiden Schwestern das Vieh hüten. Nur sie und ihre Schwester. So war es abgemacht. Und der Weg war lang von Myckelgensjö nach Kubbe und dann zur Sennhütte. Es war warm an jenem Tag, und Margareta erinnerte sich an die Wanderung.

Die beiden Schwestern waren morgens früh aufgebrochen, und als sie in den Wald kamen, da fürchteten sie sich schon etwas, besonders Elsa, sie war ja erst zwölf. Aber sie marschierten tapfer weiter und hatten es nicht mehr weit, als sie auf die vier Burschen trafen. Eine Fluchtmöglichkeit gab es nicht. Aber immerhin hatte Margareta zwei von ihnen wieder erkannt, sie wusste, dass die beiden Knechte von Johannes Ejvindsson waren, denn sie hatte sie auf dessen Hof flüchtig gesehen, als sie und ihr Vater dort gewesen waren. Damals hatte ihr Vater flehentlich darum gebeten, dass seine Töchter auf der weit entfernten Sennhütte arbeiten dürften. Eine der Mägde hatte die Namen aller auf dem Hof beschäftigten Knechte genannt. Deshalb wusste Margareta, wie die beiden hießen, als sie ihnen da im Wald begegneten.

Anfangs habe sie keine Angst gehabt. Doch dann habe sie gemerkt, dass die Burschen getrunken hatten und unzusammenhängend redeten, und einer sei gestürzt, und sie hatten geschrien und gelacht. Und dann habe einer von ihnen sich ganz ausgezogen und sich in seiner ganzen Nacktheit gezeigt – und erst da habe sie es richtig mit der Angst zu tun bekommen und begriffen, worauf die aus waren, aber sie habe sich nicht wehren können.

Sie waren zu viert und der, der bei Ejvindsson war, der habe angefangen, und sie hatten sie alle auf die Erde gedrückt und festgehalten. Der Knecht von Ejvindsson war der Erste und die anderen – es waren zwei – sein Bruder und der Fette – hatten auf ihren Armen und Beinen gesessen, während der Rote die Schwester festgehalten habe. Und sie habe geweint und gebettelt, dass sie es nicht tun sollten, aber sie hörten nicht auf. Und der eine Knecht von

Ejvindsson schlug ihr auf den Mund, sie solle still sein, und als er fertig war, kam sein Bruder an die Reihe, und das ging nicht so schnell, und sie biss auf ihre Lippen, bis sie bluteten.

Und dann waren es die anderen; und sie habe einen der Brüder einem Burschen zurufen gehört: *»Rotfuchs, jetzt bist du dran! Rein mit deinem Schwanz! Du hast doch einen, ich hab's gesehen!«*

Und er hatte sie losgelassen und war zu ihrer Schwester gegangen, und er hatte sie geschlagen, damit sie still sei. Und dann hatte es der Rotfuchs getan, und sie habe geglaubt, es sei nun zu Ende, weil ihre Schwester nicht mehr weinte und schrie.

Und es war so vollkommen still, und sie hatte zu Gott gebetet, dass es aufhören möge, aber es hörte nicht auf, denn sie hörte den Knecht wieder rufen, er schrie und lachte über irgendwas, und jetzt schrie er: *»Isterbock, jetzt bist du dran, du bist ja fett, aber zwischen deinem Fett steckt 'ne kleine Ahle, ich hab's gesehen!«* Und er war schwer, aber er steckte ihn in sie rein. Und sie weinte und bat und bettelte; und dann ließ der Druck nach; und sie habe eine Weile wie ohnmächtig auf der Erde gelegen; und dann habe sie ihre Kleider zusammengerafft und versucht, von da wegzukommen, aber jetzt sei es der Bruder gewesen, von dem sie wisse, dass er Nils heiße oder Isak, der sie auf die Erde drückte; und dann sei Elsa an der Reihe gewesen, und sie hätten sie auf der Erde festgehalten, während sie es taten; und sie habe selbst nichts tun können, um es zu verhindern, und Elsa sei doch erst zwölf gewesen ...

»Das viele Blut, all das viele Blut an meiner Schwester.«

Margareta weinte so heftig, dass ihr ganzer Körper bebte. Harald Morell hielt sie an sich gedrückt und sprach tröstend auf sie ein.

Er strich ihr übers Haar. Sie hatte für ihre Erzählung lange gebraucht, aber er hatte geduldig gewartet. Fragen hatte er eigentlich keine, er fühlte sich bloß von einer verzehrenden Ohnmacht erfüllt. Er konnte nichts tun als warten. Ihr Bericht kam stoßweise in längeren und kürzeren Abschnitten. Er hatte geahnt, was kommen würde ... dass es so gewesen war. Jetzt wartete er auf die Fortsetzung, und am Ende kam auch sie:

»Sie haben gesagt, sie würden uns umbringen.«

Das sei anschließend gewesen, nach der Stille. So still sei es gewesen. Alle Vögel hätten geschwiegen, nicht einmal der Wind sei zu hören gewesen. Und der, zu dem sie Rotfuchs gesagt hatten, er habe ihr ein Messer an die Kehle gehalten und gesagt, wenn sie auch nur ein Sterbenswörtchen sagen würde, dann müssten sie beide sterben. Aber sie habe wie ohnmächtig dagelegen und gar nichts gedacht.

Und dann seien sie endlich weg gewesen, die vier, und sie sei zu ihrer Schwester gegangen und habe sie getröstet, aber ihre Schwester habe überhaupt nichts gesagt.

»Sie hat nie wieder ein Wort gesprochen, und jetzt ist sie tot.«

Und sie habe Elsa zum Bach getragen, sie habe ihre geschändete Schwester ausgezogen und sie gewaschen, das Blut abgewischt, mit ihren Händen habe sie gerieben und versucht, die Erniedrigung von ihr zu waschen. Und sie habe immer wieder mit Wasser nachgespült, und sich selbst habe sie auch ausgezogen und gründlich gewaschen, und dann hatten sie eine Weile neben dem Pfad gesessen, ganz still, und auch aus dem Wald sei kein Laut zu hören gewesen. Und dann seien sie zur Sennhütte hochgegangen.

Die Knechte seien froh gewesen, als sie kamen. Und sie hatten ihnen gezeigt, wo die Vorräte waren, und dann hatten sie ja doch die Kühe gehabt, und es war schon an der Zeit fürs Melken gewesen an ihrem ersten Abend, und sie hatten ihre Arbeit getan. Und damit hatten sie immer so weitergemacht. Aber Elsa sei seither wie eine Kuh gewesen, die sich im Wald verlaufen habe und nicht wisse, wie sie nach Hause kommen solle. Noch bis weit in den Herbst hinein seien sie dort gewesen, bis die Knechte kamen, um die Kühe vor dem Winter zu holen. Manchmal habe sie schon überlegt, was sie sagen solle, wenn sie nach Hause kämen, und warum Elsa so geworden war, dass sie nie sprach und herumlief, als sei sie krank. Und dann habe sie ja auch gemerkt, dass sie schwanger sei. Da war es inzwischen September geworden und bald so weit, um von der Sennhütte in Hädanberg nach Hause zurückzukehren.

»Zum Schluss musst ich's meinem Vater sagen.«

Sie habe es dem Vater erzählt. Er hatte es gesehen, er hatte doch gesehen, wie sie immer runder wurde, und der Schwester, die nahezu verstummt war, hatte er angesehen, dass etwas geschehen war. Und schließlich habe sie es gesagt, schließlich habe sie ihm berichtet, was passiert war. Lange habe er geschwiegen, und als er schließlich etwas gesagt habe, nur, dass sie mit niemandem darüber reden dürften. Dass sie schweigen sollten und nichts von dem, was passiert sei, bekannt werden dürfe. Das habe er gesagt.

»Und dann war's so, als ob er mich überwachte.«

Sie musste verheimlichen, dass sie schwanger war, sie und ihre Schwester durften sich immer nur im Haus aufhalten, denn mit der Zeit werde alles wieder gut werden. Man solle die Zeit abwarten, habe er gesagt. Und er habe sie gefragt, welche Knechte es gewesen seien, und er habe gesagt, dass es wichtig sei, dass sie richtig antworte. Und sie habe ja gewusst, dass zwei von ihnen Brüder waren und bei Johannes Ejvindsson im Dienst, aber von den anderen habe sie bloß die Spitznamen gekannt. Rotfuchs sei der eine genannt worden und Isterbock der andere. Und ihr Vater habe diese Namen ständig wiederholt, wieder und wieder habe er sie aufgesagt, sodass es nach und nach wie ein Gebet geklungen habe. Isak, Nils, Rotfuchs und Isterbock. Diese vier, die sie und ihre Schwester geschändet hatten und die Elsa zum Verstummen gebracht und sie selbst geschwängert hatten.

So seien sie alle drei für sich im Haus geblieben. Und die Monate waren vergangen, und schließlich sei es Frühling geworden. Aber Elsa sei immer elender geworden, und schließlich habe sie nur noch im Bett liegen können. Sie sei dahingesiecht, kaum dass sie von dem wenigen, das es gab, gegessen habe. Aber sie selbst sei immer runder geworden. Und eines Morgens im April habe sie Schmerzen verspürt; und der Vater sei die ganze Zeit dabei gewesen; und das Kind sei herausgekommen. Sie habe es gehört, sie habe es schreien gehört, aber sie habe niemals erfahren, ob es ein Junge oder ein Mädchen gewesen sei. Der Vater habe es genommen, er habe die Nabelschnur durchgeschnitten und es fortgetragen. Das sei eines Morgens in der Frühe gewesen; und in der Kammer habe Elsa gelegen. Und sie wisse nicht, ob Elsa etwas gehört habe, denn sie habe gedöst, und als sie aufwachte, habe er das gesagt. Der Vater habe gesagt, dass es tot geboren sei und dass er es nur fortgebracht habe. Ein tot geborenes Kind müsse nicht begraben werden. So sei es gewesen. Aber sie selbst habe an die ewige Seligkeit des Kindes gedacht. Jetzt sei es tot, aber sie wisse doch, dass es gelebt habe und dass es nicht getauft worden sei, und ob es deshalb vielleicht verdammt sein würde? Erst später, da habe sie begriffen, dass es unter dem Misthaufen begraben sein müsse. Elsa habe das gesagt: Es sei das Einzige, was sie in der ganzen Zeit gesagt habe, aber sie habe es gesehen und sie habe gesagt, dass es unter dem Misthaufen liege. Und dann am nächsten Tag sei die Hebamme gekommen und habe ihre Brust gemolken.

Schweigen. Stille. Stillschweigen. Der Vater habe das so bestimmt. Er habe gewollt, dass sie schweigen solle. Früh genug, habe er gesagt, früh genug werde etwas anderes sprechen. Früh genug.

»Und ich wusste doch nicht, was er damit meinte.«

Aber sie habe getan, was er ihr befohlen hatte, und nichts gesagt.

»Aber das Kind, das hat nach mir geschrien, als fände es keine Ruhe. Ich höre es immerzu unter dem Misthaufen schreien, aber ich kann ja nicht mehr nach Hause gehen.

Und meine Schwester sehe ich, wie sie da auf der Erde liegt, mit dem Blut überall.«

Und dann weinte Margareta wieder, und Harald Morell tröstete sie, er hielt sie an sich gedrückt, er flüsterte ihr zu: »Du bist nicht schuldig, mein Kind. Du bist nicht schuldig. Du hast keine Schuld.«

»Und er hat gesagt, ich dürfe nichts sagen. Er hat das gesagt.«

36

Erik Helmersson war kaum verletzt worden, er hatte nur eine Schramme am Hals. Der Mann mit der Sichel war nicht dazu gekommen, sein Werk zu vollenden. Er hatte Erik Helmersson nur eine Todesangst einjagen können. Eine solche Angst hatte der Fettsack gehabt, dass seine Kleidung von stinkendem Angstschweiß durchtränkt gewesen war und er sich auch beschmutzt hatte.

Jetzt saß er in Anundsjö in Haft, und der Landgendarm hatte ihm ein Handtuch in die Zelle geworfen und ein Laken, um sich zu bedecken, da er keine Kleidung hatte finden können, die für Helmersson groß genug war.

Auf der Fahrt zurück nach Anundsjö hatten Anund und Johan kurz mit ihm gesprochen, aber der Fettwanst hatte sich nicht geäußert, hatte nicht gesagt, warum der Mann mit der Sichel ihn angegriffen hatte. Man sah ihm die Angst an, man sah es seinen fettglänzenden Wangen, den dicken Armen, den Fingern, seinem ganzen bebenden Fett an. Unablässig fuhr er sich mit den Händen übers Gesicht. Doch sie würden ihn schon noch zum Reden bringen.

Noch wusste niemand, ob Jon Ambjörnsson Erik Helmersson überfallen hatte. Johan hatte den Mann beschrieben. Er sei viel kleiner als sein Vater, und dazu hatte der Landgendarm zustimmend genickt. Und einen schwarzen Bart habe er, der den größten Teil seines Gesichts bedecke.

»Den hat er«, hatte Anund bestätigt. »Das weiß ich.«

Aber mit Sicherheit wussten sie nicht, ob Jon Ambjörnsson den Fettsack überfallen hatte.

Jetzt saß Erik Helmersson, genannt Isterbock, in Anundsjö in Haft und wartete.

Johan und Anund warteten ebenfalls, und zwar auf Länsman Morell, und der Landgendarm war nicht ohne Stolz, weil es ihm und seinem Sohn gelungen war, den Fettwanst aufzuspüren und ihm im letzten Moment das Leben gerettet zu haben.

Nein, Länsman Morell war nun überzeugt, dass sich der Mann, den sie Isterbock nannten, nicht in Härnösand aufhielt – einer der Vergewaltiger, die Jon Ambjörnssons Töchter geschändet hatten. Er hatte ihn bei allen dort ansässigen Schuhmachern gesucht und war schließlich zu einer kleinen Werkstatt in Östanbäcken gekommen. Von einem alten Schuhmacher, dessen Haut wie altes gegerbtes Leder aussah, erfuhr er, dass Erik Helmersson tatsächlich dort gearbeitet hatte. Doch eines Tages sei er einfach verschwunden, vielleicht um sein Glück anderswo zu suchen.

Deshalb trat ein enttäuschter Länsman die Heimreise an. Das Gespräch mit Margareta Jonsdotter bedrückte ihn. Nicht nur sie war vergewaltigt worden, sondern auch ihre Schwester hatten die Burschen geschändet – ein Kind.

Und das war Margareta damals auch gewesen. Ein Kind. Und das war sie noch immer.

Während er ihr zugehört hatte, wurde er von einem wachsenden ohnmächtigen Zorn erfüllt.

Ihr Bericht hatte lange gedauert, und manches Mal war es ihm schwer gefallen, Margaretas Worte zu verstehen, mit denen sie ihre verworrenen, aber auch präzisen Erinnerungen an jenen Tag vor zwei Jahren geschildert hatte. Aber er hatte sie in seinen Armen gehalten und an ihr weiteres Leben gedacht. Sollte sie nach Myckelgensjö zurückkehren, in ein leeres Haus? Ihre Mutter war gestorben, von irgendeiner Krankheit dahingerafft. Und ihre Schwester Elsa war ebenfalls gestorben, als Kind von vier Männern geschändet und seit jenem Tag verstummt.

Und ihr Vater? Den würde er bald gefasst haben; und der würde seinen Kopf auf den Richtblock legen müssen. Auch wenn ... Morell konnte ihm mildernde Umstände zubilligen.

Im Oktober, als Jons Tochter starb, da hatte er seinen Rachefeldzug begonnen und Nils Andersson Wikström unter das Eis gezwungen.

Wie mochte sich diese Tat abgespielt haben?, fragte sich Morell. Und wie konnte er den Mörder finden? War er in sein Haus zurückgekehrt?

Die ganze Geschichte bedrückte den Länsman sehr, sie erfüllte ihn aber auch mit gewaltigem Zorn.

Morell kam vor Morgengrauen nach Hause. Auf dem Hof stieg er vom Wagen und streckte sich. Der Knecht fuhr weiter zum Stall und zum Wagenschuppen. Enttäuscht, müde und bedrückt war er, aber der Kies knirschte vertraut unter seinen Stiefeln, das Haus stand dunkel vor ihm, nur im Erdgeschoss, wo das Büro und die Arrestzelle lagen, sah er ein schwaches Licht.

Er nahm eine flüchtige Bewegung an der Außentreppe wahr und blieb stehen. War dort jemand? Hatte sich jemand im Schatten der Treppe versteckt?

Er war unbewaffnet! Sein Knüppel lag noch im Wagen und der Revolver in seinem Sekretär. Er duckte sich vorsichtshalber. Erwartete der Mörder ihn mit einer Sichel oder einer Sense?

Morell hatte plötzlich einen ganz trockenen Mund, und der kalte Schweiß brach ihm aus. Er bückte sich tiefer und suchte tastend nach einem Gegenstand, den er als Waffe benutzen konnte. Er fand einen Stein und ging schnell ein paar Schritte zur Seite, die Hand mit dem Stein erhoben. Gegen eine Schusswaffe würde das nicht viel nützen. Oder gegen eine Sense.

»Wer ist da?«, rief er mit lauter Stimme.

Und da trat er aus dem Schatten. Den großen Hut hatte er aus der Stirn geschoben, und sein schwarzer Bart verdeckte fast sein ganzes Gesicht. Das war nicht Jon Ambjörnsson.

Israel Brolin stand vor ihm.

»Was willst du?«, rief Morell barsch.

Noch immer hielt er den Stein in der Hand. Hatte Brolins Frau ihrem Mann etwas erzählt?

»Ich muss mit dem Länsman sprechen«, sagte er. »Es geht um diese Morde. Ich bin dem Mörder begegnet. Ich habe das Gefühl, dass ich mit ... Ihnen sprechen muss.«

Gelassen steht er da, dachte Morell. Ein Mann von kleinem Wuchs, schwarz, und wie umgeben von einer Aura aus Selbstsicherheit – und Drohung. Blitzartig erinnerte er sich, wie er – zitternd vor Erregung – vor Brolins Frau gestanden hatte.

Da öffnete sich die Tür, und heraus trat Landgendarm Anund Persson.

»Da bist du ja«, sagte er laut. »Wir haben auf dich gewartet. Und wir haben den Isterbock.«

Länsman Morell sah überrascht erst seinen Landgendarm und dann Brolin an und sagte zu dem Abdecker: »Komm mit herein.«

Dann ließ er den Stein fallen und ging als Erster in die Diele.

Auf dem Tisch neben dem Sekretär lag ein Brief. Morell öffnete und überflog ihn. Er kam aus Ramsele und war ebenso kurz wie der aus Ytterlännäs. Isidor Barsk halte sich nicht in Ramsele auf.

Morell schüttelte den Kopf. »Er hat sich doch gar nichts zu Schulden kommen lassen«, sagte er.

»Der Isterbock?«, fragte der Landgendarm.

»Wir gehen jetzt nach unten«, sagte Morell, sah dabei aber zum oberen Stockwerk hinauf.

Und jetzt waren sie alle in dem Zimmer, in dem Olof Viberg zu übernachten pflegte, alle, bis auf Olof Viberg. Stattdessen stand Israel Brolin wie ein dunkler Schatten in einer Ecke.

Und einer nach dem anderen berichtete.

Den Anfang machte Brolin.

Ruhig und hin und wieder mit einem Wort aus seiner eigenen Sprache dazwischen erzählte er davon, wie er in Arnäs einem Mann mit einer Sense begegnet sei und wie ihn derselbe Mann in Nordmaling niedergeschlagen habe.

»Wärst du früher gekommen, dann ...«, sagte Morell. »Weißt du, wer das war, den du gesehen hast?«

»Ein *buro,* ein Bauer«, sagte Brolin, »einer mit einem schwarzen Bart, aber ich hab ihn noch nie vorher gesehen.«

»Vielen Dank auf jeden Fall. Wir melden uns. Spätestens zur Gerichtsverhandlung. Du kannst jetzt gehen.«

Brolin schien überrascht, aber er rückte seinen Hut zurecht und ging.

Dann berichteten die anderen der Reihe nach.

Und als sie fertig waren, wurde ihnen klar, dass sie endlich den Mörder kannten. Jetzt fehlte ihnen nur noch Jon Ambjörnsson.

Länsman Morell schickte seine Mitarbeiter zum Schlafen nach Hause. Er selbst würde Erik Helmersson verhören, den Isterbock.

Als seine Männer fort waren, ging er sofort zu Erik Helmersson, in der Hand einen Stock. Der Isterbock war jetzt mit Hemd und Hose bekleidet. Er saß mit weit gespreizten Beinen auf einem Stuhl und schien zu schlafen.

»Hoch mit dir!«, brüllte der Länsman, außer sich vor Zorn.

Helmersson blinzelte, kam aber auf die Füße. Der Länsman hob den Stock, und dann schlug er zu. Schlag auf Schlag prasselte auf Helmerssons Körper, sank in sein Fett.

Er schlug auf Arme und Beine, in die Kniekehlen und an die Waden, auf den Rücken und den Hals, und der Isterbock wimmerte wie ein Kind, aber selbst als er schon am Boden lag, fuhr Morell fort zu schlagen, bis der Mann nicht mehr wimmerte.

Dann packte Morell Helmerssons Arme und zerrte ihn auf den Stuhl. Der Fettsack sah ihn verängstigt an.

»Und jetzt wirst du reden«, sagte Morell leise, aber mit einem bösen Unterton. »Jetzt wirst du von jenem Tag vor zwei Jahren berichten. Und dann wirst du etwas Brot und Wasser bekommen, damit du dich an das gewöhnst, was du für den Rest deines Lebens bekommst, das im Übrigen so kurz wie möglich sein wird. Dafür werde ich schon sorgen.«

37

Olof Viberg schien sich zu freuen, als Harald Morell auf den kleinen Hof in Myckelgensjö ritt.

Er und zwei seiner Fuhrknechte waren schon seit mehr als zwei Tagen dort. Die alte Frau mit dem zahnlosen Mund hatte sie gegen ein angemessenes Entgelt verpflegt und beherbergt. Und hatte wieder und wieder von all den Sorgen und Nöten erzählt, die Jon Ambjörnsson heimgesucht hatten. Nach einer Weile hatte die Alte erfahren wollen, warum er – Viberg – hier sei und worüber er mit Jon sprechen wolle. Aber er hatte ausweichend geantwortet. Es gehe um eine Zeugenaussage. Man wolle mit Jon über etwas reden, das er eventuell gesehen oder auch nur gehört habe. Und sie hatte sich damit zufrieden gegeben.

Die Alte lebte ganz allein und hatte selbst nur eine Kuh und eine Ziege. Und dann hatte sie ja Jons Kuh zu melken. Meistens hatten sie hinter dem Stall gesessen und gewartet. Er, Viberg, war froh, nicht allein zu sein. Auch wenn er zweifelte, ob Jon Ambjörnsson der Gesuchte war, hatte er Angst gehabt. Aber einer der Fuhrknechte war groß und kräftig mit riesigen Händen und einem Nacken wie ein Stier.

Und nun war Länsman Morell gekommen, und nun wussten sie mit Sicherheit, dass Jon Ambjörnsson der Gesuchte war.

Nun konnten er und seine Knechte nach Bredbyn zurückfahren.

Länsman Morell wollte allein noch ein paar Tage hier bleiben.

»Das Wichtigste ist jetzt, dass ihr auf Helmersson aufpasst. Ihm darf nichts passieren. Ich will, dass er vor Gericht gestellt wird. Und dass ihm niemand etwas zu Leide tut«, sagte Morell.

Und dann fuhren sie, Viberg und die beiden Knechte.

Es gab nur eine Küche und eine Kammer in der kleinen Kate. Hier also hatten sie zu viert gelebt, als sie noch eine Familie waren, Vater und Mutter und zwei Töchter. Aber dann war die Hausfrau gestorben und ein Unglück nach dem anderen hatte die kleine Familie heimgesucht.

Harald Morell stand in der Küche und sah sich um. Die abgestandene Luft und die Staubschicht auf dem Tisch zeugten davon, dass sich hier lange niemand mehr aufgehalten hatte. Er öffnete die Tür zur Kammer. Hier hatten sie geschlafen, das schwangere Mädchen, die Kranke und ihr Vater, der beschlossen hatte, die Täter eigenhändig zu bestrafen.

Dieses Mal war Morell bewaffnet. In der Rocktasche steckte sein Revolver. Und bevor er aus dem Haus und hinüber zum Stall ging, befühlte er sicherheitshalber seine Rocktasche. Er musste sich unter der niedrigen Stalltür ducken, und die Kuh drehte sich um und muhte, als er hereinkam. Er klopfte ihr aufs Hinterteil und ging wieder ins Freie. Jetzt, am Nachmittag, schien die Sonne nur schwach. Die Wiese war immer noch nicht gemäht, und auf einem kleinen Getreidefeld in der Nähe wuchs Gerste. Er band seine Stute los und führte sie am Halfter zum nächstgelegenen Haus, wo die alte Frau wohnte, wie er wusste. Sie rechte gerade am Rand des Grabens etwas geschnittenes Gras zusammen und hielt das Büschel vor ihren Bauch gepresst.

Der Länsman begrüßte sie und sagte, wer er war.

»Das muss ja wohl was Wichtiges sein«, sagte die Alte, »wenn dauernd Leute herkommen. Also mit dem Jon, mein ich.«

»Der hat sich wohl nicht blicken lassen?«, fragte Länsman Morell.

Sie schüttelte den Kopf und trug das Gras zu einem Stall, der nicht größer war als der von Jon Ambjörnsson.

Morell ging weiter, zum Dorf. Er ritt nicht, sondern führte seine Stute weiter am Halfter. Hier gab es einen sehr großen See, und die Höfe waren alle groß. Er ging auf ein solches Gehöft zu, nicht weit vom See entfernt. Außer dem Bauernhaus und dem Kuhstall gehörten dazu noch mindestens zehn weitere Gebäude, kleinere und größere. Hier wohnt ein reicher Bauer, dachte er, zu dessen Besitz Kornspeicher, Schmiede, Gästestall, Vorratshaus, Stall und Heuschuppen und noch mehr gehören. Von rechts hörte er Klopfen. Dort stand ein zwar leerer, aber gewaltiger Getreidereuter. Morell ging dem Geräusch nach. In einer Scheune war ein Mann dabei, einen Dreschbolzen zu bauen. Als der Länsman die Scheune betrat, schaute er auf.

»Ja, das ist jetzt die Zeit«, sagte Morell. »Das Getreide muss geerntet werden. Ihr benutzt keine Dreschflegel?«

»Nein, wir haben einen Dreschwagen, den das Pferd zieht.«

»Ich bin Länsman Morell aus Bredbyn«, stellte sich Morell vor.

»Ja, ich erkenne Sie wieder«, sagte der Bauer.

Er muss in den Fünfzigern sein, dachte Morell. Und hat so weiche Gesichtszüge, als wäre er besser hinter einem Schreibtisch aufgehoben.

»Also«, sprach Morell weiter, »wir suchen den Jon Ambjörnsson. Habt ihr ihn gesehen? Er scheint schon den ganzen Sommer weg gewesen zu sein.«

Der Bauer nickte.

»Sonst hat er immer bei der Heuernte mitgemacht, aber dieses Jahr ist er nicht gekommen. Mal abwarten, ob er zur Getreideernte kommt.«

»Und ihr wisst nicht, wo er ist?«

»Nein, ich habe ihn nicht gesehen. Aber er ist ja jetzt allein, nachdem die Jüngste von ihm gegangen ist. Sie war so, als wäre sie nicht ganz gescheit, oder sie wurde so.«

Morell kratzte sich am Kopf.

»Woran ist sie denn gestorben?«

»Man weiß es nicht«, sagte der Bauer. »Aber ich glaube, das war die Seele. Sie gehören zusammen, der Körper und die Seele. Und bei ihr war es die Seele, und dann wurde der Körper auch krank.«

Morell nickte und bedankte sich.

»Steht das Getreide gut dieses Jahr?«, fragte er, ehe er ging.

»Das soll man meinen«, sagte der Bauer.

Es war Abend geworden, als Länsman Morell nach seiner Wanderung durchs Dorf zu dem kleinen Hof zurückkehrte. Er überlegte, ob er seine Stute in den Kuhstall stellen sollte, aber er band sie stattdessen an der Treppe vor dem Haus an und ging hinüber zum Stall, um für sie etwas zu fressen zu holen. Heu hatte er keines gesehen, aber vielleicht konnte er etwas Hafer finden. Die Alte hatte inzwischen ja wohl gemolken, und sobald er das Pferd gefüttert hatte, wollte er zu ihr hinübergehen.

Es gab nur Erbsenkraut, etwas Laub und Stroh. Vielleicht konnte er der Kuh etwas wegnehmen ... Als Vorsichtsmaßnahme holte er seinen Revolver aus der Tasche und hielt ihn prüfend vor sich. Die Türöffnung war so niedrig, dass er deshalb den Kopf senken musste.

Zu rekonstruieren, was dann geschah, gelang ihm später nie.

Der Schlag kam von schräg oben, und er fiel mit dem Kopf zuerst in die Mistrinne, dann rutschte er noch ein Stück weiter. Der Revolver flog ihm aus der Hand. Er versuchte, den Kopf zu schützen – es gelang ihm gerade noch, an die Hufe der Kuh zu denken –, aber er rutschte aus und kam nicht mehr auf die Füße, sondern nur auf die Knie. Die Kuh muhte und trat aus, nur ein paar Zentimeter neben seinem Kopf. Wieder versuchte er aufzustehen, um von der Kuh wegzukommen. Er stützte sich mit den Händen mitten in einem Kuhfladen ab, drehte sich um und blickte auf.

Da sah er ihn.

Sofort wusste er, wer da vor ihm stand. Er war zurückgekommen. Mit einer Sichel bewaffnet, stand der Mann nur zwei Meter von Morell entfernt in der Türöffnung.

Und Morell kniete in der Mistrinne, er rührte sich nicht. Alle möglichen Gedanken schossen ihm durch den Kopf: Er sah die Sichel, er sah das scharfkantige Gesicht, den Bart. Und wieder die Sichel.

Er würde hier sterben, in einem Stall in Myckelgensjö, in einer Mistrinne kniend. Er öffnete den Mund, wollte etwas sagen, brachte aber nur ein Krächzen heraus.

Die Sichel erhoben, stand Jon Ambjörnsson vor ihm. Morell sah sein Gesicht, doch er achtete nicht auf die Waffe. Nie hatte er ein Gesicht so voller Verzweiflung gesehen. Er kniete weiter stumm in der Mistrinne und wartete auf den tödlichen Streich.

Und der kam, aber nicht von der Sichel. Morell wurde von etwas anderem getroffen und schlug der Länge nach hin.

Als er wieder zu sich kam, war es Nacht. Er merkte, dass er gefesselt war, denn er konnte weder Hände noch Füße bewegen. Sein Kopf schmerzte. Er blinzelte und konnte allmählich besser sehen. Dann erkannte er, dass er in der Nähe der Stalltür auf dem Boden saß, denn er konnte die Futterkisten sehen. Als er versuchte, sich trotz seiner Hand- und Fußfesseln vorwärts zu bewegen, merkte er, dass er auch an der Wand festgebunden war.

Aber er lebte. Jon Ambjörnsson hatte ihn nicht mit der Sichel getötet, er hatte ihm auf den Kopf geschlagen und ihn gefesselt, dann war er wieder geflohen.

Plötzlich fiel ihm der Gestank auf. Nach Mist stank es, und ihm wurde klar, dass er selbst so stank. Hinlegen konnte er sich nicht. Es war jetzt mitten in der Nacht. Frühmorgens würde hoffentlich die Alte zum Melken kommen. Jedenfalls lebte er. Jon Ambjörnsson hatte ihn verschont. Und wenn Jon zurückkam? Er wusste nicht, wie lange er hier so gesessen hatte, wie lange er bewusstlos gewesen war.

Und wenn er nun wiederkommt, mit der Sichel in der Hand?

Wieder versuchte er, sich zu befreien, musste aber schnell einsehen, dass das unmöglich war. Jon Ambjörnsson hatte gute Arbeit geleistet. Hier würde er sitzen, bis Jon zurückkehrte – oder bis die Alte zum Melken kam.

Der Fall war nun gelöst. Aber Jon war immer noch frei, und er saß in einem Haufen Kuhscheiße, gefesselt an die Tür eines Viehstalls in Myckelgensjö.

Helena, dachte Harald Morell. Meine Helena. Sie hat sich mir ein Stück weit geöffnet!

Und er sieht ihr helles Gesicht, er sieht, wie sie im Bett liegt, das Haar gelöst, und er beschwört diese schönen Bilder herauf, damit er vergisst, in welcher elendigen Lage er sich befindet.

Wieder versucht Morell, sich zu befreien. Er zerrt so lange an seinen Fesseln, bis er vor Anstrengung keucht, und dann dämmert er weg, er träumt, er würde unter dem Misthaufen begraben, er tastet mit den Händen über sich, aber jemand drückt seinen Kopf unter die Oberfläche; und da ist er, er keucht und versucht, Luft zu schnappen, und es gelingt ihm, seine Nase in die Luft zu recken und seine Hände zum Licht zu strecken, und in seinen Händen hält er ein neugeborenes Kind. Es ist tot, dennoch schreit es und ruft laut nach seiner Mutter.

Keuchend wacht Morell auf. Und da wird die Tür geöffnet, Licht fällt in den Stall, und er erschrickt zu Tode und die Angst hält ihn wie in einem Schraubstock gefangen.

Doch es ist nur die Alte. Erstaunt blinzelt sie ihn an.

Morell war wieder frei. Zwar stank er noch immer, aber er war frei. Er trat hinaus in den Sonnenschein. Ein neuer Tag war angebrochen. Und hier draußen merkte man nicht so viel von dem Gestank. Er ging zum Wohnhaus, den Revolver in der Hand. Noch immer hatte er pochende Kopfschmerzen. Er öffnete die Tür und sah ihn sofort. Da senkte er die Waffe.

Jon Ambjörnsson hing an der Decke, aber so, als hätte er sich die Beine abgeschnitten, neben sich ein umgestürzter Stuhl.

Morell stellte den Stuhl auf, zog aus seiner Innentasche sein Messer und schnitt das Seil durch. Der Mann fiel herunter und lag wie ein zusammengekrümmter Embryo auf dem Fußboden. Morell löste die Schlinge und berührte Gesicht und Hals. Es war zu spät. Jon Ambjörnsson hatte selbst dafür gesorgt, dass er lange genug ungestört blieb.

Erst jetzt begriff Morell, wie der Selbstmörder seine Tat hatte ausführen können. Die Decke war zu niedrig für sein Vorhaben gewesen. Deshalb hatte er seine Beine gekrümmt und auf dem Stuhl kniend Unter- und Oberschenkel mit einem Halfterriemen zusammengebunden und diesen noch durch seinen Gürtel gezogen. Dann hatte er sich die Schlinge um den Hals gelegt.

Der Länsman löste den Halfterriemen, streckte unter

Mühen die Beine des Toten und legte ihn auf den Rücken.

Nun war es vorbei. Nun war der Fall gelöst. Hier lag er, er, der mit Sense und Sichel Rache geübt, der einen Mann unter das Eis gezwungen und die Buchstaben INRI eingekerbt hatte. Morell schloss ihm die Augen, damit er in Frieden ruhen konnte.

Dann ging er zum Tisch, weil er ein Tuch suchte, mit dem er das Gesicht des Toten bedecken konnte.

Auf dem Tisch lag ein Blatt Papier. Und darauf stand mit schöner Handschrift etwas geschrieben.

Als Morell das Geschriebene las, verschlug es ihm den Atem. Er kannte die Worte.

Er las sie noch einmal und immer wieder:

Was ich getan habe, das habe ich getan.

Epilog

Er war nicht fett, das konnte man nun wirklich nicht sagen, Isidor Barsk war eher klein und elend dünn, seine Augen waren groß und wässerig, und die Ohren standen von seinem Kopf ab, als ob er ständig auf etwas lauschte. Sein Haar war bis auf den rot glänzenden Schädel abrasiert.

Er stand in Junsele vor dem Bezirksrichter Daniel Lodin und hielt seine großen Augen auf ihn gerichtet.

Lodin las mit lauter Stimme: »Wegen wiederholten Diebstahls im westlichen Ångermanland wird Isidor Barsk, geboren in Anundsjö am 31. März 1826, zu fünfundzwanzig Paar Ruten verurteilt, das Paar zu drei Hieben ...« Hier legte er eine Pause ein, blickte über den Saal zum Angeklagten und fuhr fort: »... sowie zu achtundzwanzig Tagen Gefängnis bei Wasser und Brot.«

Dann faltete er den Bogen mit dem Urteil zusammen und setzte sich. Isidor Barsk stand noch, obschon er kleiner geworden zu sein schien. Seine Augen waren noch größer geworden, und seine Ohren sahen aus, als lauschten sie noch immer den Worten des Richters.

Margareta Jonsdotter wurde aus dem Gefängnis in Härnösand im Februar 1848 entlassen. Da der Fall nun aufgeklärt war und sich ihre Unschuld erwiesen hatte, war sie frei. Als sie aus dem Gefängnis kam, besaß sie zwei Paar Socken, ein Hemd, ein Kleid und zwei Unterhosen.

Nachdem sie fast eine Stunde planlos umhergeirrt war, blieb sie einen Moment gedankenverloren stehen, als würde sie etwas im Wind hören und überlegen. Dann schien sie einen Entschluss gefasst zu haben. Es war kühl, und sie fror, als sie sich gegen den Wind den Hügel in Richtung Hafen hinunterkämpfte. Vor dem verblichenen Schild einer Gastwirtschaft blieb sie wieder wie lauschend stehen. Dann ging sie hinein.

Es war noch früh am Morgen und die Wirtsstube so gut wie leer. Nur in einer dunklen Ecke wischte ein alter Mann gerade einen Tisch mit einem schmutzigen Handtuch ab. Sie fragte ihn, ob er der Besitzer sei, worauf er kurz nickte.

»Ich hab mir überlegt«, sagte Margareta, »ob's hier 'ne Arbeit gibt?«

Harald Morell sah seine Frau an, er folgte jeder ihrer Bewegungen mit den Augen. Es war März und Helena war hochschwanger. Bald würde es so weit sein. So lange hatte sie noch nie ein Kind ausgetragen; früher hatte sie bereits im vierten oder fünften Monat eine Fehlgeburt gehabt.

Nun war sie schon weit im siebten Monat. Er wusste nicht, ob er das als ein gutes Zeichen deuten sollte, aber er ließ sie kaum noch aus den Augen. Und eines Abends fasste sie diese unausgesprochene Hoffnung selbst in Worte. Die beiden waren in dem großen Zimmer, der Kachelofen verströmte eine heimelige Wärme. Helena saß daneben, während Morell stand, als wäre er bereit, sich sofort um sie zu kümmern, falls sie Beschwerden haben sollte.

Da sagte Helena: »Es könnte dieses Mal wohl gut gehen. Mit Gottes Hilfe.«

Ja, mit seiner Hilfe und etwas Glück werden wir vielleicht endlich ein Kind bekommen, dachte Harald Morell. Und es würde lebendig und gesund geboren werden – nicht leblos und voller Blut. Und vielleicht würde sich dann ihr Leben verändern.

»Daran wollen wir fest glauben«, sagte er.

Im April also, dachte er. Im April vor zwei Jahren hatte Margareta Jonsdotter ihr Kind zur Welt gebracht, dieses Kind, das jetzt ein Fremdling war, ein ausgesetztes Kind, das nach ihr weinte.

Und im April würde das Gericht zusammentreten. Da würde Erik Helmersson Rede und Antwort stehen müssen. Er, Harald Morell, war der Ankläger. Die drei anderen Vergewaltiger hatten ihre Strafe bekommen, nur Helmersson noch nicht. Von mir aus können sie ihn enthaupten und rädern, dachte der Länsman.

Mit einer Hand berührte er den warmen Kachelofen und mit der anderen streichelte er sanft die Wange seiner Frau.

Wieder einmal ging Morell zum Friedhof und zu ihren Gräbern. Sie lagen nebeneinander. Zwei kleine Holzkreuze, an die jeweils eine Holzplatte genagelt war. Auf der einen stand der Name der Frau, *Elsa Margareta Persdotter, geboren 1811, gestorben 1845.* Auf der anderen war in gleicher Weise Elsas Name eingekerbt. *Elsa Jonsdotter, geboren 1833, gestorben 1846.*

Aber das Grab von Jon Ambjörnsson würde er niemals dort finden. Denn Jon war auf dem Galgenberg vergraben worden. Von Israel Brolin.

Morell hatte ihn persönlich aufgesucht. Er war bis zum Hof des Henkersknechts geritten, hatte geklopft und war in sein Haus getreten. Brolin hatte am Tisch gesessen, um sich die Schar Kinder. Am Herd hatte Antonetta gestanden und den Länsman Morell neugierig und nachsichtig lächelnd angesehen. Er hatte gesagt, es gehe um ein Geschäft, und dann hatte er gleich ergänzt, um welche Art Geschäft es sich handele. Israel Brolin hatte genickt, gleichsam beiläufig, und weitergegessen, aber der Länsman hatte das Geld hervorgeholt und die Münzen in der Hand gehalten, bis Brolin zögernd seine Hand ausgestreckt und die Bezahlung entgegengenommen hatte. Dann hatte Morell kurz den Kindern und Brolins Frau zugenickt und war gegangen.

Und nun lag Jon Ambjörnsson in ungeweihter Erde.

Morell blieb einen Moment stehen und betrachtete die beiden Gräber. Dann ging er weiter zu einem anderen Teil des Friedhofs, dorthin, wo die Totgeborenen ihre Ruhestätte hatten. Drei kleine Kreuze ohne Namen. Dort lagen sie, seine und ihre Kinder.

Aber jetzt würde etwas, das schon lange in Helenas Leib wuchs, seinen Weg ins Leben nehmen – mit Gottes Hilfe.

Anmerkung des Autors

In dem Roman werden einige Personen geschildert, die tatsächlich gelebt haben und für ihre Verbrechen verurteilt wurden. Dabei handelt es sich um Tjyv-Bjäta, die eigentlich Beata Johansdotter hieß, und die am 25. Februar 1747 gehängt wurde; um Pehr Persson aus Klingre, der am 20. Mai 1812 enthauptet und gerädert wurde, und um Sven Svensson aus Fanbyn, der am 18. Oktober 1845 mit seinem Leben büßen musste.

Da es seit November 1844 keinen Scharfrichter mehr in Västernorrland gab, vollzog der Henker aus Umeå, Jacob Gyll, die Todesstrafe.

Alle anderen Personen existieren nur in der Fantasie des Autors.

Bo R. Holmberg

Namenliste

Harald Morell, Länsman von Anundsjö
Helena Morell, seine Frau
Johan Anundsson, Morells Gehilfe, Sohn Anund Perssons

Olof Viberg, Länsman von Arnäs
Lars Didriksson, Vibergs Gehilfe

Anund Persson, Landgendarm und Bauer

Elias Hedäus, Länsman von Sidensjö
Gustav Vigäus, Länsman von Ytterlännäs

Olaus Backäus, Pastor von Anundsjö

Jon Ambjörnsson, Kätner, Vater von Margareta Jonsson
Margareta Jonsson, Tochter von Jon Ambjörnsson

Gullik Efraimsson, Schmiedelehrling, genannt *Rotfuchs*
Erik Helmersson, Schuhmachergeselle, genannt *Isterbock*

Nils Wikström Andersson, Knecht von Anselm Mårtensson

Isak Lundström Andersson, Knecht von Anders Andersson, genannt *Sensenmann*
Isidor Barsk, Knecht bei Lars Jönsson
Ragnvald Matsson, Knecht in Skalmsjö, genannt *Beilchen*

Anders Andersson, Bauer
Johannes Ejvindsson, Bauer
Lars Jönsson, Bauer
Anselm Mårtensson, Bauer

Jacob Gyll, Henker
Israel Brolin, Henkersknecht und Abdecker, Tattare, ein Volkstamm, vergleichbar mit den Zigeunern.
Antonetta, seine Frau